OUR

DAVID
HERBERT
LAWRENCE

我们一起读过的劳伦斯

黑马 著

中国国际广播出版社

图书在版编目（CIP）数据

我们一起读过的劳伦斯/ 黑马著. —北京：中国国际广播出版社，
2015.11
ISBN 978-7-5078-3818-3

Ⅰ.①我… Ⅱ.①黑… Ⅲ.①英国文学－现代文学－作品综合集
Ⅳ.①I561.15

中国版本图书馆CIP数据核字（2015）第218637号

我们一起读过的劳伦斯

著　者	黑 马	
责任编辑	李 卉	
责任校对	徐秀英	

出版发行	中国国际广播出版社（83139469　83139489[传真]）	
社　址	北京复兴门外大街2号（国家广电总局内）	
	邮编：100866	
网　址	www.chirp.com.cn	
经　销	新华书店	
印　刷	北京艺堂印刷有限公司	

开　本	710×1000　1/16	
字　数	180千字	
印　张	19.5	
版　次	2015 年 11 月 北京第一版	
印　次	2015 年 11 月 第一次印刷	
书　号	ISBN 978-7-5078-3818-3 / I · 506	
定　价	39.00 元	

CRI
中国国际广播出版社

欢迎关注本社新浪官方微博
官方网站 www.chirp.cn

序

　　《我们一起读过的劳伦斯》这个书名来自我的几次劳伦斯讲座题目和我在自己的微博里设置的话题名即＃我们一起读过的劳伦斯＃。这是身为译者和劳伦斯研究者的我与读者和网友互动的结果，体现了互联网＋的真实实践。线上和线下的交流与传统图书和报刊随笔的出版，能对一个著名作家作品的传播起到更大的助推作用，这是我们以前无法想象的。这个书名也体现了作为译者的我与读者一起阅读劳伦斯、相互探索劳伦斯作品之真谛的现实过程。因为劳伦斯在 1980 年代之前有半个世纪在中国的传播空白，我翻译和研究劳伦斯与读者们开始读到劳伦斯的时间几乎是同步的。即使最近这些年开始接触劳伦斯作品的读者，他们读到的有我早期的译本，但更多的是我近年出版的修订本，我们几乎是同时在这个阅读领域里取得新的进步。尤其在有了博客和微博之后，我与读者们的交流就更加直接便捷了，他们给我提的问题其实也是在帮助我加深对原作的理解，还有对我的译文提出批评的，更是对译文的修改有直接的帮助。我与网友的互动都发在博客和微博里，对别的读者也起到了答疑解惑的作用。所以我和出版社最终选定了目前这个书名。

　　收在本书里的六十余篇拙作除了应网友要求回答问题受到启发后再形成的文章，还有报刊访谈和讲座的文字记录稿等，大部分都在报刊和有关图书中发表过，汇辑成书，既是记录过往，也是给喜欢劳伦斯作品的读者提供一本参考书，分享我们多年中互动的快乐。它不能代替专业的劳伦斯作品解读，更不是论文，仅仅是一本文艺闲书，供读者随意翻阅，或会心一笑，或颦蹙存疑，或作片刻沉思，从而加深对劳伦斯作品的理解，也了解我翻译劳伦斯作品的甘苦，这本书的目的就达到了。

顾名思义，《汇珍集》多与劳伦斯的作品解读和我的感发有关，多年浸淫在劳伦斯作品中，劳伦斯和他的作品就成了我的书写对象，从中找到了写小说的快乐，都是真情实感的流露，自己敝帚自珍，汇集于此。《汇缘集》讲的是我从事劳伦斯作品翻译研究的缘起，这些年与国内外劳伦斯学者的交往和与媒体、读者和网友的问答，处处体现出缘分二字，我们都因劳伦斯而结缘，此乃文学之缘也。

为表达我对多年来支持我的媒体的谢忱，已经发表过的文章后面我都注明首次刊载作品的报刊和图书的名称，这既是汇珍也是汇缘之举。

黑马

2015 年 7 月于北京

目录

汇珍集

乡怨、乡愁到
"我心灵的故乡"

—— 劳伦斯作品中如影随形的故乡

一

劳伦斯从一个英国煤矿小镇走出来，走向伦敦，走向欧洲，浪迹天涯，寻觅人类文明的解码之道。在康沃尔、阿尔卑斯山脉、地中海岸边、佛罗伦萨、新墨西哥和墨西哥汲取古代文明的灵感，但他在游走过程中一直怀揣着故乡小镇的乡音乡景，在他和世界之间一直是故乡的人物和故事。他看待世界的目光上笼罩着故乡的风景，他回望故乡时已经有了更广阔的视角。这两种目光最终聚焦在一部纯英国背景的小说《查泰莱夫人的情人》上，从而其小说创作辉煌收官。离开与回归，都在每时每刻中萦回。在故土时或许精神是游离的，在异乡时心或许全然寄放在故乡。甚至他的小说人物都在他的游走过程中从一部作品成长到另一部作品中，但始终根植于故乡的背景中。

我很多年前曾经套用萧红一篇散文的题目"永远的憧憬和追求"来形容劳伦斯的乡恋与创作，劳伦斯终生颠沛流离，最终客死他乡，连骨灰都没能回家，但他却永远在异乡的土地上虚构着自己的家乡，在临死前给朋友的信中称"那是我心灵的故乡"。那封信是这样写的：

如果你再到那边去，就去看看伊斯特伍德吧，我在那里出生，长到 21 岁。去看看沃克街，站在第三座房子前向左边远眺克里契，向前方展望安德伍德，向右首遥望高地公园和安斯里山。我在那座房子里从 6 岁住到 18 岁，走遍天下，对那片风景最是了如指掌……那是我心灵的故乡（That's the country of my heart.）。

这封信简直就像摇动的镜头，那镜头后面就是劳伦斯的眼睛，穿过欧洲大陆和多佛海峡，遥望自己的家乡。那是一双心灵的眼睛。我们每个人在异乡遥望家乡时不都是用这样的心眼吗？

由此我读出的不仅是乡音和乡情这些世俗的情感，还有在于某些作家来说写作与故乡之间必然的互动关系。对故乡，劳伦斯有着他自己"永远的憧憬和追求"。他憧憬与追求的是一个他永远也没能看到的山清水秀，人与自然和谐相伴的故乡。这种伴随他终生的乡恋，是他创作的底色，是他创作中时隐时现的背景音乐，这背景音乐一直在顽强地奏响着。我曾分析过劳伦斯创作的这一特色，写下了这样的心得："这里真的成了他心中永久的乡恋了。一个人一生都心藏着一幅风景并在这风景上描绘人的生命故事，那该是一种怎样的爱，怎样的情？劳伦斯应该感到莫大的幸福，他从来没有走出自己的'初恋'，一直在小说创作中更新着这种恋情。"

如果说那个时候我主要还是从"乡恋"的情感角度感受劳伦斯对故土的依恋，现在我似乎从他文学写作的角度考量这个故乡与他的小说虚构行为之间必然的骨肉相连关系。生长在煤矿与美丽乡村的交界处，那条分界线上的凝视从此定格，决定了他创作的主题：文明对自然的摧残，这个大的冲突背景最终怎样得到了戏剧化，早期以故乡为背景的一系列小说怎样发展成了《查泰莱夫人的情人》，这个过程是与劳伦斯对故乡的背离与依恋、乡怨与乡愁纠结为一体的。故乡与世界中游移的劳伦斯视野决定了故乡似一根隐秘的根与线依旧未断，他在这之间获得了自己独特的视野和故事得以展开的一个舞台，故乡对他来说更是文学创作的一个坚实的根基，在此之上他游刃有余地虚构故乡从而获得了一个艺术真实的"故乡"，这个故乡与现实的故乡如影随形，若即若离。他之需要故乡，更是文学的需要，从而他的乡情超越了世俗的乡情。他的小说最终将这些元素浑然一体地融合了起来，完成了他对"我心灵的故乡"的文学巡礼，如影随形的故乡虚实一体，达到了他对故乡虚构行为的极致。这是我研究劳伦斯多年后游走在他的故乡山水之间生出的最能触动心弦的顿悟，为此我放弃了劳伦斯传记的写作（写那样的传记逃不出天下文章一大抄的窠臼，最多是多参考了一些英文原著，比别人编译得好一些而已），放弃了纯学术的"research"，转而致力于对这种虚构行为的解读，它形成了一种感发式的散文书写，从而找到了我研究劳伦斯的一条最适合自己的路径，那才是我研究劳伦斯的意义所在。

二

早期的劳伦斯研究中出现的比较频繁的一个词是 ambivalence，即对故乡的爱恨矛盾心结。青少年时期的劳伦斯对采矿业无序野蛮发展下故乡的肮脏丑陋深恶痛绝，充满了怨恨。但他写出的第一本长篇小说却是《白孔雀》这样一部田园风光中英国乡村里的爱情故事。毫无疑问，他对故乡的丑陋采取的是逃避的态度，小说中华美如水彩画般的老英国乡村风光，正是他用来逃避和对抗工业文明丑陋的自然力量。在不少人看来，书中描写的景物是他故乡伊斯特伍德附近乡村风景的翻版，但它们一旦进入本文，就不再仅仅是景物而已，"它是小说的一个积极参与者，它是人物活动的背景，亦是其评论者，时而又是优于人物生活的某种道德（或非道德的）力量。"（沃森语）面对工业化（主要是煤矿业）糟践了的青山绿水，面对为养家糊口下井挖煤从而沦落为肮脏丑陋的贱民的父老乡亲，面对家乡小镇的寒碜和小镇人的愚昧下作，只有远离矿区的乡村还保存着农业英国的秀美与纯真。劳伦斯在乡村里度过了不少美好的时光，和乡民们一起收割干草，干庄稼活，尽情地享受大自然的恩赐——清澈的溪水、纯净的天空，庄稼的醇香和农民的质朴感情。这一带就是劳伦斯站在丑陋的工业小镇极目远眺的那一片田园风光（就是他那封著名的书信里所描述的那一带山水），他青少年时代的生命与这里的一草一木息息相关，这是他借以逃离工业文明初期丑陋卑贱的小镇的一处世外桃源。他的这部哈代式或艾略特式的作品为他赢得了"了解英国乡村和英国土地之美的最后一位作家"（福克斯语）的盛誉。这个现象是值得注意的：人在最绝望的时候竟然能够借助对英国乡野之美的极致赞美达到对一线之遥的工业文明丑陋景象的批判。在此他的乡恋和乡怨都得到了完美的抒发和宣泄。他以这样的小说登上上世纪初的英国文坛，受到福斯特等大作家的赞扬，而他的叙述语言如此细腻娟秀，竟然令文坛人士猜测这个劳伦斯是不是又一个女扮男装的乔治·艾略特式的作家。

但很快，这位英国文坛的新秀就开始直面人生的惨淡和悲苦，写出了《儿子与情人》这部真正的反映矿区劳工阶层生活的长篇小说，这部小说被认为是比任何普罗派作家的作品都真实有力的现实主义力作，是"我们所能读到的唯一一部有价值的工人阶级小说。"（霍加特语）

《儿子与情人》真正直面残酷的矿乡人生，深入到了草根劳动者的日常生活，触及到了矿工和矿工妻子儿女最敏感的心灵生活，集全景式的矿区画面与最隐秘的内心活动于一体，激越、生动、细腻、具象，生活的风俗画与潜意识的探幽并行不悖，成为早期现实主义与现代主义小说的完美结合体。这样的"外"与"内"相得益彰的佳作给英国文坛吹来一股强劲的新风，令无数的文学大家相形见绌，劳伦斯如一颗耀眼的新星划过纪初的英国文学天空。而这样的作品最根本的源泉竟然是文学界从来都不曾留意过的肮脏的煤矿小镇和煤层里无望地挣着可怜生活的下层人民，那里不过是为文明社会提供能源的另一个世界,这样的芸芸众生中竟然出现了一个如此具有涤荡文坛之力的年轻作家,他在叙述悲惨的人生,叙述底层人不被重视但也是如此高贵的灵魂,叙述卑贱的生活里惨淡的星光,叙述英国普通人的精神,哀怨、痛苦与对生活的渴望流淌于笔端,即使在最无望的时候,年轻的矿工之子还能望着浓烟滚滚的矿井口说那里让他想起了《圣经》里的话:"上帝就在云与火中穿行",似乎那是肮脏的矿区给他带来的最美丽的愿景。

这之后被称为英国现代文学的双峰之作的《虹》与《恋爱中的女人》(后一部还被称作英国第一部现代主义小说),气势如虹,画面恢弘,对人的意识和潜意识甚至无意识的开掘几乎到了毫发毕现的程度,得到了"英国文明的研究"、"戏剧诗"、"穷尽了英文词库"的高度赞誉。即使是这样里程碑式的巨制,我们发现小说里的男男女女,无论是新女性还是工业巨子还是上流贵妇,无一不是来自劳伦斯的中原矿乡,这个矿乡比前两部作品里的故乡范围更大了,但仍然是在那方圆十几英里范围内而已。与很多传世大作的背景相比,这简直是螺蛳壳里做道场了。可他就是用故乡的矿井、农庄、水库、山林、蜿蜒的溪流、矿主的乡间别墅和诺丁汉古城这样屈指可数的一些"道具"构筑了一个气势恢弘的文学世界。这是无法用乡恋和乡情这样的世俗字眼来解读的,但如果没有故乡这些无处不在的骨骼,其小说的气韵和精神气场又无从谈起,那些乡怨、乡愁与小说最终的形而上指向似乎是一种陌生化之后的关系了,但只要你置身于劳伦斯的故乡,你就无法不在形而上的"道"与形而下的"器"之间徘徊流连,心眼踯躅,不得其解,又似乎明了于心,继而恍然大悟:这个故乡的浩渺水面及水下的莫测源流与蒸发升华后的浩荡水烟、漂浮的流云和滂沱大雨之间似乎就是这样斩不断理还乱的关系。所以劳伦斯称之为"我心灵的故乡",这个故乡深入了骨髓和精血,与他的精神血肉一体了,但这个精神最终不是乡怨,也不是乡愁,也不是乡情,更不是这几者机械的组合,尽管它脱胎于此甚至一直根植于此。所有这些与"故土家乡"相关的因素经过文学的虚构、重构之后，其指向全然不同了，但作品的肌体中故乡的成分依然明晰可辨，如同一个熟悉的人言谈举止已经全然陌生一般。我们或许可以说这就如同基因的改变一样吧，或许一部根植和脱胎于故乡的文学作品其关键点就在于某一个或几个基因的变化，因此而改变了整体，虽然多数基因依旧没变。改变这个结构和指向的是文学力量的点化。霍加特在论述劳伦斯故乡的时候说过，游走于劳伦斯的故乡绝不能代替阅读他的作品，因为没有他的作品，这里的山水就如同没有出生一样。是艺术将这个故乡进行了创作，它才获得了生命。

不可忽视的是，他的后三部作品基本上都是在意大利完成或初稿完成于意大利最终成稿于英国。这个离开与回归过程中心灵视角的变化肯定决定了作品中故乡基因的改变，没有这个陌生化过程，作品中的故乡就仅仅是素材而已。

三

劳伦斯完成了自己的四部代表作后远赴美洲流浪，周游世界过程中他写出了不少优秀的作品，几乎是在欧洲大陆写欧洲，在澳洲写澳洲，在美洲写美洲，但这些作品与他的压卷大作《查泰莱夫人的情人》相比，似乎都像一场场文学的"出轨"。只有浪迹天涯多年后两次重返故乡才令他回到他应该回到的轨道上来，他最后的这部不朽名著在形而上和形而下的双重意义上与前四部代表作"接轨"了，构成了他的五卷皇皇方阵。

文学"出轨"的结束其实是必然的，因为他最后的小说人物和环境在这些年的创作中一直在早期故乡小说的基础上不断成长发育着。查泰莱夫人康妮明显地是脱胎于早年创作的中篇小说《牧师的女儿们》，煤矿主查泰莱爵士则脱胎于《恋爱中的女人》中的克里奇，而查泰莱夫人的情人猎场看守麦勒斯的形象最早在《白孔雀》中就已经以一个次要的猎场看守形象出现过。那时劳伦斯创造了安纳贝尔这个人物，因为他认为在那部田园诗一样的小说中"非有他不可……只有他能够造就一种平衡，否则小说就太单一了。"安纳贝尔是"自然与文明之间的第三种力量"，这个人物"成长"为劳伦斯最后的也是最有争议的英国英雄麦勒斯看来是很自然的了。安纳贝尔和麦勒斯一样是自然之子，属于大地，纯朴而充满生命力，他们都是"重返自然"的绅士，他们有文化，闯荡过世界，厌倦了文明世界。只有这样的人才能成为文明与自然之间的第三种力量，才能奏响复归自然的音符。也因此成为阐明劳伦斯式主题的劳伦斯式人物。安纳贝尔的格言是"当个好动物，相信你自己的动物本能。""一切文明不过是在腐朽的东西上涂脂抹粉。"这些发展到麦勒斯就是激昂的对机器文明的滔滔不绝的批判。从此，劳伦斯的作品中不断发展着《白》的意象，到《查泰莱夫人的情人》发展到极致。这正如韦勒克与沃伦在《文学理论》中指出的那样："一个作家早期作品中的'道具'往往转变成他后期作品中的'象征'。"安纳贝尔就是这样从早期的道具发展为晚期小说中麦勒斯这样的象征的，人们最终忘记了安纳贝尔，记住了麦勒斯。

他的压轴大作更是对故乡的一次巡礼：煤矿，山水，城镇，森林次第出现，故事都在这样的风景中展开，传奇的性爱场景如同蒙太奇镜头在林地花丛中切换着，对矿山和机器文明的诅咒在煤灰和硫黄味的浓烟弥漫的场景中叨念着，时而如诗如画，时而如泣如诉，时而如鲠在喉，赞美与声讨交汇，村言俚俗与风雅高尚不断在转场中上演。这就是劳伦斯心灵的故乡。在这样的故乡景致里，在乡怨与乡愁里，一个睡美人原型的爱情故事的一曲绝唱，竟然被读出了文明与野蛮，劳动异化，荒原与拯救，生态主义等等一系列重大的意义来。如果没有劳伦斯这些年积郁于心的强烈心结，没有远走他乡中不断对故土现实的审视，没有这种爱恨矛盾情结驱动下对故乡艺术的虚构，这样的乡景不过是一片凌乱的道具，不会产生多大的意义。

劳伦斯的虚构行为最终还是让他置身于故乡与世界之间，如同他作品的主人公一样，以文明和自然之间的第三者的身份叙述故乡，发出了强烈的批判声音。他通过对故乡的书写，最终完成了自己的"第二自我"，而这个新的自我所依附的是他重新构筑的与故乡"像似"的那个第二故乡。这种写实与艺术真实的区别也最容易引起误读。因为他新的自我超越了阶级和阶层，透视到了人性的丑恶，这种心灵的扭曲在大工业时代在任何阶级的人身上都有表现，劳资双方在对自然的态度上，对不可再生的资源的掠夺上形成了一个问题的两面。这样的视点在那个特定的时代背景中，甚至在现在也是会受到误解的。这样的超阶级理念使他获得了广大的读者，也遭到强烈的谴责，他被认为是工人阶级的叛逆，有产阶级也对他恨之入骨。但故乡的魅力在他再创作的文本中却因为这样的误读而获得了彰显。

如果没有那些年的异域游走中各种"地之灵"（spirit of place）对他的陶冶、渗透和冲击，他或许根本捕捉不到触动现代文明脉搏的小说之道。因为在1920年代写出一系列在后现代社会依旧是经典的小说绝对需要作者具有心怀故土、立足英伦、俯瞰世界的全球视野和高蹈姿态，他的环球游走为这样的先锋视野和姿态提供了可能。其实，自从劳伦斯与弗里达私奔到欧洲大陆开始，即从《儿子与情人》开始，劳伦斯的全部创作都应被视为劳伦斯携英伦原汁与欧陆和澳洲、美洲的空气、温度与水分相勾兑的醇酿。英国人普遍认为劳伦斯的文学从此"脱英伦化"（unEnglished），此言差矣。英伦元素一直强烈地凸现其中，劳伦斯的英国眼光一直没变，他的作品从浪漫的乡情到乡怨到乡愁，直到完成对"心灵的故乡"的反思和审视，在对故土的大爱大恨中完成了一部世界名著，这个过程中游离与乡愁始终胶着，因此故乡的书写才获得了更为普遍的意义，这是他能够傲立世界文学之林的根本。

我想引用多年前出版的拙作《心灵的故乡》中的一段话来作为本文的结束语（有修改）：

1912年，劳伦斯向故乡和青少年时代彻底告别。这年他26岁。

但我们会发现，这26年与故乡血肉相连、刻骨铭心的生活是他丰沛的创作源泉，以后的日子里，无论是在伦敦偃蹇还是浪迹澳洲和美洲，他似乎更多的时间里是在反思这 26 年的生活对自己的意义，通过文学作品挖掘和表现这种意义，最终导致更高层次上的复归——通过那五部长篇，一系列中短篇和戏剧，还有部分散文和诗歌。由此我们发现，作为一个作家，这 26 年的生死爱恨和彻底离别后的反观，是文学的劳伦斯或劳伦斯的文学成功的两个关键。没有与故乡血肉相连的体验和对故乡切肤的情仇，劳伦斯就不是劳伦斯；而离开后如果不是将故乡作为自己的文学源泉，劳伦斯也不能成为劳伦斯。

有一点颇值得注意的是：劳伦斯像乔伊斯一样在青年时代是痛恨自己的故乡并要逃离之，他们都成功地摆脱了故乡的阴影，远走异国他乡。劳伦斯几乎一直在南欧和美洲流浪；乔伊斯则离开了故乡爱尔兰在伦敦和巴黎生活。但他们最终是在异国他乡靠书写自己的故乡生活而彪炳文学史。乔伊斯在《一个青年艺术家的画像》中感叹道："一个人的灵魂在故国诞生后，会有各种网把它网住，让它不得逃离。"这些网主要是国籍、语言和宗教。作为艺术家，逃离是为了回归。劳伦斯和乔伊斯都是"回归"并成功的典型例子。乔伊斯在写作《尤利西斯》时还要不断写信给都柏林的亲戚确认童年熟悉的某个店铺是否仍在某条街的街角上，外观是否依然。而劳伦斯似乎根本不需要这种确认，故乡的一切都在镌刻在他心中，他在写作最后的作品之前甚至两次回乡流连，他的回归最终显得更加浪漫和伤感，对故乡发出了"心灵的故乡"的呼唤！

（本文的写作缘于 2014 年 4 月中旬河北省作家协会河北文学院的一次讲座邀请。本文在那次讲座的基础上整理重写。全文发表于《悦读 MOOK》第 40 卷）

一样情愫，两样乡愁

这些年我似乎是沉溺在劳伦斯与故乡的主题研究中了，其实这样的研究背后颇有一些私人情感的暗流在推波助澜，这些是不能在研究劳伦斯的文章和有关劳伦斯的讲座中提及的，那不合学术规范。但往往是这些不能浮上水面的暗流决定着水流的流向。而对于我来说，暗流和水面，动机与结果似乎是难解难分了，这就是乡愁。当我谈论劳伦斯的乡愁时，职业的规范决定了我不能谈论我的乡愁，但谈到我的乡愁时，却不能不谈如影随形的劳伦斯的乡愁，似乎我的乡愁因为我研究了劳伦斯而被唤醒并愁肠百结，而很长一段时间内我对此毫无感知，抑或是乡愁因写作而生，两样乡愁在我的写作中互文。

《混在北京》之后，出版社一般会以为我下一部长篇小说应该是继续这个"混"系列，我把内容简介复印数份（那时还没有互联网，复印价格相对工资也很贵）发给出版社，喜欢《混在北京》的就会表示期盼，不喜欢的干脆就会说不用拿给他们看了，肯定领导那边通不过。1997年我的第二本长篇小说《孽缘千里》出版了，人们发现这本小说的风格与前一本大相径庭，几乎没有人相信这两本小说是同一个作者的作品。其实我写《混在北京》之前就开始写《孽缘千里》了，写了一半时因为调了单位换了环境突然感到一种前所未有的解放，想记录下一段火热喧嚣的刻骨铭心的筒子楼生活，就心血来潮停下原来的小说写作，六个月内写完了《混在北京》。然后才蹲下心来继续写《孽缘千里》。有人发现后一本完全风格迥异，甚至说这本小说很有劳伦斯风格，对此我当时是反感的，心想如果你们不知道我是劳伦斯译者和研究者，你们就不会这么说，完全是先入为主。因此我不置可否。

当然如果我说这本小说没有受到劳伦斯作品的影响，那不是没良心就是没头脑。但在写的过程中和出版之后我确实没有感到有什么影响，这一点连我自己都感到好生奇怪。我觉得我仅仅是对少年时代在故乡小城的经历感到刻骨铭心，一心想写好一个故事而已。我基本采用了第二人称的写法，六个中学同学和他们老师的独白各成一章，这些独白都围绕着与他们命运交关的共同经历的一个历史事件进行叙述，力图通过视点和各自记忆的不同最终达到对这个事件完整的叙述，让读者自己寻找结论。似乎这样现代主义的叙述方法与我翻译和研究的劳伦斯无关，那故事和故事展开的中国小城背景更与劳伦斯无关，它完全是我在虚构我少年时代的故乡和我熟悉与半熟悉的人和事，就是福斯特所说的：我爱的、我恨的和我想成为的人，十分朴素的故事线条和人物关系被一套十分繁复的叙事结构所拆解，在漫长的延宕中不仅让叙述者自己扑朔迷离地寻找意义，还要让读者自己去重新建构故事脉络。这是一本吃力不讨好的小说，我沉迷于那样的解构和建构中自鸣得意，因此我甚至从来没有思考过这些与劳伦斯的作品有什么关系，偶尔感到有哪一处与劳伦斯有关联的蛛丝马迹我都要断然否定，既是出自"影响之虞"又怕说出来会有攀附之嫌，一个初出茅庐的实验作者竟敢谈一个外国大作家对自己的影响似乎是在为自己贴金。

一个文学译者写的实验小说自然没有受到任何瞩目。即使经过德国译者艰辛翻译成德文出版后，德国的书评也说我看待那个年代的中国现实的眼光过于诗意和漫长，估计这就是对我的叙述结构的批评。的确，作为一本小说，叙述故事之外的某些大段的人物对故乡的情感描写似乎过于冗长，甚至似乎又是游离于故事线条之外，怕是会给阅读造成障碍，里面对故乡"北河"的历史描述散落在故事与故事之间，多以人物的主观意识流描写出现，如：

是什么孽缘让自己千里迢迢远走他乡不归？为什么身在家乡却老有一种异乡的感觉？

　　独在故乡为异客。吕峰怆然地拉起大衣领子，向前走去。眼睛隐隐发胀发酸。这条悠长的街，大平原上的高高脊梁，一千多年前这里一片苍茫，清溪荡荡的时候，人们发现了这条隆起的脊椎骨，相信它是一条巨蟒的脊梁，就依傍上了它，在它两侧一字排开了房屋，建成了一条街。到民国最繁华的时候，这里已是官府商家酒肆青楼西洋楼宇书店当铺林立的十里洋场。这里的风水最好，历史上最大的一次大水几乎淹了全城，可到了卫上坡就再也漫不上来，这条龙脊傲然蔑视着洪水，如方舟的大桁。走在它上面，仿佛脚下踩着几千页的史书。那阵阵回声似乎极其悠长。

　　沉重的腿曳着你沉重的影子在小胡同大马路上蹭过。从小，这双曾经像麻秆一样的小腿就拖着你丈量着这座城，几乎走遍了北河的角角落落。那时，这城显得那么大，大得无边无际，你像一个钻入迷宫中的小精灵，在这城里的小胡同中"探险"，每一座门楼儿，每一道滴水的屋檐，每一头把门的石狮子都让你流连。似乎这里就是世界。

　　可今天在这寂冷的街上大步流星地穿行，似乎几步就横越了一个街区，像是在故乡的一座微缩景物上行走一样。是因为你长大了吗？为什么这城似乎在你脚下矮了下去？

　　十岁时从西大街的这一头走到"大舞台"剧场来看话剧《农奴戟》，在这条热闹非凡的商业街的人流中钻来钻去，似乎是一场长征一般，那遥远的距离足以令人生畏。怎么今天这么快，似乎飞一样几步就走了过来？又到了北大街的街口，记得当年这里是最有小城风韵的一条街。几家店铺是那种老辈子的门板式活动店面，打烊时伙计们一块块地上门板，早晨开门时一块一块地卸那土红的门板，生意兴隆，红红火火。东边有一座十分古朴的澡堂子，里面点着几盏暗红的灯泡儿，水雾迷蒙，人影绰绰，里面有几个永远黑腥汤沸沸的池子，有几个白瓷洗脸盆，但需要用一只巨大的葫芦水瓢去掏开水，那只一剖两半的大葫芦，有一口小锅子那么大，盛上水后变得十分沉重。小时候就爱在那只大瓢中兑好凉热水，兜头浇下来，一瓢一瓢地浇，痛快淋漓。那澡堂子里还有几块搓澡石，是那种满身蜂窝眼的石头，专门用来搓脚后跟上的厚皱。池子边上还备有几条干丝瓜瓤子，是用来搓背的，长长的丝瓜瓤斜在背上狠拉几下，一个星期半个月的痒全然消失。

这条街现在衰败得不堪入目了，全没了那种古朴安详温暖的样子。倒像是日本鬼子轰炸后的废墟一样。可能这条街是要彻底拆了的，没人再爱护它，只管让它破烂下去，只管往街上倒垃圾，泼脏水，一堆一堆暗红的炉灰上泼了脏水，硬硬地冻在路灯下，像一座座小小的坟头在闪着鬼火。那座给了少年的你多少乐趣的旧澡堂子早就颓败不堪了。咦，好像这就是那家医院吧？怎么这么小，这么破旧？当年来这儿看病，外婆说这儿曾是大军阀的公馆，十分气派，几道花雕木门，几进大院，雕栏玉砌，木楼回廊，红漆地板，曾令你病痛全消，只顾在花园里玩耍。如今它却像蓬门荜户般不堪入目了。可能也是几年内要拆的吧。

这座城早就装在了心中，梦中不知多少次流连，所以身临其境时它反而变小了。可能这就叫了如指掌，完全可以像把玩一张风景画一样把玩一座心中的城。你走着，午夜昏暗的路灯下影子拉得半街长，脚下发出"空空"的回响。从来不知道自己的脚步竟是这样有力。

是的，我估计是过于沉迷于对心中故乡的描写了，几乎完全忘记了叙述故事，或许真的是"过于诗意和漫长"了，但我又是多么沉溺其中难以自拔，不忍割舍这样的描写。这样的描写其实骨子里是小说叙述的有机组成部分，难道小说里是不允许有过于诗意和漫长的心理描写吗，或者说一个初出茅庐的小说作者的小说里是不允许有这样"过于诗意和漫长"的描写的吗？

那以后我没再写小说，而是一如既往地继续我的劳伦斯翻译与研究，又翻译了几本他的随笔、中短篇小说和长篇小说，然后以一个中国劳伦斯通的姿态去劳伦斯的母校诺丁汉大学当访问学者，目的很简单，就是旁听一下英国的劳伦斯专家的专业课程，加深我对劳伦斯作品的理解，更新一下知识结构，大量的时间则用在周游英国，写我的英国见闻录和散文随笔，回国后出随笔集。

我自然会像个旅游者去劳伦斯的故乡诺丁汉的伊斯特伍德小镇走马看花一番，拍些照片，留点第一手的影像资料，为我的英国游记准备丰富的插图。我踏访了劳伦斯的几处故居和他读书的小学、中学和大学，考察到他小说中如影随形的故乡，看到那些百年老屋，站在《虹》的背景地考索村外运河畔眺望埃利沃斯河谷，那是我最早开始对劳伦斯故乡进行想象时的一幅景色。1982年，我正在浩荡的闽江畔高耸的长安山上翻译这本小说的前几章，翻译到埃利沃斯河谷的景色，我顿时觉得脚下的闽江黯然失色，因为那条如此壮阔的大江没有进入世界名著里。想到这些，我突然莫名其妙地感到了劳伦斯故乡的强大气场，第一次注意到劳伦斯在信里对友人如数家珍地列举了故乡让他如此魂牵梦绕的几个地方，竟然把故乡小镇外那片山林泽国称之为"我心灵的故乡"，那正是劳伦斯多部作品里反复出现的风景，于是我顿悟：劳伦斯走出哺育他26年的故乡，走向伦敦、走向欧洲，浪迹天涯，寻觅人类文明的解码之道，在康沃尔、阿尔卑斯山脉、地中海岸边、佛罗伦萨、新墨西哥和墨西哥汲取古代文明的灵感，但他在游走过程中一直怀揣着故乡小镇的乡音乡景，在他和世界之间一直是故乡的人物和故事。他看待世界的目光上笼罩着故乡的风景，他回望故乡时已经有了更广阔的视角。这两种目光最终聚焦在一部纯英国背景的小说《查泰莱夫人的情人》上，从而其以故乡为背景的一系列小说创作辉煌收官。离开与回归，都在每时每刻中萦回。在故土时或许精神是游离的，在异乡时心或许全然寄放在故乡。甚至他的小说人物都在他的游走过程中从一部作品成长到另一部作品中，但始终根植于故乡的背景中。自从他与弗里达私奔到欧洲大陆开始，即从《儿子与情人》开始，劳伦斯的全部创作都应被视为劳伦斯携英伦原汁与欧陆和澳洲、美洲的空气、温度与水分相勾兑的醇酿。他的作品从浪漫的乡情到乡怨到乡愁，直到完成对"心灵的故乡"的反思和审视，在对故土的大爱大恨中完成了一部世界名著，这个过程中游离与乡愁始终胶着，因此故乡的书写才获得了更为普遍的意义，这是他能够傲立世界文学之林的根本。

有了这样的顿悟，于是我就在诺丁汉立地开始写一本叙述劳伦斯与故乡的长篇散文，几乎不假思索地将这本书命名为《心灵的故乡》。

在分析了劳伦斯作品中如影随形的故乡背景后，我感叹：

"有些作家对真实环境的依恋是那么绝对，简直是在对环境乞灵。或许这也是作家的一种难以遏制的欲望：通过写作，通过再造人物，一次次重复自己过去的经验甚至有意无意地暴露自己的经验，让自己的灵魂旧地重游。为什么呢？可能是童年的创伤和固结过重，通过写作缓释自己心理或肉体的紧张；或者是以此实现形而上的超越和把握自己曾经无力把握的过去的权力欲望；也许是冥冥中寻找一种切实的依靠，以摆脱现实的孤独。也许是乞灵、缓释、超越并控制和依靠四者兼而有之。"

我不知道我是怎么写下这些句子的，似乎是鬼使神差。写着写着，我竟然走题，开始了我对自己故乡的叙述：

"我开始在此'怀旧'了！这里的景色让我想起了我的故乡，华北平原上的古城保定。那里也曾有一条喧闹但朴素的中心街道，布满了上个世纪初开始建起的酒楼书肆店铺，那里曾经是少年的我心中最为繁华的城市生活象征。人到中年，走遍世界的大都市，任何热闹之地都再也无法让我激动，都比不上儿时手里捏着几分钱上'我的'市中心去买糖的那份狂喜和热切！可惜那条古街在现代化的金潮冲击与小城人低俗的审美操作下变得不伦不类。我失去了那么朴素美丽的古城故乡，但在诺丁汉街上又找回了那种感觉。所以我情不自禁地爱这里，爱任何朴素净洁热闹的小城小街，那是我的乡恋。"

就是在这时，我开始意识到，我那些论述劳伦斯的创作与故乡之间关系的段落或许在一定程度上是来自我自己对故乡的体验，这种体验在劳伦斯的作品阅读过程中得到了印证。那样的体验也很可能在我写《孽缘千里》之前几年间与劳伦斯作品耳濡目染，逐字逐句的翻译过程中就开始萌发，只不过因为我专注于字词的语句转换而忽略了那些感情的酝酿和萌生。他的作品里有那么多故乡小镇和镇外自然环境的再现场景，我不可能在翻译时无动于衷，那些感想完全是在为出版社赶翻译进度时被忽略扼杀了。但是，凡是情动于中的瞬间都不会不在心灵上留痕，那情感的痕迹会在适当的时候受到外界的触动而产生律动，再次拨动心弦。这时我想起我在 1997 年出版的《孽缘千里》的后记中几段貌似痴人说梦的话来，那是我写完小说后对自己与故乡关系的一段大彻大悟的道白。可在写下那些感悟之前我已经翻译和研究了十多年劳伦斯作品了，翻译了他最重要的小说《虹》和《恋爱中的女人》，翻译了他的传记，翻译了他写故乡的随笔，谁又能说我的感悟不是部分地来自劳伦斯作品的触动呢？我是这样写的：

当我皈依了艺术，艺术之灵却在向我频频昭示：除非我心眼踯躅在那个我生长了二十一年的故地，除非我不断地乞灵于那口我从小就鄙弃的方言，除非我身在外乡心灵却一遍遍重温那段生活，我就无法获得形而上的再生。这是对我怎样的报复！

我不得不听从那个血流中有节奏的声音——附体吧，为你的故乡转灵：故乡就是童年。这真叫残酷。我拒斥着，不与它认同，可我的故事教我附丽其上。每每闭上眼睛，每每双手抱气进入一个万籁俱寂的气场中，我眼前出现的竟是平时无论如何凭理性回忆不起来的儿时街景，包括大门口石狮子上的划痕。我相信那是一种跨越时空的信息沟通。我在接收着二十几年前的频率和讯号。

我真幸福，我能一次次重温往昔的温暖童年感触，它使我年轻。

就是出于这样理想的乡恋，我在小说中为故事借以展开的一座古城起名北河。地图上寻不到它，可它在我的书里。它在我的心河上隐叠着，淡出淡入着。而"北河"城里的那些人物，则毫无疑问是几倍于他们原型的格式塔存在。他们只因北河的存在而存在，更因我的笔而顽强地活着；我更因为创造了北河和北河的这些个男女老少——特别是这群我的同龄人——而活得更完整。因此这本虚构现实的小说就成了现实故乡的格式塔构成，也是我的变形传记（transfigured biography）。

因此，我没有理由不感激那块我生长于斯二十一年的土地。我注定是要一次次地虚构它，为它也为那时的我转灵，我会随它笑啼如赤子，更缘"剧"（我笔下的故事）而喜怒。因了这种艺术创作而加深的亲情感，我会爱那个故乡，但不会刻骨铭心，只是以我的方式——置身其外，温情地关注并冷静地祝福它。与它相比，我有充足的理由更深挚地爱我的"北河"。只有北河才完全是我的，我会伴着北河一次次再生。

这些早于《心灵的故乡》五年写下的段落几乎都可以在我论述劳伦斯与故乡的散文随笔中找到大致相似的论述。就是在劳伦斯的故乡，我想我对自己写作的认识和对劳伦斯作品与故乡的关系的感知几乎难分彼此了。我更痛彻心扉地意识到，以前那些年我埋头于劳伦斯作品的翻译中，只注重宏大的主题研究，如劳伦斯与西方哲学思潮、与现代主义文学、与神秘物质主义、与对资本主义文明的批判、对劳动异化的揭示、与弗洛伊德主义的异同和争执等主题，确实很专业，很有深度和高度，这些是学术刊物所需要的，也是作为学者应该深入探究的学术主题。但这些最终还是停留在了"科学"的理性层面，并没有与自身生命的叩问发生互动，虽然情感的潜流一直在心底涌动，但都没有上升到急迫释放的程度。直到我来到诺丁汉，那些劳伦斯深爱着的"老英格兰"景色历历在目，反复地冲击我的感性思维，如同劳伦斯小说的题目那样让我也情不自禁发出"英格兰，我的英格兰"的呼唤，直到这个时候，我发现这个劳伦斯心灵的故乡对我失去的故乡老城景色形成了一种补偿，一处一处走过，如同找到了自己的故乡。我意识到我一直生活在对童年的回望中，我们的游走，经常是为了弄明白自己最初的动机，永远为揭示懵懂的童年和青少年时的一切而殚精竭虑，为了揭示自己的成长，通过在童年经验的背景上戏剧化那些经验，最终让自己的乡怨乡愁得到释放。

所以我对劳伦斯的研究就演变成了与自我最为密切的私人化写作，是书写和叙述劳伦斯，对劳伦斯的这部分叙论，成了与自身生命互文的写作，相互观照的写作，是论文和散文之间的一种感发性书写。

所以我一直觉得我似乎因此而有了两个故乡，我每写到这些就难以分辨劳伦斯的故乡和自己的故乡情愫。这样的叙论很是令我沉醉，算是我的两种乡愁吧。我接下来还会至少再写一本小说，就是以这两处让我刻骨铭心的地方为背景，时空交错，虚实难辨的乡愁之作。

（全文发表在《世界文学》2014 年第 5 期上，本文为其大部分）

奢侈而漫长
的翻译历程

——我译《查泰莱夫人的情人》

翻译了很多劳伦斯的小说和散文，但"情势"并没有促成我翻译《查泰莱夫人的情人》这本压卷大作。很多出版人表示要出版我独立翻译的劳伦斯系列作品，但都因为没有这部作品而扼腕。作为劳伦斯学者和翻译者，如果没有这部译文，那是一种挫败，或许是抱恨终生的事。所以，我一直不甘心，出版界很多朋友都鼓励我拿出新的译本。

但这个新译本的准备期是漫长的，其完成过程竟然十分奢侈。

这之前很多年就拜读过饶述一先生1936年的老译本，感到十分受用。饶先生的译本启蒙了各个不同时代的中国读者，功勋卓著。虽然当初最早读这本小说读的是英文版，但真正让我读得酣畅的还是饶先生的译本。因为在八十年代曾忘我地恶补了一阵子郁达夫等中国现代作家的文学作品，所以对饶先生译文之明显的三十年代白话文体并不感到隔阂，甚至觉得三十年代作家文雅的散文语言风格应该得到后人的传承。因此我很是服膺饶先生精湛的文字造诣，也艳羡饶先生对英国人生活了解的透彻，这体现在其译文遣词造句的细微处，若非劳伦斯的同时代人并体验过真正的英式生活，是不会用词如此准确的。我为我们国家在劳伦斯谢世不久就出版了这样的优秀译文感到骄傲。从当年的译者前言看，饶先生是在北京翻译的这本书。但愿他也是住在南城的某个胡同里，如西砖胡同或南半截胡同，或许也经常在我家附近的绍兴会馆、湖南会馆及法源寺门前散步遛早儿吧。但愿我的想象与现实吻合。我一直想法子寻找饶先生在北京的萍踪，但未果。我真的为此遗憾，这样一个有着特殊禀赋的文化人，怎么就在祖国的大地上蒸发了呢？怎么连他的后人都无影无踪了呢？我真想找到他的后人，甚至写一本他的传记。我在等待上天的恩赐，把他和他后人的消息赐给我，让我开始做一件特别有意义的工作吧，苍天助我！在我找不到他之前，我只能凭着想象把他虚构进我最新的长篇小说中去，或许这是身为小说作者的特权。

饶先生优秀的译本滋养了我们，为后来的译者整体把握这小说提供了坚实的基础。我们怎样感谢他都不过分。这么多年，我们与其是生活在劳伦斯的英文作品中，不如说是生活在饶先生的译本中。查泰莱夫人和麦勒斯一直是在对我说着中文，其实。

2000~2001年我去英国的诺丁汉大学拜师世界上唯一的"劳伦斯学教授"沃森，跟随他带的博士班和硕士班听课。本来是准备仅仅以此为副业，借此机会系统"再熟悉"并"巩固"一遍劳伦斯学方面的知识，而大量的时间准备游遍英伦三岛，写一本关于英国的见闻录，并利用这一年的空闲完成自己的新长篇小说的。但沃森的课堂教学以其特殊的魅力吸引了我，让我欲罢不能，认真地跟下了所有的课程。在这之前读过他的书，但听他的讨论课感受则更加强烈，感觉那是林语堂提倡的希腊式的"漫步"（peripatetic）讲学：聊天、聚餐，包括在劳伦斯故乡的游历闲谈，这次我读的是所谓未见之书，听的是寻常之语，感受反倒更深刻。沃森对我影响之一，就是颠覆了我以前对这本小说之"语调"的认识。至今对沃森教授用十分戏剧性的语调朗读本书开篇一段的情景仍记忆犹新（万分后悔，不曾向先生提出录音的要求），但他的表情和语调永远准确地刻录在我记忆的磁带上了。那是一种十分反讽的语调，而在这之前我受了郁达夫的影响，一直认为那第一段是正剧笔调，认为应该用苍凉的笔调翻译它，所以这之前我的一些论文或随笔中谈到《查》引用其第一段时，我都是用很沉郁苍凉的语调翻译的，力图说明大战后劳伦斯站在精神的废墟上的昂扬。是沃森教授的话改变了我的认识。因此我庆幸自己是在赴英伦"取经"后才领命翻译，否则认识上的差异会导致译本风格的偏差。我希望我用中文忠实地传达出了沃森教授启发我理解的劳伦斯风格——当然我相信那就是劳伦斯原著的风格。所以我翻译第一段时就感到掌握住了劳伦斯的"语调"：

> 我们这个时代根本是场悲剧，所以我们就不拿它当悲剧了（so we refuse to take it tragically）。大灾大难已经发生，我们身陷废墟，开始在瓦砾中搭建自己新的小窝儿，给自己一点新的小小期盼。这可是一项艰苦的工作：没有坦途通向未来，但我们东绕西绕，或者越过障碍前行，不管天塌下几重，我们还得活下去才是。

翻译和出版一部大的名著，有时是很奢侈的事，是不能计算成本的：要走那么远，要经历那么多年的阅读和反刍，要有那么多的其他作品的翻译经验做准备，要有那么恰当的"情势"，有那么多的天时地利人和。

而我翻译《查泰莱》就恰恰经历了所有这一切，因此我的感觉就是奢侈二字。

在劳伦斯故乡一年的逗留，使我在感性上深刻体验了英国特别是英国中部地区的生活和风物人情，对我翻译这部扎根于此的生命之书无疑是一种必须。比如，我针对中国读者可能的阅读障碍增加了一些译者注解，这些译注得益于我多年来对劳伦斯的研究，亦得益于我在劳伦斯故乡的生活常识——我愿意把我读书得来的和在英国生活中得来的与本书有关的知识都通过做注来与读者分享，帮助读者贴近作品，这些是原著的注释所不能提供的。我曾说过，我研究劳伦斯的路数实在是过于奢侈了。但严格地说，翻译研究一个外国作家，如果有条件，确实需要亲历他的故乡，最好是能够追随他的脚步将他走过的路亲自走上一遍。只从书斋到书斋，翻译和写出的文字总嫌虚幻无根，读者可能感觉不出，但译者方寸间的隔膜自知薄厚。因此我庆幸自己有过那么好的机会，去了劳伦斯去过的很多地方：英国，意大利，德国和澳洲。这样一来，每每翻译或评论他的作品时，我的眼前总是有一幅幅灵动的风景浮现，总有房屋、森林、街道让我触摸，总有风有雨有山光水影幻化身边。因此我感到我笔下的翻译和研究文字就有了生命质感和张力。我庆幸我的奢侈，我庆幸能做这样的外国文学译者和研究者。

（本文收入《译书记》，金城出版社 2011 年）

《查泰莱夫人的情人》花语小考

　　《查泰莱夫人的情人》故事发生在春意盎然的英国中部林地里，查夫人康妮与猎场看守麦勒斯的幽会之地是林中木屋和林子边的村舍。这样的季节、情节和地点，注定了其叙述背景氤氲着自然之气，其色彩注定也是绚烂如童话。两人超越阶级和功利的纯爱，有着睡美人与王子相遇的神话原型底色，但劳伦斯把这个性爱的睡美人被现实的隐士——批判者唤醒的故事置于万物生发的林子里展开，在某种意义上它就是成人的童话了，风花雪月的历程自然有闲花野草相伴。于是那些花草树木既是爱情的见证，也是催生爱情的雨露。这将是我未来一部著作的内容，即详细研读劳伦斯小说散文作品中的各种花品，细察其与整部作品的关系。试以其中一段来抛砖引玉：

　　　　午饭后康妮就上林子里去了。那真是个好天儿，初开的蒲公英形似小太阳，初绽的雏菊白生生的。榛树丛叶子半开半闭，枝子上还挂着残存的染尘柳絮，看上去像钩了蕾丝边。黄色的地黄连已经开得成簇成团，花瓣怒放，看过去片片金盏。初夏时节，遍地黄蕊，黄得绚烂。报春花蓬蓬勃勃，一撮一撮儿的花簇不再羞报，浅黄的花朵盛开。风信子墨绿似海，花蕾昂着头如同嫩玉米头。马道上的"勿忘我"开花了，耧斗菜紫蓝色的花苞舒展了，灌木下散落着蓝色的碎鸟蛋壳。到处缀满花蕾，处处生机勃勃！

那猎场看守不在小屋里。四下里静悄悄的，褐色的小鸡活蹦乱跳地跑来跑去。康妮转身朝村舍走去，她要找到他。

村舍沐在阳光里，就在林子边上。小花园里，大开的门边重瓣野水仙蹿得很高，红色重瓣雏菊在小径旁盛开。

（拙译《查泰莱夫人的情人》第十二章）

Connie went to the wood directly after lunch. It was really a lovely day, the first dandelions making suns, the first daisies so white. The hazel thicket was a lace-work, of half-open leaves, and the last dusty perpendicular of the catkins. Yellow celandines now were in crowds, flat open, pressed back in urgency, and the yellow glitter of themselves. It was the yellow, the powerful yellow of early summer. And primroses were broad, and full of pale abandon, thick-clustered primroses no longer shy. The lush, dark green of hyacinths was a sea, with buds rising like pale corn, while in the riding the forget-me-nots were fluffing up, and columbines were unfolding their ink-purple ruches, and there were bits of blue bird's eggshell under a bush. Everywhere the bud-knots and the leap of life!

The keeper was not at the hut. Everything was serene, brown chickens running lustily. Connie walked on towards the cottage, because she wanted to find him.

The cottage stood in the sun, off the wood's edge. In the little garden the double daffodils rose in tufts, near the wide-open door, and red double daisies made a border to the path.

（Chapter12, *Lady Chatterley's Lover*）

这一段是康妮去林中寻找麦勒斯时一路上的踏花景别切换镜头的组接，短短的叙述间 10 种野花迎风初绽，姿态各异，色彩浓郁，与康妮如影随形，暗香浮动，似乎也是康妮蕙质兰心的写照。连普通的村舍外都盛开着野水仙和红色的雏菊，阳光下红黄鲜花映衬着他们的爱巢，似乎为一场爱情故事做着美丽的铺垫。

这些都是英国中部旷野里蓬勃绽放的野花，没有一样是名花珍草，如果没有这样一个回肠荡气的情爱故事在此生发，对这些野花的纯粹描摹就失去了其根本意义，最多仅仅是展露劳伦斯对闲花野草的珍爱和了如指掌而已。但这样的风景被人物和故事填充，整片风景与人水乳交融，这样的风景描述就获得了别样的阅读效果。正如劳伦斯评论英国风景画时尖锐地指出的那样：古典的英国风景画之所以显得苍白和暮气，就是没有人体置身其间，因此劳伦斯自己作画时就学习塞尚，把风景与人体自然融汇。而在文字描述上，他同样如法炮制，于是他的故事就自然在诗情画意中生发展开，如同花草在林间绽放蓬勃。一个画家与一个作家的情怀与才气在此难解难分。

地黄连的本名是白屈菜，但开黄花，嫩黄娇小，与白屈菜的"白"似有视觉落差，因此我采用了其俗名地黄连，既呼应其"金盏"又令中国读者感到亲切。风信子本来有各种色彩，但作者在此选择了一片蓝色的风信子入画，似乎有其深意：风信子的花名取自宙斯的外孙海辛瑟斯，他是希腊的植物神。他与太阳神阿波罗相好，遭到风神嫉妒，就设计害死海辛瑟斯，随之在鲜血染红的土地上长出了一株美丽的鲜花，阿波罗将这花定名为海辛瑟斯，纪念好友。而蓝色的风信子据说象征着爱情的忠贞。而蓝色的"勿忘我"也有着美丽的爱情传说，是爱情忠贞奉献的象征。这些花语的深层文化寓意似乎也是劳伦斯苦心孤诣之所在。

作家安武林对比了拙译这段花草风景的译文和饶述一先生三十年代的老译文，让我受益匪浅。我发现饶老翻译的几种中文花名网上都查不出来，他翻译出来的"黄燕蔬"其实就是普通的地黄连，也叫白屈菜；"莲馨花"则是我们现在通常叫的报春花或迎春花，玉簪花就是风信子了。三十年代的国文里花名都这么雅致，令我向往，但就是不知道后来怎么就那么叫了，词典里也没有了。等我翻译时，就成了地黄连、迎春花和风信子了。听着当然俗了些。被安兄说成"更科学"了。我也想不科学，可字典上早没了饶先生时代的花名儿了。时代就这么变化了。现在去找黄燕蔬、莲馨花，没几个人知道是什么了。至于玉簪花，肯定是饶先生弄错了，我看了花的照片，玉簪不是风信子，但那个时代国人可能就把风信子当成玉簪了。

（本文发表于《英语世界》2014 年第 8 期）

金银花缘

最早认识金银花是在翻译家傅惟慈老先生家喝茶聊天的时候，忽然就有花架子上的小黄花落入杯中，花香袭人，我才知道那细长的小黄花叫金银花，很是喜爱，因为说这花是凉性，败火，可泡茶喝，就很羡慕老傅，喝着茶就有花落杯子里，顺嘴就喝下，那该有多美。

但我想不到的是其实我在劳伦斯的小说里早就与金银花相识，可惜，当初是相见不相识，把它当成了别的花。

那是翻译《施洗》这篇小说时。遇上 woodbine 这个花，那座镇子上的老屋就用这花来命名，很是令我心仪。一个普通的英国小镇居民，盖了一座小楼，还要给自己的小楼起个名字，干脆就用自己园子里种的小花来命名，既有情趣，又接地气，透着浓浓的人情味。而且这花据说还是当年英国一种香烟的名字。查字典，中文译名标明是"忍冬"，我就随手翻译成忍冬，把那座房子翻译成忍冬农舍。但总觉得这个花名不好听，不接地气。

后来我要把我翻译的《查泰莱夫人的情人》里的所有花名都"民族化"，那本书里很多段落都是对英国大地上各种闲花野草的赞美，我不能忍受让那些带有学术色彩的花名生硬地出现在我的译文里，我得找出这些花的中文俗名来，我再也无法忍受字典里把很多花翻译成拗口的如什么什么科、什么什么属。就也找了一下忍冬的俗名，发现其实就是金银花！这才与傅老师家花架子上的花对上号。金银花当然比忍冬可爱，读起来也觉得顺口。你想，"园子里绽放着忍冬"怎么能比"园子里绽放着金银花"听着舒服？于是我再版小说时就把忍冬改成了金银花。只要是中国也有的花，有中国俗名的花，我都采用中文俗名。我的译文说到底是给全世界的华文读者看的。

但就是没想到，在我们伟大的祖国，忍冬或金银花也能成为腐败大案的根源，这世界真是无奇不有。这两天"金银花腐败案"着实令人吃惊，不知后事如何，但围绕金银花改名竟然改出一宗举国腐败案，这也是一桩拍案惊奇。微小、可爱的金银花，花招人喜爱，还是中药药材，多么无辜，却在大中国成了腐败案的源头，实在是世界新闻。

据说金银花南北方都有，但南方的金银花就被权威人士改了名字，在药典里成为山银花，只有北方的金银花才是正宗金银花。关键是改成山银花药性就变了，不能当金银花用了。这一改据说南方靠种植出售金银花的药农就赔本了，而改这花名的那个权威人士的家乡专产金银花，这里的人们就发了，而且说有药商和公关公司介入了改名云云，这就不是简单的学术问题，更不是为家乡谋福利的问题了，就是以权谋私的腐败案。且等下文哈。可怜的金银花，怎堪如此重任？

You touched me 的蒸馏表达

劳伦斯早期小说多写矿工和普通小镇人，而且是英国中部小镇的人，他们的口语和我们的底层百姓讲的中文是一样的平实，时而流于粗俗，虽然不是粗口。翻译这些对话，用书面语中文固然意思不错，但失去了生活气息，等于仅仅是书面字词转化，没有人气，没有生命，因此是苍白无味的蒸馏语言。很多大学者和教师翻译他都把他蒸馏了。英文理解不错，也下了功夫，但功夫下错了，因此是遗憾。

却说 You touched me 被翻译成《你抚摸了我》，touch 称抚摸字面上固然对，但那是个没什么文化的小退伍兵说的话，而且是多次被摸了他脑门的养父的女儿在黑暗中错摸过的，但他因此被唤醒了爱情，要求婚，求婚的理由就是一句话：you touched me! you touched me! 蛮横，矫情，死皮赖脸，但真诚的那种男孩子的语言。按说应该翻译成"可是，你摸我来着呀！你摸了！"但当成小说题目，我还是给翻译成了《你摸过我》。内文里就不时用"你摸我来着"，感觉就对了。

我还记得当年采访巫宁坤先生时他遗憾地说过："我们远离家乡，又学了英文，又要讲普通话，结果讲的都是中性语言。"此话很 touch 我，就写过一篇小文讲这个。如文洁若鼓励自杀未遂的萧乾时用英文激励他：We will outlive them！这话用标准语言翻译可以说：我们能比他们活的更久。文洁若自己是学者，如果说中文也许会这么说的。但如果换成是一个老百姓，这句话的中文就不是这样了。估计每个人的家乡话都有与之对应的表达方式吧。我就一直想不出该怎么说。那天有个同楼的工人冬天早晨光着膀子跑步，楼里人说小心别感冒了，他气哼哼地说：我得练得棒棒儿的，熬死他们，熬死这些贪官们。我就想，如果我把这个人的话翻译成英文，那就是 We will outlive them. 如果我翻译文洁若的话成中文，估计用"熬死他们"就不太贴，因为她是知识女性，但也许对，因为她是老北京女人，说话往往大气勇敢，被坏人惹急了，也许会回归普通人的本性，对萧乾大声喊：你死什么呀，要死也是他们死，你好好儿活，熬死他们！而如果换了北京胡同大妈，就会说：咱们死了那不是让他们瞧笑话儿吗？你这挨千刀儿的，好好儿给我活着，熬死他们丫的！

关于劳伦斯的絮语

　　出版社让我写了篇关于劳伦斯的文字配合《查泰莱夫人的情人》译本的出版，过了些日子文章出现在网上，一看竟然是上海的《解放日报》的副刊，早年间的《解放日报》好像是专门发表政治社论的报纸，做成这个样子，很有点《法国解放报》的味道了，有自由主义气息，那漫画我很喜欢。

　　80年前的1930年，特立独行的英国作家和诗人劳伦斯在流浪法国时英年早逝，年仅45岁。这个矿工的儿子，从读大学开始文学创作，整个创作期不过24年，发表和出版的历史不过20年，其间的部分时间在贫病交加和作品遭禁中度过。但他却留下了12部长篇小说，50多部中短篇小说，多部诗集、剧本、游记和大量的文学批评、哲学、心理学和历史学方面的著作和散文随笔。他还翻译出版了俄国作家托尔斯泰和陀思妥耶夫斯基及意大利作家乔万尼·维尔迦的长篇小说等，仅凭这些译文就足以称他为翻译家了。不少研究家称其为天才和大师，不无道理。其作品经受住了时间的考验，在世界文学大浪淘沙的残酷过程中木秀于林，成为少有的常青树，在英国文学中声誉直逼莎士比亚而成为一个奇迹。

　　大师自有大师的气度和风范，这自然表现在其不同凡响的文学创作上。他的四大名著《儿子与情人》、《虹》、《恋爱中的女人》和《查泰莱夫人的情人》，可说部部经典。如果说《儿子与情人》是写实主义力作并开始走向现代主义，《虹》是现代主义力作，那么《恋爱中的女人》和《查泰莱夫人的情人》就在后资本主义时代显现出其后现代主义文学经典的价值，历久弥新，在当代文学的视野中彰显出其"预言家"的魅力，奠定了劳伦斯文学常青树的经典地位。

● 后现代经典价值

在资本主义工业文明如日中天之时，劳伦斯凭着其对人与自然的本能关爱，凭着其天赐的艺术敏感，触及到了现代文明的种种弊端和疾病症候，其作品在后资本主义时代愈显功力，无怪乎他被称为预言家。他的作品也因此跨越了写实主义、现代主义和后现代主义三个阶段而成为文学的常青树，真是难能可贵之至。一个穷工人的儿子能达到这样的艺术境界，除了造化使然，后天的生活经历和精神砥砺亦是关键。生活在肮脏的工业文明与田园牧歌的老英国的交界地带，出身于草根备受磨难，但艺术天分促使他孜孜以求，吸取的是本时代最优秀的文化，从而他的写作超越了阶级出身和阶级仇恨，探究的是超然的真理。而他这样游走在各种文化群体之间的边缘作家本身，就是后现代主义文学研究所关注的话语上的天然"差异"者、意义的"颠覆"者和"消解"者。所以说，劳伦斯文学的魅力愈是到后资本主义时代愈是得到彰显。

这种后现代主义经典的价值尤其体现在他的长篇绝笔《查泰莱夫人的情人》中。劳伦斯选择了森林为背景，选择了一个猎场看守而不是选择他情感上最为依恋的矿工来做故事的男主人公。猎场看守这种职业的人游离于社会，为有钱人看护森林和林中的动物供其狩猎，另一方面还要保护林场和动物以防穷人偷猎或砍伐树木。这样的人往往过着孤独的生活。他们是有钱人的下人，是劳动者，但又与广大劳动者不同。在劳伦斯看来，这类脱离了俗尘的阶级利益、一身儒雅同时又充满阳刚气的男人最适合用来附丽他的崇高理想。而从根本上说，矿主和矿工虽然是对立的，但他们是一种对立统一的关系：双方都受制于金钱、权利和机械，在劳伦斯眼里他们都是没有健康灵魂的人。

在此劳伦斯试图创造一个文明与自然之间的第三者，这就是麦勒斯。劳伦斯超越了自身阶级的局限，用道德和艺术的标准衡量人，用"健康"的标准衡量人的肉体和灵魂，才选择了麦勒斯这样的人做自己小说的英雄。而森林在劳伦斯眼中象征着人与自然本真的生命活力，更象征着超凡脱俗的精神的纯洁。而森林中万物的生发繁衍，无不包孕着一个性字。劳伦斯选择了森林，选择了森林里纯粹性的交会来张扬人的本真活力，以此表达对文明残酷性的抗争。

出版了这本书后不久劳伦斯就去世了，但他以他的作品与后现代社会做了连接与沟通，因此他俨然是一个当代作家在讲述着80年前的故事，他仍然被当作当代作家被评论、诋毁、赞誉着。这应该就叫不朽，一个作家能追求的永恒不过如此。

劳伦斯在文学的海洋里划着自己的独木舟苦吟至死，塑造出了不朽的文学形象，虽然他救世的追求是麦勒斯这样孤独的个体所无法承担的，但他通过麦勒斯的形象在颠覆僵死固化的人类秩序，道出了遗世独立的风流气韵。

● 劳伦斯在中国

劳伦斯作品真正进入中国的契机是1928年出版的《查泰莱夫人的情人》。这部小说问世不久，中国文学界就报以宽容和同情，甚至从学术角度对劳伦斯和他的作品做出了积极的肯定。那个年代，正是军阀混战、民不聊生、日本军国主义随时准备发起全面侵华战争的前夜，即使是在这样对文学和文化传播极为不利的形势下，劳伦斯还是开始被介绍了进来。这本书在英国和美国遭禁后，大量的盗版书不胫而走，劳伦斯反倒因此而获得了更多的读者，名声大震，甚至连战乱频仍的远东的中国都不得不开始重视他。这样的重视与劳伦斯在欧美的崛起几乎是同步的。

诗人邵洵美读后立即撰文盛赞，现代作家和戏剧家赵景深曾1928~1929年间六次在《小说月报》上撰文介绍劳伦斯的创作并追踪《查泰莱夫人的情人》

的出版进展。几个杂志上陆续出现节译。其后出版了饶述一先生翻译的单行本，但因为是自费出版，发行量仅千册。当年的中国内忧外患，估计人们都没了读小说的雅兴，这个译本就没有机会再版。光阴荏苒，五十年漫长的时间里中国读者与此书无缘。到1980年代，饶述一的译本在湖南再版，使新时期的中国读者得以领教劳伦斯这一佳构的非凡魅力。

劳伦斯在过去曾被看作"颓废作家"，从1930年代后期到1980年代，对他的介绍出现了近半个世纪的空白。对劳伦斯的重新肯定则是以赵少伟研究员发表在1981年的《世界文学》第2期上的论文《戴·赫·劳伦斯的社会批判三部曲》为标志。这篇论文应该说全面肯定了劳伦斯的创作，推翻了以往文学史对他做出的所谓颓废的资产阶级作家的定论。以赵少伟中国社会科学院研究员的地位和《世界文学》的地位，这篇文章的出现代表着中国文学界彻底肯定了劳伦斯及其创作，从而开创了劳伦斯研究和翻译在中国的新局面。赵先生以一种晓畅、略带散文笔法的语言，道出了自己对劳伦斯创作主流的独到见解。我们发现一个曾被雅俗双方都一言以蔽为"黄"的作家在赵先生笔下呈现出"社会批判"的真实面目；同时赵先生也启发我们"看看这种批判同它的两性关系论点有什么关联"，使我们得以找到整体把握劳氏创作的一个切入点。在一个非文学因素对文学研究和译介产生着时而是致命影响的时代和社会里，赵先生多处引用马克思和恩格斯著作的文章，恰到好处地淡化了那些曲解劳伦斯作品的非文学不良因素。赵先生广为引用马恩，以此来观照劳伦斯的创作，对其加以肯定，这是劳伦斯研究上的一种突破。西方学者不可能如此行文，1930年代的老一辈不可能有这种文艺观。

经过近30年的历程，劳伦斯的全部作品都在中国得以出版，完成了一个曲折的辉煌传播与被接受的历程。

● 劳伦斯在故乡

在劳伦斯的故乡诺丁汉伊斯特伍德，镇上劳伦斯住过的五处旧居依然风貌如故，其出生地那个家已经开辟为劳伦斯纪念馆，这里保存了劳伦斯家的生活实景，更是那个时代矿工之家生活方式的再现。三处仍住着居民，一处变成了小旅舍，里面陈列着劳伦斯少年时代的用品和全家福照片招徕游客。他与德国女人私奔前断情的未婚妻露易·布罗斯家的村舍在伊斯特伍德几英里开外，是小说《虹》的原型，同名电影在那里拍摄，鸟语花香，景色如初。那房子连带那个村庄和附近的运河都被列入"劳伦斯故乡"的版图成为观光胜地。

　　青少年时代的劳伦斯面对工业化糟践了的青山绿水，面对为养家糊口下井挖煤从而沦落为肮脏丑陋的贱民的父老乡亲，面对家乡小镇的寒碜和小镇人的愚昧下作，他对故乡充满了悲悯和厌恶。劳伦斯就在这种美与丑的鲜明对比中长大成人，带着以故乡生活为背景写下的文学作品，走出了故乡，以一个矿工儿子的身份，以质朴纯良血气方刚又略带寒酸的文学天才面目出现在伦敦的文学沙龙里。他以故乡为背景写下了一系列文学作品，从小处着眼触及到了一个特定时代的本质并像预言家一样触及到了未来人性共通的问题。逝世多年后，劳伦斯成了本地的骄傲，伊斯特伍德成了英国的一个文化景点，声誉紧逼莎士比亚在爱汶河畔的故居。人杰自然地灵，再也没有谁像当年一样以"把劳伦斯轰出伊斯特伍德、轰出英国"为荣了。当地政府开始大力保护小镇风貌，以求整体保护这里的维多利亚时代的小镇风格。翻开诺丁汉郡旅游手册，第一页上就是劳伦斯目光炯炯的巨照，连拜伦这样的大诗人都要位居其后，因为拜伦一直激情澎湃地献身于解放希腊的事业，其作品与他的故乡诺丁汉无甚大关系。劳伦斯没有拜伦那么大的野心和激情，他只会一头扎在故乡的风土人情中痛苦地写故事，却不期然享誉全球，家乡也跟着沾光。

（《时代报》2010 年 7 月 27 日）

旧书里的黄金

　　由于喜新厌旧的缘故，多年前的一些旧版劳伦斯作品几乎都被堆放一处惨遭冷落，但没想到老版本里有黄金。那天看花城版的《审判〈查泰莱夫人的情人〉》一书，发现在那个时代，估计是匆匆翻译而出，文字很芜杂，时不时不知所云，只好找出英文版的《审判查泰莱夫人》对照着看，看来那些法律文词还真是不好翻译，当年的《译海》杂志找的翻译能凑合着翻出来就算不容易了。

　　但我发现中文版里有一部分是《译海》另外找来的文字，其中有个查泰莱1984年版序言作者是"理察·霍根"，就明白那是文化学大师、西马老将理查德·霍加特，但这个序言其实是为1961年版写的，以后多次重印而已。1961年，那是审判《查》书轰轰烈烈一番，最终检察官败诉，企鹅公司胜诉，然后乘胜追击隆重再版的那一版。因为霍加特在辩护时表现出众，企鹅特约他为新版做的序。

　　看着那磕磕绊绊的翻译，我就觉得这篇东东在哪里见过，好像就在我家里的哪本书里，于是就翻旧书堆，居然翻出了1985年澳洲的坎哥送我的这本书，正好是1961版的1967年重印版。1985年我刚刚研究生毕业，还不知道霍加特何许人也，居然浏览一番就没再理会，甚至后来有了剑桥版本的《查》后就把这本归旧书堆里了，因为我有好几个版本，这本因为是坎哥送的，扉页上面有他的赠言，为纪念这位过世的洋哥哥，有保存意义，才没被"处理"掉。现在居然发现霍大师的序言就在这里！

现在终于知道霍大师是谁了，拜读他 1960 年写的序言，真是醍醐灌顶，那年我刚出生，连吃的都短缺，没饿死就不错，哪里知道万里之外的伦敦为一本小说进行着如此唇枪舌剑的诉讼，成为所谓的"世纪辩论"而载入人类的文化史册，哪里知道还是大学讲师的霍加特如此慷慨激昂、动之以情、晓之以理地说服法官和陪审团员们为一本小说开禁呢？伦敦刑事法院里发生的那些交锋我们到四十年后才知道，这个时候我们的 GDP 总量已经超过英国了，虽然平均数还排在落后国家里。

感慨一番，赶紧读霍大师的序言是真的。

一开篇就发现霍大师称这本书是"洁净、严肃的美文"，他还引用劳伦斯的话说："life is only bearable when the mind and the body are in harmony…"看到此处，我居然想起我们每天都要翻译的"和谐社会"，有人翻译为 harmonious society，但遭到一些人反对，说应该翻译成 society of harmony。和谐啊和谐，劳伦斯多么实诚，1928 年写这本书，目的就是倡导"肉体与精神的和谐"，这样的书居然在那个年代遭禁，英国人够狠；还好到 1960 年在霍加特们的推动下解禁了。

作为文化研究伯明翰学派的奠基人，霍加特是以研究诗歌和小说起家的，对文学自有其过人的深邃洞察。不过，这篇序言秉承了他一贯的作风，是写给大众读者的，因为《查》书获得平反昭雪后出的是大众化平装本，几十便士就能买一本，发行海量，可以说一时间平铺了英伦三岛和英语世界。所以，霍加特的序言真正做到了深入浅出，用俗常的语言道出本书的非常之道，言简意赅，又不失理念和哲思的高蹈，同时字里行间充满了对小说作者的同情、对当时英国社会文化氛围的失望和悲悯，是一篇大德大爱大仁大义之作。作为文化研究学科的创始人之一的理论家，霍加特能如此贴近生活，放下精英身段，完全以 speaking to each other（此乃他的一本论文学与社会的书名）的普通人姿态发言，实在难得。霍加特继承和发扬了利维斯式的细读文本的学术精神，同时又不囿于书斋式品读，为文本的细读注入了"常识"、补充上现实与历史的肌理与血脉，其对作品的解读自成风流。霍加特的言说方式，我想，与他的"我的社会主义（my socialism）"立场有关，他说："我的社会主义是一种道德社会主义——当然希望不是道德说教社会主义，是古老的英国式社会主义，而非理论的、意识形态的，是人道的、自由派的、伦理的社会主义……（My socialism is a moral（I hope not moralistic）socialism，an old English style，not theoretic or ideological but humanist，liberal，ethical…）"可见他与正统左派的区别。他曾经批评左翼精英化写作常常流于激烈的谩骂与说教而非发乎人之常情，更为极左的则与右派批评如出一辙。他特别痛心的是他认作同类的左派批评之堕落。于是他来身体力行地从事他的批评写作，完全出自"人性、道德、自由和伦理"的立场，因此他做到了文笔犀利但寓理于情，冷峻又不失幽默（dry wit），贴近常识而非意识形态和道德的说教。

霍加特开宗明义说，这本书是洁净严肃的美文（is not a dirty book. It is clean and serious and beautiful），如果我们试图把它当作淫秽作品，我们不是在玷污劳伦斯，而是在玷污我们自己（We are doing dirt，not on Lawrence，but on ourselves.）。

他明确地指出，当初英国查禁这本书，大的背景是，当时的英国社会对待性问题所持的态度是"肮脏与羞耻感并行"（smutty and ashamed at the same time about sexual questions），要么对这个话题三缄其口，要么在公共厕所的墙上写满下作无聊又苍白的性笑话（boring，sniggering，sterile round of dirty jokes）。可见这位西马理论家对彼时的英国社会的批评是多么严厉刻薄。

而偏偏劳伦斯要逆风飞扬，逆流而上，面对那样的社会环境，竟然要公开、诚实并温柔地谈论性（openly，honestly，and tenderly），岂非大逆不道？所以霍加特说，我们阅读这本书时要把握好分寸（read properly），这对我们是一种挑战，看我们能不能有点滴的进步（a challenge to grow an inch or two），从"肮脏与羞耻感并行"的心态中得以摆脱。

我们常说玉成某事需要的是恰当的人在恰当的时间和地点做恰当的事，指的就是这个 proper，四要素都恰当了，事情就圆全了，否则不是差强人意，就是毁于一旦。劳伦斯写这本书是恰当的人做的恰当的事，可惜不是在恰当的时代，他的受众也非恰当的受众而是惯于在这本书所涉及的问题上持"肮脏与羞耻感并行"态度的大英帝国子民。这也就是中国人说的天时地利都不作美，就毁了"人和"，自然也就坏了世间一件美事。

到了 1960 年，英国的社会风气和人情世故都与 1928 年比判若云泥，主要是庶民们所主宰的"情势"和语境都发生了脱胎换骨的变化，这个时候就出现了"天时地利"，"人和"也就水到渠成。审判这本书的过程竟然成了鉴赏和赏析的受用过程，成了民主和知识界的良心在法庭上的狂欢，从辩护律师到出庭证人形成一个豪华的阵容，一连 6 日，从大作家福斯特到剑桥批评家哈夫到新派左翼学者霍加特，一干社会名流在伦敦中央刑事法庭上频频亮相，慷慨陈词，为一本长期受到不公待遇的小说辩护。保守势力对此始料不及，审判结果竟然是寥寥"无罪"二字，从此企鹅平装本《查》风靡英伦。这样高调开场的严厉审判本来是想要企鹅出版社的好看，杀一儆百的，结果却是检察官溃败，被霍加特称为一出"光荣的喜剧"（gloriously comical）。英国的和谐社会于是在 1960 年实现了。桂冠诗人菲利普·拉金感慨而不乏讽刺地对此评论说：生活和性交都始于《查泰莱》解禁后。

霍加特强调说，出自对我们自己的尊重，我们也要对这本书做出恰当的解读才是，他所说的自我尊重，指的是：尊重常识、尊重独立见解、尊重自己对感情的诚实、尊重使人际关系走向成熟的意愿（our common sense, our independence, our honesty about our feelings, our wish to be more grown-up in our relations with others）。而且读这本书要读其全文，而非仅仅读那些为坊间过分渲染流传的段落（not merely those passages which have been so excessively and obsessively talked about.）。

谈到小说男女主人公的恋情，霍加特说他们爱情的催化剂是怜悯与欲望的交织（mixture of compassion and desire），这和中国人一般所说的"情色相生"基本是一致的，怜悯之情与情色的情还是很有不同，前者强调感情，后者强调愉悦。这里指的是猎场看守麦勒斯偶然看到孤独的查泰莱夫人手捧小雏鸡时伤感落泪那一幕。

> 他再次转身看她，看到她跪在地上，缓缓地盲目将手伸出去，让雏鸡跑回到鸡妈妈身边去。她是那么沉默，那么凄楚，那模样令他顿生同情，感到五内如焚。
>
> 不知不觉中他很快靠近了她，又在她身边蹲下，从她手中拿走小鸡，将它放回笼子里去。他知道她怕那母鸡。这时他感到腰腹间那团火突然烧得更旺了。
>
> 他面带惧色地瞟她一眼，她的脸扭向一边，自顾哭泣，哭出了她一辈子的痛苦和凄楚，一时间她把他的心都哭化了，化成了一星火花。他情不自禁地伸出手去，手指搭在她膝盖上。
>
> "你不该哭！"他轻柔地说。
>
> 她用手捂住自己的脸，感到心都要碎了，径自不管不顾地哭泣着。
>
> 他把手放在她肩上，开始温柔地顺着后背轻轻地将下去，不知不觉地抚慰着她，一直滑到她弯曲的腰窝。他的手停在那里，无限温柔地抚摸着她的侧腰，凭的是不知不觉中的本能。

霍加特说他从这一段里读出的是一个人对另一个人的尊重和同情心，读出了他们之间生情的原委，那不是突如其来的瞬间冲动。难怪劳伦斯最初想到的书名是《柔情》（Tenderness）。

以此类推，霍加特说，我们应该读整本的书而非片段，那样我们就会觉得书中的性描述段落是整本书的有机组成部分，它们的意义就在于此，是整体的部分，而不能与整体割裂，更不能断章取义。这本书讲的是如何克服困难建立起人与人之间诚实和健全的关系（relations of integrity and wholeness），与我们休戚相关的人之间的关系意味着不仅是精神关系，还有肉体关系（in body as well as in mind）。

在此霍加特引用劳伦斯自己的话说："若想要生活变得可以令人忍受，就得让灵与肉和谐，就得让灵与肉自然平衡、相互自然地尊重才行。（life is only bearable when the mind and the body are in harmony…and each has a natural respect for the other.）"而这本小说中的男女主人公所做的就是寻找一种"柔情、肉体激情与相互敬重并行的关系"（relations in which tenderness，physical passion and mutual respect all flow together），因此不能说它仅仅关注的是性关系，远非如此单线条。

与此同时，霍加特指出，人类的语言在性描述上是词不达意的，这表明我们人类在这个问题上困惑、惭愧，过于肮脏和羞耻（our language for sex shows us to be knotted and ashamed，too dirty and too shy），所以才有了所谓四个字母组成的脏字如 fuck 等。我们从小就知道那些字词是骂人的话，是脏话，而一旦我们要自然简单地谈论性时，我们居然发现我们没有恰当的词汇。知与行之间赫然出现了鸿沟，人们为此感到困惑。劳伦斯并非鼓励人们把这些字词当成"口头语儿"滥用（use these words at every end and turn.），但他确实希望人们能在严肃的情境中严肃地使用这些词汇，从而"洗涤这些字词上的污秽，也就清除了人们对性事的困惑"（to cleanse them of their dirt—and so to clear some common confusion about sex）。1960 年审判这本书时，第一个出庭的辩护证人、剑桥学者格拉姆·哈夫上场后提到的就是这个论点。他也谈到英语里缺乏有关的正常词汇让人们严肃公开地谈论性，现有的词汇要么是脱离感情的抽象的医学词汇，要么是多年来被当成脏字的那些词汇。劳伦斯试图在故事情节中"救赎"这些词汇，拭去其污秽。这种以其矛攻其盾的努力自然是造成小说被禁的原因之一，但其攻盾的勇气则是值得赞许的。

霍加特要强调的另一个问题是，男女主人公并非乱性。查泰莱夫人曾有过几次"性自由"经验，但并没有从中获得任何快乐。麦勒斯和他的妻子因妻子过分追求性享乐而分居，他宁可独自生活。所以，这两个人从一开始就对爱情持抵制态度，因为他们都因为过去的经历而不再相信爱情。他们之间发生了爱情，也只是到同情与欲望强烈交织时的事（pity and desire have become powerfully intermingled）。这一点可以从他们发生爱情后麦勒斯目送康妮离开时的心情看得出：

> 望着她远去的背影，他几乎感到心里发苦。在他想孤独的时候，是她又让他有了交融。她让他牺牲了一个铁了心要遗世独立的男人那苦涩的孤独。

从另一方面看，康妮的丈夫和他的那些高谈阔论的朋友们似乎都把性事看作原始的机械行为，她丈夫在结婚前就持这种态度。劳伦斯让他截瘫，令人产生了误解，以为他对性的态度是瘫痪造成的，其实不然：即使他不受伤，他照样讽刺地对待性事。这是解读他性格及康妮与他不和的一个关键。在他看来，"性不过是心血来潮的事，或者说是次要的事：它是废退的人体器官笨拙地坚持进行的一个奇怪程序，真的是可有可无。"

他甚至可能认为性事有点堕落：没它不行，有它又麻烦。霍加特坦率地指出，人类的性器官与排泄器官如此紧邻甚至共享，这个位置本身就令人类尴尬：我们如此扎根于浑浊之中，却偏偏以此诞生了高尚的人类，他们能自我牺性，诚实，能从事音乐和诗歌这样高雅的文化事业，是莎士比亚赞美的那种"多么了不起的杰作！……宇宙的精华！万物的灵长"。

如果人们都像克里福德和他的高雅朋友们那样看待性，人们实则是在诋毁自身。霍加特提醒人们不要忘记在基督教的婚礼仪式上人们常向对方表达的那句话："吾以吾身崇拜汝（with my body I thee worship）。"仅此一句，就说明了人性几何。

而瘫痪的克里福德居然冷漠地允许康妮和别人生子，为他家延续香火，这就更为可笑，说明他对肉体贬低到何种地步。他关心的仅仅是，那个替他播种的人要出身高贵，不辱他家的门楣，至于那个孩子，则是被他用一个 it 打发了的。这残酷的一招几乎令康妮无语。或许，这更坚定了康妮对麦勒斯的爱情。他们本可以避孕，但都没有，也没有准备把他们的孩子过继给克里福德当少爷，他们准备负责任地结婚，让爱情圆满。

在爱中，他们也在学习爱，让爱成长。他们体验着爱的愉悦，同时也遭遇到性爱激情的低潮，但他们都直面爱的困难，从而学会相互理解。这些描写都是围绕着真情和真爱而作，不是脱离复杂的情感肌理的孤立描写，因此是整部书的有机部分。第十二章里有一段他们难以琴瑟和鸣，康妮为此难过时麦勒斯对她安慰的话很能说明他们之间的理解和探索的努力：

　　　　她实在难过，在她自己双重的意识和反应的折磨下，她开始哭泣。他毫不注意她，甚至都不知道她哭了。哭声渐渐大起来，震动了她自己，也震动了他。

　　　　"诶！"他说。"这回不好。你心思不在这儿。"

　　　　原来他知道啊！于是她哭得更厉害了。

　　　　"可这是怎么回事啊！"他说。"偶尔是会这样的。"

　　　　"我，我无法爱你！"她抽泣着，突然感到心都碎了。

"没法儿！行了，别发愁！没有哪个王法非叫你爱不可。该什么样儿就什么样儿吧。"

他的手仍然放在她的乳上，但她的双手都离开了他的身子。

他的话丝毫没有让她感到安慰，她抽搭得更厉害了。

"别，别！"他说。"有时好，有时孬。这回是有点不好。"

她痛苦地哭泣着说："我是想爱你，可就是不行。只觉得可怕。"

他笑笑，那笑，半是苦涩，半是调侃。

"没什么可怕的，"他说，"就算你那么觉得。你别一惊一乍的就行。也别为你不爱我发愁，千万别难为自个儿。一篮子核桃里总有个把坏的，好的坏的都得要。"

这一对爱人特别看重的是婚姻的价值，正如劳伦斯所说："婚姻是通向人类生活的途径。"

所以劳伦斯说，他写这本书，就是想让人们"全面、诚实、纯洁地看待性（to think sex，fully，completely，honestly and cleanly）"。

本书的另一个主题应该是对工业化及其对人类的毁灭性影响的谴责，多处大段的景物描写，都是为工业化的中部地区做出的最真实和惊人的暴露：

汽车艰难地爬上山坡，在特瓦萧那狭长肮脏的街区里穿过。黑糊糊的砖房散落在山坡上，房顶是黑石板铺就，尖尖的房檐黑得发亮，路上的泥里掺杂着煤灰，也黑糊糊，便道也黑糊糊、潮乎乎。这地方看上去似乎一切都让凄凉晦暗浸透了。这情景将自然美彻底泯灭，把生命的快乐彻底消灭，连鸟兽都有的外表美的本能在这里都消失殆尽，人类直觉功能的死亡在这里真是触目惊心。杂货店里堆着一堆一堆的肥皂，蔬菜店里堆着大黄和柠檬，女帽店里挂着难看的帽子，一个店接一个店，丑陋，丑陋，还是丑陋。

对黑暗龌龊的矿区，劳伦斯发出的几乎是咬牙切齿的恨恨然之声，这声音几乎可以通过朗读下面的段落发自肺腑，当然我指的是英文原文，不仅是节奏，用词几乎都有咬牙切齿之音响效果，如连用几个 black，几个 utter 和几个 ugly，这样的几个短音节词不断跳跃在字里行间，发自牙缝和舌间，听上去完全是掷地有声的咒符。

…the blackened brick dwellings, the black slate roofs glistening their sharp edges, the mud black with coal-dust, the pavements wet and black. It was as if dismalness had soaked through and through everything. The utter negation of natural beauty, the utter negation of the gladness of life, the utter absence of the instinct for shapely beauty which every bird and beast has, the utter death of the human intuitive faculty was appalling…ugly, ugly, ugly.

如 soaked through and through everything 这样声效与节奏同步的短语，应该说是朗朗上口，逼着你不能不叨念出声。

书中透露出的对现代文明的批判是掷地有声的，这种批判是与工业化如日中天的进程共时的，因此难以在那个语境中得到理解，只有在后现代的视野中才彰显其力量和"预言家"的本质。而这种工业文明的结构又与英国特有的阶级结构相交织，因此本书亦是对英国的阶级隔阂现状的批判。

有趣的是，书中的克里福德瘫痪后开始从事小说写作，靠写通俗小说很是风光，此人还善于"炒作"自己，硬是靠着媚俗和炒作成了风靡一时的流行大作家。一边是发展工业剥削工人发财，一边是附庸风雅，靠着华丽的词藻描述些空洞的感情成名，可谓是两手都硬的工业大亨与写作大腕。劳伦斯通过对作为作家的克里福德的批判，也道出了小说写作的真谛，应该说这也是一本涉及小说写作的书：

一个人不妨听听别人最隐私的事，但应该是对人家的挣扎和倒霉抱以尊重，因为人人都如此，而且应该对此怀有细微、明察的同情心。甚至讽刺也算是一种同情呢。对我们的生活起决定作用的是我们的同情心释放或收敛的方式。对了，小说的至关重要也在于此，如果处理得当的话。它能影响并将我们的同情心引入新的天地，它也能引导我们的同情心从死亡处收敛回来。于是，如果处理得当，小说可以披露生命中最为隐秘的地带：因为，是在生命之激情的隐秘地带，而不是别处，敏锐的感觉潮汐在涨落、洗涤和刷新着。

但是小说和流言一样，也能激起虚假的同情，制造虚假的收敛，对人的心理造成机械致命的影响。小说能将最腐朽的感情化为神奇，只要这些感情是符合传统意义的"纯粹感情"。在这种情况下，小说就像流言，最终变得恶劣，而且像流言一样，因为它总是昭著地站在天使一边而变得更恶劣。（第九章）

而克里福德的小说"写的是他以前熟人们的奇闻逸事，文笔俏皮，有点恶毒，但说不上为什么，就是无聊。其观察角度特别，很不一般，但缺少触角，没有实质性的触觉。似乎整个故事都发生在一个人造的地球上。不过，既然当今的生活界面基本上是一个虚幻的舞台，他的故事反倒奇特地忠实于现代生活了，就是说符合现代人的心理。""没完没了地编织着文字的网，编织着意识的细枝末节，这就是被马尔科姆爵士说成空洞无物、流传不下去的小说。"

这一段可能在不知不觉中流露出了劳伦斯对1920年代英国小说创作的揶揄，这是我的感觉。我们读劳伦斯论小说的一些随笔，能发现他对从普鲁斯特到乔伊斯的那些冗长晦涩的小说十分反感，不乏贬损。两相对照，应该能感觉出劳伦斯有所影射。当然这段评说是有机地融于对克里福德人物塑造之中的，意在说明克里福德内心空虚，康妮也忍受着与他一起空虚的日子。但无论如何对评价现代英国小说还是有旁敲侧击价值的。

最后霍加特引用劳伦斯的一段信来阐明劳伦斯创作这本破冰之作的初衷：

"我一直致力于同一件事，那就是让性的关系变得实在而宝贵，而不是可耻。而这本书是我所努力的极致。我觉得它美、温柔，而且如我们赤裸的自我一样娇嫩。（I always labour at the same thing, to make the sex relation valid and precious, instead of shameful. And this novel is the furthest I've gone. To me it is beautiful and tender and frail as the naked self is.）"

（本文发表在《悦读 MOOK》第 15 卷）

被迫一劳永逸的学问

　　这个周末被《语文学习》杂志"逼着"大做一次学问，说来简单又复杂：我应约为该杂志写了篇劳伦斯散文的分析文字，后面应要求附上一些劳伦斯的资料，供语文老师参考。里面有几条劳伦斯的名言和名人对劳伦斯的评论，都是我平时随看随手翻译下来的。可我因为不是写论文，就没有记下出处。这几条东东已经广泛被用在劳伦斯作品的封底了，但那几个出版社从来没要求我说明出处，我就犯懒。多少年过去就混过去了。真没想到这家杂志这么严格，要我说明出处，以求学术真实和严格。这下难住我了，这么多年了，我哪里还记得那么多，只能答应找，找出几个算几个，找不出的就别用了。我算犯到他们手上了，总得找出多一半吧，否则真有我胡编乱造之嫌了。

　　还好现在有网络，实在想不起来的就凭记忆打出英文来，如劳伦斯的第一条"我的英国人本性就是我的眼光"，说什么也想不起出自哪里了，就打英文网搜，还真搜到了！谢天谢地。就这12条，我翻了8本书！谁让我当初犯懒来着，遇上强的编辑了，只能认了。如果杂志编辑都这么认真，能逼出多少人才来啊，谢谢人家吧，我算一劳永逸了。这些词条是：

　　劳伦斯精彩言论：

　　"我是英国人，我的英国人本性就是我的眼光。"

　　"我一直都说，我的座右铭是'为自己而艺术'。"（借用朱光潜的译文）

　　"人通过写作摆脱自己的疾患——重复并展示自己的情绪从而主宰自己

的情绪。"

"我常想，人应该做到在写作前祈祷，然后把作品留给主去定夺……我总感到我似乎是赤身裸体站在万能的上帝面前，任他的火焰从我身上穿过——那种感觉实在很不寻常。要做个艺术家，先得变得十足虔诚不可。"

"性与美是同一的，就如同火与火焰一样。如果你恨性，你就是恨美。如果你爱活生生的美，那么你会对性报以尊重。"

"小说是人类迄今发现的揭示细微内在联系的最高典范。"

名人对劳伦斯精彩评论：

E. M. 福斯特："他是侪辈最富想象力的作家。"

弗吉尼亚·伍尔夫："劳伦斯那种清晰流畅、从容不迫、强劲有力的笔调，一语中的随即适可而止，表明他心智不凡、洞幽烛微。"

阿尔都斯·赫胥黎："对抽象知识和纯粹心智的厌恶导致他成为某种神秘物质主义者。"

奥威尔："他有能力理解或者说似乎能理解与他完全不同的人，如农夫，猎场看守，牧师，还可以加上矿工……他的故事是某种抒情诗，他之所以写得出这样的作品，靠的仅仅是观察某些陌生莫测的人时自己的内在生命忽然间经受的一段强烈想象。"

F. R. 利维斯："他仍然是我们这个文明阶段的大家。"

多丽丝·莱辛："他是一个天才，居于英国文学的中心，在世界文学中也有他稳定的位置。"

翻译错误引发的对
劳伦斯"主义"的诠释错误

1980年代后期三联书店出版的那套小而精的"新知文库"影响很大，一版再版。其中就有一本美国著名学者克默德所著的《劳伦斯》。这本书凝练扼要，但微言大义，被我视作劳伦斯研究的《圣经》缩写本。当初没有原文，只看中文，还标记了很多处并在论文里引用过，因此一直珍藏着这小书，一元三角，现在看真是便宜。但当初我的工资只有80多元，每月的买书钱并不多，但这是我的小圣经，所以还是值得。

后来在伦敦旧书摊上看到这本书的英文版，标价2英镑，结果1英镑砍下，带了回来，闲置10年，前两天修改为《儿子与情人》新版写的序言时，就想把当年的引文与英文原文对一下标示英文的出处，以求显示自己有进步。没想到，打开第一页一对，就发现中文里有很严重的翻译错误，是那种单看中文还觉得很漂亮的行文。我写这个短文倒不是针对译者，那个年代对劳伦斯毫无了解，能翻译出来就已经很不容易了，功不可没。关键是通过探讨翻译的错误来匡正对劳伦斯文学创作方法或观念的错误传导，这几个翻译错误应该说把劳伦斯的观念正好传达反了，虽然只是寥寥数语。

P7…the important job—to show how the visionary is contained by the novelist, how the prophetic fury is woven into the silk…he was more conscious of his prophetic role，and would have not only to develop it，but reconcile it with his narratives.

这里的关键词是 how the visionary is contained by the novelist 里的 contain，the prophetic fury is woven into the silk 里的 woven into the silk，还有 not only to develop it（"his prophetic role"），but reconcile it with his narratives。

原来的翻译之所以想当然地理解错，关键是错误理解了 contain 和 reconcile 这两个看似普通的词在这里的意思。对劳伦斯没有研究，就望文生义，结果是翻译成了相反的意思或指向不明。

how the visionary is contained by the novelist，给翻译成"小说家是如何驰骋他的幻想"。

not only to develop it（"his prophetic role"），but reconcile it with his narratives 给翻译成了"不仅对此大加开掘，而且将这一意识溶入了他的小说叙述中"。

第一句里的 contain 应该是遏制，节制或控制的意思；第二句里的 reconcile 应该是结合、与……保持一致的意思；这里的 narratives 指的是故事而非抽象的"叙述"。

这二句话言简意赅地道出了劳伦斯作为一个小说艺术家是如何让自己的哲学思考和预言家的直觉服从小说创作的艺术规律，如何适度地让驰骋如野马的幻想得到节制，这样平衡之后的作品才是小说，否则就只能是哲学或狂想。这些都是劳伦斯文学创作的画龙点睛总结。它触及的亦是小说创作的忌讳和平衡规则，是普遍规律。可惜译者对此不明就里，就望文生义，结果是"译"反了或偏了。

劳伦斯在《哈代论》里就明确表明了自己的小说创作理念：文学创作中作家的观念与创作之间是一对矛盾：一部小说必须有一个形而上的哲学框架，没有哲学理念的作品不成其为大作品；但如何让这个理念的框架服务于和服从于连作家本人都难以理喻的无意识艺术目的而不是相反，最终决定了作品的成功与否。在他看来，哈代和托尔斯泰的小说每当理念大于小说时，即功亏一篑。

劳伦斯的这个理论与后来大家熟知的马列主义文艺观里"作家世界观与创作之间的矛盾"及弗洛伊德主义里意识与无意识的冲突理论是不谋而合的。

这两句大概的意思应该是：

> 本书的使命是说明作为小说家他如何控制收敛自己的幻想，如何将狂飙式的预言糅化，他不仅要发挥一个预言家的作用，还能将预言与故事水乳交融。

如果他过于驰骋想象而忘了小说的合理性，他就不是作家；如果他只扮演预言家的角色而不是通过故事表现自己的预言，他就只是个疯狂的预言家而已。无论他是什么，无论他怎么狂想，他最终还是个小说家，也只是个小说家，当然是富有诗意和预言价值的小说家。

这样我们就理解了大批评家克默德这本微言大义的小书的主旨，看出大的学问是如何言简意赅，深入但浅出的。所以我一直把这本书当作劳伦斯研究的《圣经》缩写本。

闲谈劳伦斯的戏剧

最近有远方的朋友来信说起劳伦斯的戏剧，引用如下："就目前我所掌握的资料上看，国内还没有人对劳伦斯的戏剧进行过研究。这是否是劳伦斯的戏剧不太适合口味？还是他的戏剧文本尚未传到中国来。我总有一种感觉，这是一种遗憾。"

的确是一种遗憾。劳伦斯的戏剧很难一概而论，他的一些剧本有的太写实，有的太先锋，加之被小说和诗歌散文的光环所掩盖，一直难以受到切实的研究。我看过两个根据劳伦斯的戏剧改编的电影，十分欣赏地道的诺丁汉劳动人民的语言，所以想翻译《儿媳妇》、《霍家新寡》什么的。这样的剧本十分适合话剧演出。我曾写过，如果有导演排这戏，我当仁不让是首选的译者。但目前这种赔钱的东西谁要出呢？我们的影视戏剧关心的是富裕风流的生活，谁会看英国矿工家庭上个世纪初的故事，听英国土话？

2002 年版的拙作长篇随笔《心灵的故乡》里有几处提及劳伦斯的剧本，摘录在下：

沿这条公路朝北，离德班大楼不远处是一片芳草萋萋，林木茂盛的幽静去处。现在是伊斯特伍德大楼，当初是矿主之一沃克的宅第。劳伦斯曾以此地为背景创作了话剧《一触即发》。这个剧本在正面描写劳资关系的工人阶级文学中具有其不可替代的独特意义。一方面他塑造了一个"仁义"的老矿主形象，另一方面他以霍普金为原型塑造了一个理性的工人知识分子形象。对劳资矛盾采取的是调和的态度。这种剧本可能在左派文学家眼里是"工贼"文学。但对于劳伦斯来说，他通过这个剧本表达了他对劳资关系天真善良的认知态度，他不愿意看到暴力，认为那是一把刺穿他的英格兰之腹的利剑。他把缓解劳资矛盾，调节社会关系的希望寄托在霍普金这样的工人知识分子身上。

在诺丁汉举办的劳伦斯电影周期间，我观摩了电影《霍家新寡》，再次被其超凡的语言艺术所倾倒。这样鲜活的底层人民的语言，英国作家里除了劳伦斯，还有谁写得出？我立即萌发了将这话剧翻译成中文并用略带北方某省口音的普通话将它搬上舞台的冲动。我相信只有我这个出身于劳动阶层、熟悉劳动阶级语言并有作家背景的资深翻译能翻译好这个剧本。可在一门心思奔富裕的现实中国，又有哪个导演会对这样的话剧感兴趣？谁肯为它投资上演？但我心里顽强地珍藏着这个小梦。

2005年的散文集《名家故居仰止》中这样写道：

劳伦斯的全套小说各种版本我几乎都有，唯独没买到他的戏剧集，这书在"水石"书店里是买不到的，据说已经绝版，原因是人们对他的戏剧估价不高，因此他的戏剧集销售不旺。其实这全怨劳伦斯自己，因为他的小说名气过大，折了他戏剧的"阳寿"。看来一个人才华不能横溢，结果居然是"自"相残杀，自己的小说灭了自己的戏剧。其实劳伦斯很有戏剧天分，根据他的剧本拍摄的电影《霍家新寡》实在是一部写实与心理剧的杰作。他的《儿媳妇》更是独树一帜的英国矿工生活剧。这两部话剧都拍成了电影，其浓郁的生活气息，特别是泼辣鲜活底层百姓的戏剧对白，全英国的作家里没有第二个人能写得出。从方言俚语的角度看劳伦斯对矿工生活的挖掘，其实读他的剧本比读他的小说更有直感和质感。

这次我在旧书店里终于寻到了一部劳伦斯戏剧集！店家开价25镑，号称绝版，必须高价，结果让我12镑拿下了，捧着回家，像白捡的，那可是60年代出版的精装本，这本书出版时我还穿着开裆裤在古城保定的居民大杂院里疯跑呢，哪里知道自己长大了会阴差阳错学英文并吃上了劳伦斯？这书转来转去让我四十岁上跑到英国买到了手，实在是好缘分。看着那书上泛黄的页码，心中生出莫名的感动，觉得那就是我四十年光阴的流逝，它就该属于我。买下，然后不远万里带回中国去。说不定国内哪个剧团要上演劳伦斯的戏剧，我当仁不让要做剧本的翻译！

不知道我这些小小的心愿能什么时候实现。不知道我是否属于"当仁不让"行列。因为这个"不让"不取决于我，而取决于出版社或话剧导演，他们当仁不让别人翻译而让我翻译，我才能让自己翻译。但我相信，心愿本身有时就是一种气场，可能能弥漫，能吸引来所愿之物。或许强烈的愿望本身就构成了缘分的气场。

劳伦斯胸中的块垒

　　话锋一转，他突然用力捶着自己的胸口说："这儿堵得慌，萨瓦奇，"他说，"比水泥坨子还重。我要是不把它弄出来，非堵死我不可。"（A propos de bottes, he suddenly struck his chest violently. "I've something here, Savage," he said, "that is heavier than concrete. If I don't get it out it will kill me."）

这一段话是谁的自白？多么生动的戏剧或电影脚本台词，还有动作描述，又看着像小说。

如果我告诉你这说话的人是个作家，他在表达自己创作小说时的痛苦挣扎境况，你或许会想看看这个演员怎样表演这段台词。

但不是戏剧和电影，也不是小说，而是现实中一个人在对另一个人说话，说话的人是劳伦斯。

彼时的劳伦斯年方28，刚刚完成了以后证明是世界名著的《儿子与情人》，文学界好评如潮。他从意大利来到伦敦，准备下一轮创作高峰的到来。这个高峰后来证明不仅是他自己文学创作的高峰，而且是英国小说创作的一个高峰，其标志就是《虹》和《恋爱中的女人》。理查德·霍加特说后者是英国小说的高峰，前者则是这个高峰到来之前的高峰，实则是双驼峰。

但这个双驼峰不是轻而易举就能达到的，正如劳伦斯捶着胸口所说的那样，他能感到自己要倾吐的块垒几乎要将他窒息了，但他尚未证明自己有能力将这块垒一吐为快，他更受制于文学界的强大阻力，他在创新的前夜挣扎着。

在《儿子与情人》之前，他曾写出了田园牧歌似的《白孔雀》和几篇有影响的描写小镇工人阶级生活的短篇小说，这些成就让他获得了伦敦文学圈的欢呼，人们像在弗吉尼亚橡胶园的黑奴中发现一个白人那样欢呼英国工人阶级里出现了天才作家，他的作品以其强烈的生命活力和清新的文风冲击着以高尔斯华绥和萧伯纳等大文豪为代表的英国文坛，令老牌的作家们感到珠玉在侧。但伦敦的文学圈子在欣赏他的同时也把他固定在工人作家／写工人生活的定位上，他们看不得他写其他题材的作品。这一点令随时要创新突破的劳伦斯怒不可遏，最终与他的伯乐、大作家胡佛（后改名福德）分道扬镳，号称自己划自己的独木舟。这对于一个 25 岁的底层作家来说实在是勇气可嘉。等他的《儿子与情人》风靡伦敦后他又要开始新的创新，写了《虹》这部"小说里的圣经式作品"，但他的第二个如父如兄的伯乐加尼特却希望他继续沿《儿子与情人》的方向拓展自己，使作品更臻于完善、炉火纯青。不幸的是劳伦斯拒绝了，他要彻底洗心革面，用"连我自己都不懂的语言"进行新的尝试。《虹》的创作是异常艰辛的，它令劳伦斯心力交瘁，在文学理念和实践上彻底脱胎换骨，这样的作品得不到加尼特的赏识，甚至遭到斥责。于是他与自己的第二个亲密的保护人决裂，划着自己的独木舟向更广阔的文学茫茫大海独自探险去了，他说"人是思想的冒险家"。

他捶着胸口发出那段感慨的背景就是这次巨大的冒险开始之时。他知道自己不会再有靠山，不会再有引路人和守护神，他如果继续《儿子与情人》式的写作，文学前景肯定是一片坦途，至少是可以衣食无忧，不会有冻馁之虞。可他的冒险把自己逼上了不归路，以后作品多次遭查禁，他浪迹四方，客死他乡，《查泰莱夫人的情人》甚至在他死后 30 年才开禁。

四海为家，一贫如洗的日子里，他没有为自己的思想冒险后悔，更没有试图走回到《儿子与情人》的老路上去以获得功名和安稳的生活。事实证明，如果没有《虹》、《恋》和《查》这三部压阵大作，劳伦斯个人的文学声望仅仅是个"工人阶级里的天才"而已，得到的仅仅是小资产阶级和知识精英界居高临下的欣赏而已。是《儿子与情人》之后的创新，奠定了他在英国文学史上的不朽声誉，为英国文学在世界文学之林中获得崇高的地位做出了杰出的贡献，更为世界读者提供了一系列超凡脱俗的文学精品，尽管他忍受了生前的清贫、迫害和孤独。他并不想做文学的烈士，他只想成为自己，只想按照自己的方式文学地生存，但媚俗和媚雅让他成了烈士。

还好，他把那个文学的水泥坨子"弄出来"了（get it out！），他没让自己憋死自己；至于世俗让他当了烈士，那总比自己憋死自己要好吧。

真正的文学家应该是这样的。而八面玲珑，媚俗媚雅，盯着市场，盯着奖项，盯着"领导"脸色，聪明地适应这一切的作家，可以活得潇洒，但永远不可能写出真正的作品来。写字的，出卖你的字儿吧，但千万别说自己是作家，你仅仅是写字的，写好字，每个字都能换来功名利禄就挺好，但别以文学的名义。

威尔斯别墅对劳伦斯的激励

　　劳伦斯作为一个小学教师身份的业余作者被胡佛等文坛大家带到大作家威尔斯家做客，劳伦斯为这个小镇杂货店主的儿子如此成功感到吃惊。他感到如果自己努力或许也行。就暗自发出一年要挣2000英镑的豪言壮语。那是小学教师年薪的20倍。他其实不知道就是挣了2000镑，也过不上威尔斯那样的富翁日子，仅仅是穷小子的幻想而已。那时的威尔斯声势盖过了萧伯纳等人，如日中天，科幻小说卖疯了都。

　　于是我对威尔斯的故居好奇起来，在网上狂搜了一通，终于有所收获。在福克斯通港的一座巨大的宅第是威尔斯的第一个家，确实了得，绝对豪华。如今成了英国著名的建筑遗产名录中的一个。劳伦斯看到的不是这个豪宅，而是威尔斯后来搬到伦敦城北汉普斯蒂德的联排别墅（17，Church Row），应该是典型的英国中产阶级在城里的那种房子，外表典雅而低调，房子宽敞而实用。这样的房子应该是令劳伦斯感到艳羡的。而如果他看到福克斯通那座豪宅，估计他会崩溃。

　　劳伦斯那时还租住在克罗伊顿小镇子的一户人家里，只住其中一间，穷得叮当的。以后也一辈子穷，没有自己的住房和财产。最终还是善良的威尔斯，听说劳伦斯弥留了，专程到意大利看他，并安排了艺术家给劳伦斯做了石膏脸模，然后脱胎出劳伦斯唯一的头像。当然威尔斯不喜欢劳伦斯，他是做善事。

　　但最终威尔斯的同时代人作家里是萧伯纳和高尔斯华绥得了诺贝尔文学

奖，威尔斯没得。按说威尔斯本领过人，除了揭露社会黑暗的小说还能写科幻小说，应该比那两个要更"多才多艺"。诺贝尔奖是无情的，谁也不知道幸运地落在谁头上。不过威尔斯活得很值，成了富翁，闻名世界，英国有他的几处故居纪念地，他的家乡 woking 给他做了雕像，到处都张扬他，他受到了英国老乡们的热爱，这就够了。英国有点名气的作家都得到了故乡的善待，几乎到处是作家的故居纪念地，都挂了蓝牌标志，据说老舍先生在伦敦的旧居也挂上了蓝牌，受到瞻仰。所以到了伦敦，看到满大街的房子上都是蓝牌子，不是作家的，就是艺术家的和历史名人的故居，真是看不过来。这应该叫文化氛围吧？

劳伦斯与福斯特

读《福斯特散文选》，其中一篇谈论英国人的性格并拿法国人作对比，行文波澜老成，机智隽永。这种简洁隽永的英文是"全知全能的大一生"不屑一顾的，但会令"全然无知的大四生"望而生畏。英文写到这等可望而不可即的境界，需要纯净的心态和睿智的修炼。

欣赏之余，不由得产生某种"专业"联想，自然想到他与我所研究的劳伦斯的关系。虽然劳伦斯不是我专攻的"术业"，但毕竟是我唯一翻译的一个作家，所以看到有关他的同时代文人的雪泥鸿爪，都会想起劳伦斯来。这两人同被誉为本世纪前半叶最具独创性的小说家。他们过从并非密切，但神交不浅，款曲相通，是罕见的灵犀莫逆。但他们之间的金兰交谊也颇为令人扼腕。

他们在英国文坛上相互比肩又相互仰慕，这在文人相轻的作家圈中本属难得，而他们偏偏还会打破文人的矜持而将钦敬之情溢于言表，这就更是难能可贵。福斯特嘉许劳伦斯为"在世作家中唯一有狂热诗人气质者，谁骂他谁是无事生非"；劳伦斯则夸奖福斯特"或许是英国侪辈作家中佼佼者"。❶ 劳伦斯逝世后，嫉恨者大失英人绅士风度，恶语鞭尸者有之，痛泄私愤者有之，何其快哉！平日里大气磅礴的《泰晤士报》仅吝啬地发了两行简略的文字报道其死讯。倒是久与劳伦斯分道扬镳的福斯特，站出来公然赞美劳伦斯为"侪辈最富想象力的小说家"。❷

---

❶ Paul Delany：*D.H.Lawrence's Nightmare*，Basic Books，Inc.，New York，1978，p56.
❷ 转译自 F.R.Leavis：Introduction，D.H.Lawrence：Novelist，Pelican 1981。

这两位大家曾一见倾心，但止于龃龉最终失之交臂，绝非因为福斯特出身剑桥曲高和寡、劳伦斯脱颖于"煤黑子"难以附庸风雅。在于理性绅士的福斯特这边，恰恰是出于感性原因；而在于感性狂放的劳伦斯这边则是出于理性的原因。匪夷所思，而细思量又觉得在情理之中。

两人是在"布鲁姆斯伯里"文人圈子的女主人莫雷尔夫人家的晚宴上相识的。福斯特年长劳伦斯六岁，在劳伦斯刚刚出道时，福斯特早已闻名遐迩。但福斯特在对劳伦斯毫不知情的情况下就对其长篇处女作《白孔雀》评价甚高。已近壮年的大作家福斯特与刚刚出版了《儿子与情人》声誉正隆的而立晚辈劳伦斯相见，一个是温文尔雅的绅士文豪，一个是桀骜不驯的矿乡才子，若非是莫雷尔夫人这位文学的施主苦心安排，他们或许永远也不会面晤。

他们之间巨大的阶级鸿沟因双方相互倾慕其才情而立时冰消瓦解。福斯特是个温和的费边主义者，一直倡导他的阶级融合信念，表现在文学上，此时正以名著《霍华德别业》中的警句 Only Connect（唯有融合）而广为人知。莫雷尔夫人确信他会同情劳伦斯这位寒士天才，福斯特果然纡尊降贵，与劳伦斯相见甚欢。在这之前，劳伦斯一直身处社会主流与文学主流之外，理性上又背弃了劳动阶级的价值观，是名副其实的边缘人。但他从不妄自菲薄。即使接触到"布鲁姆斯伯里"文人圈子里这些英国文学艺术精英，他的态度也是不卑不亢，对福斯特和罗素这些名人也是如此，这种姿态是符合他的性格的。于是，他初见福斯特便无拘无束，甚至对这位兄长大发一通诛心之论，试图"挽救"福斯特于歧途，令福斯特避之不及。

彼时的"布鲁姆斯伯里"文人圈子中，南风颇盛。福斯特身体力行，当事者迷，并未意识到这种生活作风与文化人格对其文学创作和世界观产生了负面影响。面对这个圈子的各色人等，耳濡目染，劳伦斯产生顿悟，对自身的断袖取向有了清醒认识，为此痛不欲生。但他在道德上一直严于律己，理性上努力与这种风尚决裂并升华自己的力比多，创作上方才有所平衡，不至于在"小说的天平"上失之偏颇——劳伦斯的小说理论认为小说家在小说中流露出的"不能自持的、无意识的偏向"是小说的不道德之所在❶，而很多小说家往往因为把持不住自己的偏好而让作品流于偏颇。《儿子与情人》至少做到了"平衡"，才令世人刮目相看，也教文学泰斗们感到珠玉在侧。此刻他正潜心润色修订其心灵的史诗《虹》，这是他将自己苦心孤诣摸索出的小说理论付诸实践的一次伟大实验，为此正感到将凌绝顶揽众山之小，事实证明这部小说是英国现代小说的一座高峰，他当初踌躇满志有其充足的理由。相比之下，福斯特就有马齿徒增之虞。尽管他以文思恬淡、寄意深远而显雍容，但与劳伦斯作品的生命张力相比，他的作品就相形见绌了。或许因为惺惺相惜，劳伦斯出言率直，劝福斯特扩展视野，"不要仅仅从《看得见风景的房间》向外张望"。他还抱怨伦敦文学圈子里的人鼠目寸光，只顾满足自己"immediate need"（眼前私欲）❷，皮里阳秋暗示福斯特自顾贪欢，不求进取。私下里他则直言不讳：福斯特不可救药，因为"his life is so ridiculously inane（生活空虚荒唐）"，❸ 如同行尸走肉。

　　或许福斯特堕入空想，把劳动者全然理想化，认为他们阳刚的体格中必包蕴美好高尚的灵魂，其阶级融合理想因此带有非理性的乌托邦色彩。而劳伦斯在这一点上却持十分理性的立场，认为福斯特纯属异想天开。这是因为劳伦斯深谙其生长于斯的阶级之劣根，指责他们"视野狭窄，偏见重，缺少智慧，亦属狴犴"。❹对劳动阶级感情上的同情与理性的拒斥，令劳伦斯的作品达到了相对的"平衡"，更符合小说的"道德"。这估计是他自认为比福斯特这个中产阶级小说家高出一筹的地方。所以他凭着直觉就对福斯特出言不逊，还自以为是古道热肠。

　　福斯特的隐私与自尊为此大受伤害，但仍不失绅士气度，写信绵里藏针

---

❶ 拙译《纯净集》，中国国际广播出版社，2009 年，第 145 页。

❷《劳伦斯书信集》，剑桥大学出版社，2002 年，第 850 封。

❸ 同上，第 874 封。

❹ 同❶，第 51 页。

将苦口良药的劳伦斯拒之千里。他认为这是劳伦斯缺少教养，无事生非，还把劳伦斯的过失归咎于他的德国女人弗里达。这一点上，他与很多英国中产阶级人士观点相似，都认为弗里达让劳伦斯"去英国化"，失去了英国绅士的美德。

虽然在莫雷尔夫人的斡旋下两人的隔阂得以化解，劳伦斯一再表示自己有口无心并一再盛情邀请福斯特做客劳家，但福斯特还是心有余悸，对这个心直口快的管闲事者敬而远之。他在给朋友的信中甚至不顾斯文，发指眦裂道："再让着他，我就不是人！（I'm damned if…）"但福斯特毕竟是性情中人，不念旧恶，以后不止一次称赞劳伦斯的文学造诣。劳伦斯也一直对福斯特深表钦敬，发自肺腑道："在我心中，您是最后一位英国人了。我则紧步您的后尘。"❶

这等奇特的友情模式实属罕见。

以后的年月里，这两个"最后的英国人"竟在创作上殊途同归，均浪迹天涯，将自己的文学灵魂附丽于异域风情之上。福斯特缠绵埃及和印度，写了名著《印度之行》等；劳伦斯则如异乡孤魂，漂泊羁旅于南欧、锡兰、澳洲和美洲，每至一地，必有数种富有当地异国风情的著作出版，主要著作有《袋鼠》和《羽蛇》等。据说对他乡特别是欧洲以外的较为原始荒蛮地域的地之灵的膜拜与寄寓，是欧洲现代主义文学的一大特征，这些作家相信欧洲进入末日，欲拯救之，其解药则来自某些较为原始的文明，由此很多欧洲文人均怀有深重的"原始主义旨趣情结"。这两个最后的英国人自然是更为典型的此类情结患者。

最值得一提的是，与劳伦斯交往时的福斯特刚刚完成了他秘而不宣的南风小说《莫里斯》。他是早些时期拜访英国著名的社会改革家卡彭特时目睹了卡彭特及其龙阳君爱友的行为后受到启发才写出这部小说的，那个时候的福斯特还仅仅是刚刚在这方面有所萌动而已。福斯特坚持该小说在其身后发表，生前只给几位可信赖的朋友浏览过，劳伦斯无缘享此殊荣。（中国人里只有萧乾有幸浏览过这部手稿，前几年该书由萧乾夫人文洁若翻译成中文出版）。但日

---

❶ Paul Delany：*D.H.Lawrence's Nightmare*，Basic Books，Inc.，New York，1978，P57.

后劳伦斯的惊世骇俗之作《查泰莱夫人的情人》却与《莫里斯》有惊人的相似：都是主人公与一位猎场看守私奔，区别是劳伦斯小说里是男女私奔，福斯特小说里是男男私奔。应该说在一定程度上两书是异曲同工，但两相比较，劳伦斯的小说更有社会与现实感，其笔下的猎场看守麦勒斯扮演着对现代文明的批判角色，而《莫里斯》似乎更该归类为纯粹的言情小说，所以其在世界文坛上的影响是无法望劳伦斯之项背的。但从小说流露出的"真性情"角度看，无疑福斯特更为纯真，他没有赋予小说更多的功能，而且仅仅是言自我之情，且是当时的社会所禁忌的爱情。这样看来，福斯特就更是性情中人，也更可爱些。也正是因为福斯特为人厚道，才对一再伤害他感情的劳伦斯无所嫉恨，一再褒誉劳伦斯，甚至在 1960 年为他并不喜欢的《查泰莱夫人的情人》出庭作证，力挺为此书昭雪解禁，这一切都说明福斯特是个仁慈宽厚的大文人。也正因此，嫉恶如仇的劳伦斯在世时就很受感动，或许也自责。虽然不能与福斯特以朋友身份交往，但他经常会写信问候，其感激与自责都在不言中了。

（发表于《大学生 GE 阅读》第二集，中国传媒大学出版社，2009 年）

《查泰莱夫人的情人》
与《唐顿庄园》

　　英国是一个由无数乡间小镇组成的国家，小镇上的乡绅或稍有社会地位的人大都有自己的大宅第，不少甚至是豪门大宅，赫然矗立乡间如同城堡。或许这样的社会环境导致很多非都市小说的背景都是小镇大宅。稍早些的 19 世纪女作家们如勃朗特姐妹的《简爱》和《呼啸山庄》，伍德夫人的《东林恩庄园》，奥斯汀的《傲慢与偏见》、《曼斯菲尔德庄园》和艾略特的《米德尔马契》就是如此。男作家也不例外，如哈代的《德伯家的苔丝》、福斯特的《霍华德庄园》、劳伦斯的《查泰莱夫人的情人》和伊夫林·沃的《风雨故园情》。直到近年的热播剧《唐顿庄园》，这类乡间豪宅为背景的小说与影视剧可以说达到了极致，成了英国文学的一大特色。

　　英国中部的诺丁汉、达比和约克郡乡间风景如画的地方点缀着不少豪门大宅，气势非凡。这是很多贵族的遗产，很多都有几个世纪的历史了。它们现在多开辟为旅游度假区和博物馆，成了游客必看的地方，在此可以缅怀老英国的荣华富贵，欣赏老英国的田园风光，令人瞬间产生历史穿越感，不知身在何方。

　　本来英国乡间这样的高门大宅比现在看到的要多得多，但到上个世纪四十年代因为国内政治的变故，短时期内一下子就消失了很多。这是因为英国工党取得大选胜利开始登上政治舞台后制定的法律颇为激进，遗产超过多少万英镑的部分就要交很高的遗产税，最高要缴 80% 的遗产税。于是英国大地上那些豪门大宅的主人们就犯了愁。那些大宅子基本上是别墅加邸园，甚至还包括林地和湖泊，被评估一下值几亿英镑，要继承，就得交几亿的税。其用意似乎是良好的，即富人的财产从此被再分配，也防止贵族们的子女不劳而获。很多人继承不起，就老老实实充公。所以那个法律颁布后，英国每天都发生贵族家庭自己爆破自己家豪宅的壮举，很多城堡一样的大宅就呼啦啦崩溃。炸了这些宅子就是炸了任何人的念想，子女们不用为继承财产内讧了，国家也别想占便宜了，白茫茫大地真干净。不过还是有很多贵族舍不得炸，就把房子交国家当了博物馆和公园，由专门的托管部门管理，用卖门票和租用的租金抵遗产税金，这样家人仍可居住在其中某一二处，伴着祖宅生活。所以现在英国乡间有很多这种豪宅大屋＋公园的旅游胜地。这样的旅游胜地第一次看感到震撼，第二次赏心悦目，第三次看就有点腻，感觉这种乡村旅游过于千篇一律。可想想这样的景色能成规模，也是奇迹，真离开英国了还真有点想再去看看。

一次我访学的那个学院组织去达比郡旅游，说是看查沃斯庄园和别墅，我本不想去，但别人告诉我那房子启发了劳伦斯写《查泰莱夫人的情人》，我就欣然去了。到了那里才发现，那可不是一般的别墅，而是山峦起伏的一片林地公园，里面点缀几座豪宅，为其壮美的景色所震撼，无法想象贵族之家居住在这样的风景区是何等的奢靡。结果听说那宅子与劳伦斯小说无关，但劳伦斯肯定是去参观过的，因为他的画论里曾提到过德汶郡公爵家著名的绘画收藏，查沃斯庄园就是历代德汶郡公爵的宅邸，几代人的绘画收藏价值估计与那庄园等值了。

后来又去了拉福德庄园，那里的牌子上明确写着此地是《查》书的背景地，那座豪宅废墟倒是真让人想起劳伦斯书中唤起的文明荒原上废墟的感觉。

类似的宅邸和庄园在这方圆几十里地上比比皆是，估计说哪座启发了劳伦斯都可以吧。劳伦斯的朋友、著名的布卢姆斯伯里文化圈女赞助人莫雷尔夫人家族在达比郡的威贝克庄园或许也可算其中之一。这样的豪宅＋邸园的浓重氛围估计不让劳伦斯写出一部小说来都难。回想起来，我在达比旅游时，时不时就与这样的山间豪宅邂逅，感觉像是在广东开平那样，满地都是那种华侨建的炮楼式豪宅，令人目不暇接。但开平是平原，那些豪宅能尽收眼底，而达比是丘陵地带，那些豪门大宅掩映山间，给人以柳暗花明、起伏跌宕中忽逢奇观之感。

当初读书还是不求甚解，看了很多庄园大宅，还是没弄清楚《查》书中拉格比大宅的具体背景地是哪一个。现在似乎终于是弄清了，可惜我去过的那几个都不是。那个瑞尼萧大宅却原来在谢菲尔德南面的切斯特菲尔德附近，是西特韦尔家族的祖宅。Sitwell 姐弟三人在现代英国文学史上享有崇高地位，是英国现代文学的一个中心，但可能因为过于贵族气，他们的作品在中国鲜见翻译出版。他们的父亲老乔治爵爷与劳伦斯在意大利相识，是劳伦斯出自对老贵族的仰慕主动登门拜访的。后来劳伦斯回英国到他们的祖宅拜访过。那个祖宅无比豪华辉煌，是来自家族煤矿和制铁产业的财富造就。恰好这个祖宅不远处另一座贵族大宅里的主人年轻时瘫痪但仍结了婚，婚姻生活很不幸。估计劳伦斯从这两座大宅第和那个瘫痪的作家阿克赖特爵爷的故事中受到启发，得以部分地孕育《查泰莱夫人的情人》，即设计了瘫痪的克里福德爵士和他家族的拉格比府，让他们在英国中部的煤矿区生活。可惜在英国时读书囫囵吞枣，误把这附近别的贵族豪宅当成了作品的原型地拜访了一番，反倒错过了 Sitwell 家和阿克赖特家的豪宅，这就是失之交臂。

但那些大宅大致氛围不分伯仲，都在山光水影中巍峨矗立，雄州雾列一般，因此错过西特韦尔家也不算损失，别的几处看过也能据此想象西特韦尔家，算触类旁通吧。好在现在网络发达了，上网也能看到达比郡这些大屋的风采和气势。以前翻译劳伦斯散文时里面提到一座大宅，说哈德威克大宅墙上开满窗户，无法想象。现在有了网络，终于看到了那座宏伟如城堡似的宅子，果然就是由无数窗户组成的。这就是达比郡建筑风景的独到之处。劳伦斯笔下的拉格比大宅无论如何为达比郡的贵族建筑留下了一首时代的挽歌，那是老农业英国田园诗的结束。

劳伦斯的这种情思或情怀通过康妮的一段"豪宅游"表达得淋漓尽致，似乎这种情怀是游离于整部小说的主题的，但又似乎与之藕断丝连，据说这种对主体叙事的游离是后现代小说的特征，最能体现作者的关切。至少这种情调是与劳伦斯散文随笔中流露出的个人思想是吻合的，在此得到了艺术化的表现，这即是萨加所说的"进入艺术的生活"。不妨摘录几段拙译在此：

她的车上了高地，她看到左首开阔的田野一个高冈上矗立着的沃索普城堡，那灰暗的巨大城堡看上去影影绰绰的，城堡下方散落着淡红色的矿工住宅，是新盖的。再下方则弥漫着从巨大的煤矿里冒出的黑烟和白蒸气。这个矿每年都把千百万的金钱添进公爵和其他股东的腰包。那雄伟的老城堡只是一座废墟了，但它还是巍峨矗立在天际线上，俯视着下面潮湿的空气中弥漫的黑烟和白蒸气。

汽车在高地上行驶着，望着车窗外本郡一望无际的田野。这个郡！它曾经是个令人骄傲、贵族气十足的郡。前方天际线上巍峨耸立的是庞大的查威克府邸，墙壁上布满了窗户，是最负盛名的伊丽莎白时期的府邸建筑之一。这座高贵的府邸孤零零地俯瞰着一座宽大的邸园，不过它已经陈旧、过时了，之所以还保存着，仅当作一个文物展览，告诉人们"看，我们的祖先是多么威风凛凛！"

那就是过去。现今在那大府邸下方。天知道未来在何方。汽车又转了个弯，在黑糊糊又旧又小的矿工住宅间下行朝伍斯威特方向驶去。伍斯威特，在潮湿的天气里，遍地冒着一柱一柱的烟雾，像是为什么神仙烧着香。谷地里的伍斯威特，通往谢菲尔德的铁路穿行其间，煤矿和钢铁厂高大的烟囱在吐着烟火，教堂顶上那可怜的小塔尖快要倒塌了，但依旧在烟雾中挺立着。就是这么一个地方，却一直影响着康妮，委实令她匪夷所思。这是一座莫名其妙的商业小镇，是这片山谷的中心。其中最重要的客栈叫"查泰莱酒店"。在伍斯威特，拉格比府被称作拉格比，对外人来说似乎那是个地名而不是一座府邸的雅号。特瓦萧附近的拉格比府。拉格比，一座"大宅子"。

这小镇就是这个样子。古老的曲折街道两旁挤满了黑糊糊的矿工住宅。紧接着这些老屋建起了较新较大的粉红色房子，布满了谷地，这些是比较现代的工人住家。更远处，在城堡所在的广阔地带，烟雾弥漫着，一片一片的新红砖房是新的矿工住宅，有的在洼地里，有的则在坡顶上，模样丑陋无比。这些新住宅之间，还残存着马车和村舍组成的老英国，甚至是罗宾汉时期的英国，矿工们工休的时候会在那里活动，以释放自己被压抑的好动本能。

英格兰，我的英格兰！可哪个才是我的英格兰呢？英国大地上那些豪宅能拍出美好的照片来，让人恍惚觉得与伊丽莎白时期的人有什么关联。那些漂亮的老府邸从好女王安妮和汤姆·琼斯时代就矗立于斯。但是煤灰落在灰褐色的拉毛泥灰墙上，把墙染得越来越黑，原来的金黄色早就消失殆尽。于是，同那些豪宅一样，这些老府邸也一个接一个被荒废了。现在则正一个接一个地被拆除着。至于那些英国的村舍，它们还在，那些红砖房像膏药似的贴在希望渺茫的田野上。

人们正在拆除那些豪宅，乔治时期的府邸正在消失。那座名为福里契里的完美的乔治风格大宅子则正在拆除之中，康妮坐在车里经过此地，眼看着它被拆除。大战之前它整修得很好，威特比家在里面过着讲究的生活。可现在，它显得太大，花费太高，还有，乡间变的过于不适于居住。于是乡绅们就离开这里去更惬意的地方，从而可以只花钱而不必看到钱怎么挣到手的了。

这就是历史。一个英国抹去另一个英国。煤矿曾经使这些府邸兴盛，现在则把它们消除，就像它们消除了那些村舍一样。工业的英国取代了农业的英国，一种意义消灭了另一种意义。新英国替代了旧英国。但它们之间的传承不是有机的，而是机械的。

康妮属于有闲阶层，因此她依恋老英国的遗风。这么多年过去，她才意识到老英国让这个可怕的、骇人的新英国消灭了，这个过程还会继续下去，直到把老英国彻底消灭为止。

而这两年热播的英国电视剧《唐顿庄园》则恰好可以说是对《查泰莱夫人的情人》背景的一个绝好注脚。它可以说是个成功的年代通俗剧，以情节取胜，以特定历史时期的大背景取胜，同时也是那个时代背景的一部小小教科书，更是对贵族庄园生活的活生生图解：一次大战前的英国乡绅生活的真实写照。然后是一次大战爆发，彻底改变了英国的社会结构，那个由贵族大家庭和仆人组成的乡间世界慢慢衰落。唐顿（Downton）其实是 downturn 的谐音，就是衰落。而劳伦斯写的也是这种贵族庄园的衰落。

这样的大庄园和小镇的田园风光与生活也正是《查泰莱夫人的情人》中查泰莱男爵府邸拉格比府与小镇特瓦萧的翻版，只是唐顿是侯爵之家，更为气派辉煌，查泰莱家仅仅是个准男爵，府邸规模就小多了，因此仆人等就少多了，但那种贵族生活的氛围是一样的。只可惜，这样的大庄园在一战后消失了很多。

唐顿庄园的取景地位于约克郡，与诺丁汉和达比毗邻，那一代可以说是英国贵族庄园的露天博物馆。

根据英国现代作家伊夫林·沃的小说改编的电视剧《故园风雨后》（*Brideshead Revisited*）虽然重点是探索英国贵族家庭的宗教信仰危机问题，

但吸引人眼球的则是那座豪华恢弘的贵族乡间别业，其建筑风格与气势令人情夺神飞。这个小说叙述的依然是第一次世界大战时期的故事，因此与《唐顿庄园》和《查泰莱夫人的情人》都有相似之处。

（本文部分首发于《中国社会科学报》2015 年 6 月 10 日）

马什是个好同志

　　回头去伦敦得去看看这楼，Raymond Buildings，一座古老的高级公寓。据说狄更斯在这里当过听差。但我感兴趣的是这里的 5 号住过爱德华·马什（Edward Marsh），英国现代诗歌的领军人物。正是因为他主编了五卷《乔治诗集》，英国文坛上才有了乔治诗派，算是英国最早的现代派诗歌群。其实这些诗人各有追求，并没有统一的诗风和纲领，仅仅因为聚集在他麾下，才有了这么一派。马什还是社交界名流，在伦敦的政界和文艺界长袖善舞，呼风唤雨，十分了得。

　　马什是高品位的诗歌和绘画鉴赏家，私人赞助了无数的诗人和画家，早期对劳伦斯非常欣赏，也因此劳伦斯成了"乔治诗人"。在劳伦斯潦倒的时候他经常援助他，特别是劳伦斯要写哈代论时，马同志热情地提供了全套的哈代作品供劳伦斯阅读，从而劳完成了这部划时代的文论，奠定了自己独特的批评家基础。

　　马什赞助了这么多诗人艺术家，其中几个与他成为龙阳密友，如神童诗人布鲁克，但他对劳伦斯似乎仅仅是朋友，没有此方面的嫌疑，应该说是"无私"。但我相信这主要取决于劳伦斯的洁身自好和独善其身，才让马什止乎于礼。

　　马什在军事和政务上也是天才，竟然一度成为丘吉尔的高级幕僚，辅佐他赢了第一次世界大战，之后又一直在政界服务，业余依旧私人赞助文学艺术，当然也因此结交不少龙阳君，经常是连人带画一起收入囊中，一箭双雕。去世后获得英国最慷慨的"私人文艺赞助人"光荣称号。

所以有时我们听说文学艺术里这个派那个派，其实往往就是生活上联系密切的一批好友，兴趣和性趣相投，未必真有什么统一的主张。但这些人的结帮确实推动了英国现代主义文学和艺术，这是不言自喻的，马什同志功不可没，是个好同志，现代英国文学和艺术上应该记他一笔。

劳伦斯的三段秋日

　　九月的北京，这是郁达夫在《故都的秋》所写的秋天的北京，"一层儿秋雨一层儿凉了"。上午还秋阳晦暗迷蒙一阵，傍晚就开始落秋雨。这个时候恰巧读沃森老师写劳伦斯在 1924 年九月初的写作活动的一篇讲演。他是在一个九月天在劳伦斯家乡做的讲演，讲演时他朗诵了他欣赏的一段劳伦斯的文字：

　　　　坐在落基山脚下的一棵小雪松下，望着苍白的沙漠渐渐没入西边的地平线，那里沙丘在寂静的初秋天儿里影影绰绰。这个早上附近的松树都纹丝不动，葵花和紫苑花开始在游丝般的晨风中摇曳。这个时候给一份书志撰写导语似乎是自然而然的事。

　　这是九月一日上午劳伦斯开始写的《书之孽》一文的开头。沃森欣赏的英文原文里，这一段只有一个句号，是一个长句子，中间有 5 个逗号。可惜按照那个句式翻译成中文就不是中国话了。我毅然给它拆成了三个句子，让劳伦斯说中国话。

　　但如果不是沃森提醒，我没注意这篇文章是九月一号上午写的。我更不了解，这是劳伦斯有生以来第一次在一篇谈书的文章里首次详细地谈到父母和家人。沃森说，写书的文章本可以不谈家人的，但他谈了，说明他在离开故土多年后在新墨西哥怀乡了。他模仿父亲的口吻，说他一天苦活儿没有干过，写了本小说就挣那么多钱；描摹母亲病入膏肓时拿到他第一本小说时目光如此黯淡，因为她不信矿工的儿子能写出好的小说来，也没力气看。他的父母就是这样看待他这个苦苦写作的年轻作家的。而姐姐则说他运气好。所以劳伦斯的回忆是不快乐的。但他禁不住回忆了，因为即使不快乐，也是和家人在一起。从此他开始不断地在散文中回忆家乡，回忆童年。

似乎是与父亲心有灵犀吧，他写完文章发出去那天是九月十日，第二天就是他 39 岁的生日了。结果他收到姐姐从英国发来的电报，报告说父亲恰恰是十号那天离世的。劳伦斯盯着父亲的遗像，面对这个自己一直厌恶误解的人，似乎开始怀念父亲自由、快活、肉感的身影，那是他错过的。于是他说：我在父亲身上看到太多的我自己了。这文章似乎是送父亲上路的灵舟。多年后的一个清秋日，劳伦斯终于写下了堪与兰波的《灵舟》媲美的自己的《灵舟》（*The Ship of Death*）：

打造你的灵舟吧，因为你必须踏上
那最遥远的旅程，去向湮灭。

死过漫长痛苦的死亡
在旧与新的自我之间。

身处葵花和紫菀花丛中，劳伦斯对有人为他编辑书志感到不解。在他看来，出书就是开花，印一版，绽放一次，欢笑一次，然后就是结籽，绚烂从此结束，干吗要管它是第几版呢？沃森也说，他提前从教授位子上退下来，再也不用写论文论证什么了，他的讲演不是要说服听众，仅仅是道出自己读书后的心得感想而已，读书后各有感触，各有解法，道出自己的感受就好，就像出一次书结一次籽一样，我们读书后种下的是思想的种子。沃森不当教授了，心态变得多么自由。劳伦斯的原话是这样说的，或者说我让他用中文这样说的，换个别人翻译，可能他的语气就是另一种了：

> 对芸芸众生来说，秋日的早晨不过是某种舞台背景，在这背景下他们尽显其机械呆板的本领。但有些人看到的是，树木挺立起来，环视周围的日光，在两场黑夜之间彰显自己的生命和现实。很快它们又会任黑夜降临，自己也消失其中。一朵花儿曾经笑过，笑过了就窃笑着结籽，然后就消失了。什么时候？去了哪里？谁知道呢，谁在乎呢？那获得过生命后发出的笑声就是一切。
>
> 书亦如此。对每个与自身灵魂痛苦搏斗的人来说，书就是书，它开过花，结了籽，随后就没了。

沃森这次读了《查泰莱夫人的情人》后结的籽还是很启发我们的：就是从这个秋天开始，劳伦斯的思乡情与日俱增，以后两年中他两次都在九月返乡，游历伊斯特伍德，凝视自己开过花的童年和青年时代，然后回到意大利在佛罗伦萨的秋光秋色中挥笔写下《查泰莱夫人的情人》。沃森认为，这书是继《儿子与情人》后劳伦斯第一次真正书写故乡，回眸自己在英国的青年时代，那麦勒斯的感受是青年劳伦斯与弗里达激情的记录，思想是劳伦斯的思想，而那麦勒斯的外形则是劳伦斯的矿工父亲亚瑟，形神合一的这个形象是真正的英国劳动阶级的"英雄"，同时他让这个全新的英雄与另一个阶级的女人相爱，这一对恋人不再像《儿子与情人》中来自两个阶层的男女互相仇恨，而是爱到极致，等于是让父母在小说中和好。所以沃森说，这本小说是对《儿子与情人》的重写。我似乎可以再续貂一下：劳伦斯似乎是活在了父亲的身体里，麦勒斯是劳伦斯／亚瑟的结合体，而康妮则是弗里达／母亲丽蒂雅的结合体。劳伦斯从这最后一部小说里获得了全部的想象的满足。

这一切，都归功于劳伦斯经历的三个秋天，三个九月的怀乡与还乡。

秋天里，让我们读书，让我们的思想结籽。

（John Worthen：*Experiments：Lectures on Lawrence*，CCCP，Nottingham，2012）

回眸萨加的回眸

　　读英国劳伦斯研究专家萨加的新作《为生命而艺术》，发现他是 1934 年生人，明年就皤然耄耋了，不禁感叹时光流水。1988 年他受英国文化委员会委派来中国讲课，那时还刚过半百，金黄的卷发，白衬衫，潇洒飘逸，声情并茂地讲授劳伦斯的诗歌：Not I, not I/But the wind that blows through me…其情其景至今难忘。2001 年与他在诺丁汉重逢，又聆听一次他的讲座，一晃 13 年流逝，他已近古稀，略显老态，但还是精神矍铄，风采依然。学养学养，其实学问也养人，能令人神清气爽。

　　又一晃 12 年，他的劳伦斯叙论随笔集出版，开卷即读到他回眸五十多年前进入剑桥与劳伦斯作品结缘，以为靠研究劳伦斯拿个学位毕业，过几年就会开始更有意义的工作，但没想到居然一直深陷劳伦斯研究中，一路杰作迭出，成为世界劳伦斯研究的里程碑式人物，直到古稀之后还被诺丁汉大学聘为特聘教授，继续从事劳伦斯研究。这样的经历真是令人感慨万千，只能用淡定、笃定、命定来描摹了。

　　萨加从剑桥毕业后这五十多年经历了英国劳伦斯研究的开拓、发展和成熟的各个阶段，其贡献时常是独创性的，著作包括了传记、评论、日记和照片搜集编辑、绘画研究、作品校注等，无所不包，应该说全面超越了利维斯这些先驱，因此应该是利维斯之后的一面旗帜。但他并没有以此为晋身之器，也没有在纯学术界占据泰斗地位，仅仅是凭着热爱和执着，在这个领域内以自己的方式辛勤而智慧地耕耘，其安身立命的饭碗却是利兹大学和曼彻斯特大学继续教育（校外成人教育）系的英语和文学课程导师或辅导员，这是个远离文学中心的教学岗位。

萨加的选择非常人所能理解，但他安之若素，因此他的学术头衔最高只到 Reader，据说算预备教授，很多人基本就是预备到退休，因为英国大学里某个学科和方向往往只有一个教授，可说是一席难求。他自己的解释是，在1950 年代英国兴起校外教育，还有个组织叫"工人教育协会"，负责校外的成人业余教育，参加这种课程的人经过考试后也有希望拿到学士学位，为广大没机会上大学的普通劳动者提供了机会。萨加大学毕业找工作时遇上这样的机会，居然认为这种教育岗位"似乎专为我设置"（that sounds made for me），就欣然离开剑桥英文系，到达比山区当校外辅导员了，令人感觉是北大的毕业生到山西煤矿的工人夜校当老师一样。

年轻的萨加对生活看来很有一种浪漫情怀，而且这种浪漫情怀最终伴随他多年从而让他坚守这样的职业。估计在这个岗位上没有在英语系那种在学术独木桥上奋争的压力，他才能腾出更多时间从事自己喜欢的劳伦斯研究，而在英文系仅仅专门研究劳伦斯是不可能晋身为教授的，英文系不允许专业研究一个作家的人存在。萨加有所放弃，因此有所斩获。但最终还是没有善始善终。1990 年代，他所执教的大学的校外教育系解散了，萨加这样的预备教授按说应顺理成章转入英文系，但英文系拒绝了这样的专家，因为英文系需要紧跟形势，开设各种流行的与后现代主义文学批评有关的课程，而不需要他这样教授经典作家作品而且是单个作家作品的教师，所以他的出路是提前退休，怅然离开曼彻斯特。

但他半个世纪的开拓和耕耘还是最终得到了学界的高度评价和认可，在被迫提前退休后他忽然感到空穴来风般地有了好事儿：得了一个劳伦斯研究终身成就国际奖并被年轻的诺丁汉大学学者们聘请为特聘教授，他终于成了教授。

他幽默地说：从不相信干坐着等待就能等到喜从天降，但相信有时你放弃一切希望时还是有好事降临。

林语堂曾说：常思前辈寻常语，乐读人间未见书。读了萨加很多学术著作，自然感到如醍醐灌顶。但恰恰是读这样的随笔文章，令我在学术之外找到了这个学者的风骨与情操，所以学者一定要写随笔才好让别人更好地认识你的内心。

从萨加的叙述中我们能读到很多寻常但未见的人间际遇，这些对一个学者的成长和湮灭并非无足轻重，有时甚至举足轻重。

如我们印象中的劳伦斯研究圣殿的大主教利维斯，在萨加笔下竟然也会暴露自己的人性弱点，令人意外又扼腕。仅仅因为萨加不是利维斯的学生，没有紧紧追随利维斯，他这个热爱劳伦斯研究的学生就无法融入利维斯主导的研究圈子。他也就自然了解到利维斯颇为霸气的一面，在利维斯自己研究劳伦斯的经典著作《小说家劳伦斯》出版前，他听说另一个级别不高的剑桥讲师哈夫完成了一本劳伦斯专著《黑太阳》并要先于自己的著作出版就十分恼火。萨加后来很是对利维斯有敬仰之情，甚至把自己辛苦搜集到的劳伦斯旧照拷贝给利维斯，利维斯也感激地接受并表示将照片摆放在自己钢琴上了。他们之间有八封通信的交谊。但当年轻的萨加出版了自己的学术著作敬赠利维斯后，却没有得到任何回音，后来利维斯的夫人甚至写信给萨加说：我丈夫和我都没有印象见到过你。这对年轻的萨加是巨大的伤害。利维斯的学术高度确实令人望尘莫及，但这样的高人往往不拘小节且藐视后辈才俊，甚至在研究细节上出了错误还拒绝承认，这样的故事读后实在令人叹息无奈。萨加没能进入学术的庙堂，估计与他与利维斯的交往中出现的这些不和谐的插曲很有关系。如果当初他的学术著作获得利维斯的认可，情形或许就大不同，但萨加恐怕也就不是现在的萨加了。他现在的所有成就都是在权威和圈子之外孤独地孜孜以求获得的，没有仰仗任何权威的垂青和提携，所以更独具匠心吧，一旦学问成了某个特定圈子的产物，大家都按照某个模式和话语机制进行研究，可能对发展某种"主义"

有利，但学术的独立性和独创性就会大打折扣，最终反倒不利于这种"主义"的升华，它甚至会走入绝境。利维斯无疑是伟大的，是劳伦斯研究的奠基人和开创者，在沉重的保守文化势力的重压下能在剑桥开拓这个领域确实令人高山仰止，事实上自成一座高峰。但劳伦斯研究不可能仅仅沿着利维斯开创的轨道前行，随着时代的递进它已经成为各种话语交叉对峙的一个平台，也正因此劳伦斯文学才能在后现代社会仍然保持着历久弥新的关注度。萨加承认利维斯的课程帮助他学会怎样阅读，怎样注重作品的词句，但他的兴趣似乎不在于此，因此没有成为坚定的利维斯信徒。他后来更注重劳伦斯的传记、成长史和日记等细节的考证，这些与利维斯的文本研究大相径庭但事实上形成了结构上的互补。事实证明后来的研究者的创新使劳伦斯研究呈现出更具生命力的文化景观。甚至利维斯的嫡传学生沃森教授也是以创作劳伦斯的传记而一举成名并获得了世界上唯一的劳伦斯学教授的职位的，沃森最终也走上了对劳伦斯创作的历史细节的考证之路，因为很多第一手的史料开掘而获得了诠释劳伦斯的高端话语权，比如他找到的一些劳伦斯的德文通信，就是独一无二的考据。

　　当萨加挎着新式柯达相机、踏着自己的滑板嗖嗖地来到劳伦斯故乡朝觐调研时，这个时髦的青年或许是最早踏访这片苦难土地的少数专业学者之一。他说现在的人简直无法想象 1960 年代那个煤镇子的肮脏与丑陋，也因此显得镇外的乡村无比葱茏葳蕤。所以萨加最早发出了这样的声音：在劳伦斯开始写作或形成任何理念时，自然世界一定在他心中成了净洁、健全和圣洁的标准，以此来评判人类的所作所为（the natural world must have presented itself to him as a source of the clean, the sane and the sacred by which the works of men were to be judged）❶。没有体验过大工业化时期煤镇子粗鄙龌龊的人是无法理解劳伦斯何以如此仇视工业化的腐蚀和对钱伯斯家所在的乡村为何如此热恋，进而在自己的心象图中形成了一道工业化与乡村英国的分界线，从而也就形成了他特别

❶ Keith Sagar: *"Art for Life's Sake"*: *Essays on D.H.Lawrence*, CCCP, Nottingham, 2012, p18.

的审美眼光和标准，这个标准的落点是人和人心，如同他对绘画的要求：风景虽重要，但最重要的是风景中的人 ❶。劳伦斯的文学就围绕着"风景中的人"展开，最终是风景的内化与人的内心风景的外化互为表里。我在自己最早的论文中提出摧残自然和复归自然是劳伦斯文学的母题 ❷，以后所有的故事都在这个基调上奏响，也正模糊地算是这个意思，但那时是从书本到书本的理解，并没有血液中深度的认知。而现在读了萨加 60 年代身临其境的感悟，再次印证了我最早的信念。另一位美国传记作家卡罗 1970 年代造访劳伦斯故乡，惊讶地发现那里的人情世故竟然如同劳伦斯作品里所描述的一样。真正的变化是1980 年代关闭煤矿之后。只要煤矿在，那种采煤方式在，人们的生存方式就不会改变，心态也大致如此。谁能想到在海外称雄的大英帝国的最中心地带还生活着这样一些与大英帝国的地位判若云泥的苦难百姓，金玉其表的英吉利内部还有这样不堪入目的自然毁灭的风景？而劳伦斯在 1910 年代的作品中就已经揭示出这种病态存在的"后现代性"了，如卡罗所说，劳伦斯用精准的语言和意象表现了现代文明堕落崩溃的整个过程，他起到的是"种子"的作用（a study of Lawrence could reveal the whole process of disintegration mapped out for us in precise language. Like him or not，he is undeniably seminal…）❸，这颗种子恰恰生长于工业化最为典型的英国中部丑恶的土壤中，其强烈的对比又恰恰是近在咫尺的老农业英国风景，这种对比加剧了对这颗种子的催化作用。

萨加还告诉我们 1950 年代末英国青年学生如何把劳伦斯视为他们的代言人，几乎任何专业的学生书架上都有几本劳伦斯的小说，这是企鹅出版社的功劳，它获得了全部劳伦斯作品的版权，开始大规模出版，因此导致了 1960 年代当局对《查泰莱》一书的公诉，声势浩大地审判之，最终企鹅大获全胜，劳伦斯彻底被昭雪成为经典。萨加目睹了此次平反昭雪的盛况和悖谬，评价说：

❶ 拙译《世俗的肉身：劳伦斯的绘画世界》，金城出版社，2011 年，第 25 页。

❷ 毕冰宾：《劳伦斯创作主题的演变》，载《名作欣赏》，1989 年第 03 期。

❸ Philip Callow：*Son and Lover*，Stein and Day，N.Y.，1975，p12.

这是劳伦斯的英国发出的最后一喘，从此那个兴文字狱的、言语暧昧委婉的、阶级界线清晰的清教的英国一去不复返了（the last gasp of Lawrence's England, the England of censorship, mealy-mouthed Puritanism, and class-distinction）❶。这次胜利是情势所致，是大众文化取向的胜利。但英国的性革命中其实毫无劳伦斯作品中性宗教的内涵，因此这样的胜利也就难以体现劳伦斯文学真实的价值，以至于后来的年轻人会认为那样规模的巨大审判和翻案竟显得虚张声势，毫无必要，因为在他们看来劳伦斯的性描写与色情文学的描写比简直微不足道。这正如当年愤然为《查泰莱》一书辩护的霍加特后来指出的那样：其实并不是审判《查泰莱》推动了文化的变革，而是文化变革先于那些检察官们发生了，这个事件不过碰巧成了一个社会文化变革的标志。事实证明，那次陪审团中的大多数人都对这种审判感到莫名其妙，认为根本就是大惊小怪，社会早就变了，可这些检察官还在小题大做。霍加特感叹：就是这些大众态度的变化使这本书自然而然解禁了，因此这次审判成了"光荣的喜剧"。解禁的似乎仅仅是情色描写，而湮灭的是劳伦斯作品首先是优秀的文学这样的根本。萨加当时是在庭外关注这件历史事件的发生的，他的观察与霍加特在庭内的感受是一致的。这种情境下，苦口婆心为之辩护的霍加特们与"大众文化"的关切南辕北辙，但在某一点上瞬间契合，就使得一部文学作品解禁并成为一种时代标志，如同日后柏林墙的被推倒，那些推墙的人各自心境不同，但在推墙的动作上是一致的，因为这个墙不倒，一切都无从谈起。

萨加的历程中当然还有令人心旷神怡的很多亮点，那就是他去了劳伦斯在世界各地的故居，那些地方现在都是旅游胜地。他遍访与劳伦斯有私交的朋友，收集书信和照片，这种文学研究的确是最赏心悦目的了。劳伦斯的周游世界，为他的作品留下的丰富的衍生产品就是读者对这些地域进行实地探究——旅游。笔者怀着这种冲动，走过一些"劳伦斯景点"，对此深有感触。劳伦斯可

❶ Keith Sagar，p25.

谓"胖手胝足"地书写了他的作品啊，我们读之，研究之，也要手脚并用方可。这又与劳伦斯倡导的美与健康高度契合。

　　唯一感到比萨加幸运的是，他没去过劳伦斯在澳洲的故居，而我去过西澳。相信萨加去了澳洲考察，还会有更加沦肌浃髓的叙述。

　　　　（"*Art for Life's Sake*"：*Essays on D.H.Lawrence by Keith Sagar*，*CCCP*，*Nottingham*，*2012*）

与劳伦斯同乡的
作家该有多么不幸

这些年阅读劳伦斯的同时，我发现英国当代有一位著名的作家叫艾伦·西里托，似乎他是劳伦斯故乡诺丁汉一带在劳伦斯之后仅有的稍有国际声望的作家。我读到他，是因为他写劳伦斯与故乡的文章收录进很多名人对劳伦斯的回忆与评论集中，看到简介里说他是诺丁汉人。仅此而已，但他都有什么优秀作品，在英国影响力如何，我却没有也无暇去了解。

我在诺丁汉英语系访学的老师普里斯顿去世后的第一本遗作出版了，我看到其中一篇是专门论述劳伦斯与诺丁汉本土作家的文章，就饶有兴趣地读起来，想了解他的同乡里都出了哪些别的作家。

数目如此众多！我惊讶了。当然西里托是其中的佼佼者。但还有其他几位男女作家，其中有的居然出版过四十来本长篇小说了。但似乎出了二十来本书的西里托更著名一些，当年他的新小说出版时，英国报刊上的广告词是："诺丁汉又出来一位文学新秀，写过《查泰莱夫人的情人》的劳伦斯读了他的作品都会自叹不如"。西里托是优秀的，但也仅仅如此而已，他的声望似乎仅限在英国广为传播，并没有多少国际声望，更无法与劳伦斯媲美。

难道劳伦斯竟然成了诺丁汉作家不可逾越的障碍吗？

令我感动的是，身为诺丁汉大学劳伦斯中心主任的普里斯顿却对这些本土作家（包括邻近的达比郡和其他郡）一一做过研究，至少是认真阅读过，将他们与劳伦斯做了比较。这是他对执教多年的诺丁汉的一大贡献。

这些才华横溢的作家，其中不少有着与劳伦斯同样的生长背景，来自普通工人家庭，靠着勤奋和努力奋斗成了作家。如果他们比劳伦斯早生或是同时代人，或许结果就会不一样。但他们都比劳伦斯晚生，都在劳伦斯誉满全球后才走上作家之路，所以他们遇上的最大挑战和障碍都是劳伦斯这个前辈。认可劳伦斯的价值观的，写出的作品被认为无法超越劳伦斯；不认同的，甚至从来不写本地特色作品的，也一直纠缠于如何批判劳伦斯的作品，不自觉地使自己从相反的方向归属与劳伦斯的同乡作家这个挥之不去的"名分"之下。

普里斯顿详细地分析他们的小说，称他们一生都在哈罗德·布卢姆所谓的"影响之虞"的命题中挣扎，都在与劳伦斯争执和纠结中（negotiation and engagement with Lawrence）写作。他们无论如何都无法摆脱劳伦斯的影响。这是他们的宿命，生为劳伦斯的同乡。但我也偏执地认为，或许如果他们之前故乡没有出来个劳伦斯，他们甚至会因为没有榜样而一事无成。记得西里托曾经在读了劳伦斯作品里的本土描述后惊讶道：原来这些与自己戚戚相关但看似平淡无奇的一切都能成为世界名著的内容了，而那之前他似乎认为"世界名著"是与故乡的这些普通的景物无关的。这样的惊叹应该说本身就说明了"身边的榜样"的影响力作用吧。

因为前边有了劳伦斯，后边这些没有获得崇高声誉的作家或许会被看作是劳伦斯阴影的牺牲品。如果是这样，他们生为诺丁汉附近的同乡自然是悲惨的、宿命的。但如果其中某个人的声望超越了劳伦斯呢，他是不是应该感激劳伦斯呢？难道没有超越就只有抱怨这样的"影响之虞"吗？作为作家，大家都不能摆脱这种前辈的影响，小到同乡，大到同胞，甚至外国作家。只要是你阅读过的作家，都应该对他们充满感激。有些作家可能仅仅是三流作家甚至基本不算作家，但只要你认真读过，当时还觉得不错，就应该心存感激。

普里斯顿的文章似乎向我揭示了这样的道理，可惜我已经不能给他写信探讨了，他走了。我那天奇迹般地发现故纸堆里他在 2003 年写给我的信，这是我保留的很少的信，在因特网时代更是少有。那是我从英国回来出版了我写的劳伦斯故乡游记《心灵的故乡》，我送给了他一本，虽然我知道他一个中文字也不懂，仅仅是告诉他我在诺丁汉那一年没有白混。他就没有仅仅回我一个电子邮件，而是隆重地发了一封信给我。

（*Working with Lawrence：Texts，Places，Contexts by Peter Preston，CCCP，2012*，《劳伦斯的文本、地域与语境》，普里斯顿著，诺丁汉批评、文化与传播出版社，2012 年）

"国家"一词里的身体与政治

英文里"国家"的另一个词是 body politic，这个词不常用，可有的文人爱用这个词，这个又有身体（或团体）又有一个极像"政治"的组合词（politic 加个 s 就是政治，但没有 s 则是精明、深思熟虑的意思），很容易让不求甚解的译者信笔翻译错。

我虽然是学英文出身，但有译本的书还是喜欢偷懒读译本。省时省力，能一目十行地获取最基本的信息，发现译文字句可疑时再去查原文。有次读一本有关布鲁姆斯伯里团体与劳伦斯的文章，读着读着发现不清楚，然后去查原文。如讲到劳伦斯和罗素在第一次世界大战爆发时感情甚笃，一起要干革命，要改变英国，这决定和气魄听着像英雄。但后来两人掰了，掰得无比彻底。原因是罗素以为他找到了一个完全不同于自己气质和出身的天才，也就是劳伦斯了，可这个天才却不喜欢罗素和他的圈子里面的人，包括凯恩斯和斯特雷奇等。这让常人看来是劳伦斯这个穷工人的儿子不识抬举，甚至是笨。但他们的关系确实破裂了，这要留待以后再表。关键是这段译文麻烦，说他俩要闹革命，以清除"机体的许多疾病"。这个"机体"是什么呢？读得模棱两可，查了原文发现就是 body politic，其实指的是国家。如果翻译成"国家"就明白了。我不知道译者到底是懂不懂这个词。看到 body 就翻译成"机体"并非不可能，还好没有翻译成"肌体"。于是劳伦斯和罗素们要闹的那场革命的英勇意义就被这个轻描淡写的"机体"给消解了。罗素与劳伦斯当年的革命气质很强，他们是要发动文化革命，以改变英国这个国家及其子民，而不是什么"机体"。

但我也会觉得这个词的组合真很接地气。国家可不就是由无数个有思想的身体的人组成的政治群体，身体肯定是第一位的，没有有血有肉的身体就不会有政治，因此也就不会有国家。这个词让我们感到那个纯政治的词有了温度，当我们谈论国家时应该首先想到一个个血肉之躯，想到骨肉同胞，想到英雄处处埋忠骨这样的词汇，会让你觉得国家不是冷冰冰的法律词汇。当然这里的 body 应该是"团体"的意思，但第一眼肯定想到的是身体，英文的一词多义有时也会歪打正着。

而这个"国家"一词偏偏又与目前时髦的"身体政治"一词仅差之毫厘，也是有趣。这个词的英文就是 body politics，就是"国家"后面加个 s 而已，意思就全变了。西方的文化研究学者有人提出世界进入了福柯时代，性开始取代宗教。估计这种学说在东方难以有共鸣。但谈到性学，就不能不谈性政治和身体政治。不管什么身体和政治吧，有趣的是身体政治这个词与国家这个词仅差一个 s 词尾。翻译时可得看清楚才行。

这么说，身体与国家和政治的关系看来是剪不断理还乱的关系。至少我们看到如今贪官们的腐败案揭发出来后最后一项多是通奸或与多名异性保持和发生"不正当关系"，贪腐官员的政治和身体是高度一体化的，因此经常是身陷"身体政治"（body politics）之中并影响到"国家"（body politic）。

又见陈良廷版《儿子与情人》

去年"九久"图书公司与我联系说要和人民文学社共同推出一批企鹅经典小说，其中有《儿子与情人》，希望将拙文用做导言。我欣然应允并全面修改了 1987 年用毕冰宾的本名发表在《外国文学评论》上的一篇论文发给了他们，那篇论文应该是国内最早的一篇专论了，这样与我 1985 年发表在《外国文学研究》的论《虹》的论文一起，我在劳伦斯单本作品的论文方面就做出了两个第一次。本想一鼓作气再写论《恋爱中的女人》和《查泰莱》的论文，拿下四个第一，但那个沸腾的年代已经不允许我专心做论文了，我要在而立之年赶紧推出自己的译本，我要写自己的小说，我要对付生活在筒子楼里的各种困境。于是就放弃了写论文的学术活动。但《虹》的论文修改后一直在我自己的译本中充作序言。这次《儿子与情人》的论文要用在别人的译本里了，这是出版方对我的信任，我很高兴。这样一来，劳伦斯的四大名著，我自己翻译了三部，用的都是我的序言，唯一没有翻译的《儿》也用上了我的序言，译林版的《儿》则用了我写的后记，应该算是圆满。

今天收到公司发给我的新书，发现这竟然是老翻译家陈良廷先生的译本！原来我以为会是哪个新一代译者的本子，才让我作序，于是感到些儿忐忑。巧合的是，陈老的译本当年出版与我的论文发表都是在 1987 年。那年人文社的任吉生大姐送我这本书，说陈译很好，本意是让我好好学习。但那个时候我翻了几页就没再看，因为我发现陈译行文过于老道，估计是位修养甚高的老教授，而劳伦斯是在自己弱冠之年写出了这部作品，不应该由一位老先生翻译，过于老道的中文就与劳伦斯的血气方刚有了距离。如某一章标题讲母亲冷落父亲，亲近儿子，被翻译成儿子"承欢"，我就感觉雅则雅矣，但离真的年轻的劳伦斯文风远了。但那本书一直在我的书柜里，加上译林的版本，我就有了两个版本了。后者应该说也是不错的。

现在却阴差阳错，拙文用在了陈译本中，而且是我弱冠之年的作品，修改主要体现在新的引文出处上，观点和行文基本没变，尚有青涩和粗粝，还有些许浅薄的抒情，怕是要令陈老不屑。

陈先生是真正的译家，翻译了英美很多名著和非名著，多为与妻子珠联璧合之作，是翻译界又一对伉俪译家，令人羡慕。

因为写了序言的关系，我今天又翻开陈译，抽看了几个我评论劳伦斯时试图翻译的段落，这才发现陈老在 20 世纪 80 年代没有网络和注解本时翻译这书付出了很多细节上的心血。如 sweet William 这个花名，别名是五彩石竹或美国石竹。现在我们上网就能查到，还有图片。但前些年网络不发达时，我很长时间里没查出来。劳伦斯作品里各种花草品名繁多，在没有网络的时代是要查阅各种植物专业词典的，可见陈老先生和夫人是多么认真敬业！还有我们都曾经错译为"希望乐队"的那个词，陈译早就是"戒酒团"了。而我是前两年才在注解本里发现的。为此我要向陈先生致敬！

编辑把我从英文版直接翻译过来的《儿子与情人》段落替换成了陈译并注明在本书中出现的页码，是出版的需要，方便读者查对。但我原来论文里的引文均是拙译，翻译时也没有参考任何译本。或许我将来还准备亲自翻译，拿出自己的译本来，以弥补年轻时的缺憾。见笑。

在我的地中海边
翻译劳伦斯的散文

这几日过得昏天黑地，埋头于翻译一篇劳伦斯有关伊特鲁里亚的考证性散文。缘起是一位二十年前读过拙译劳伦斯随笔的读者，现在成了资深出版人，策划一套外国散文丛书时又想起了拙译，特别提到是漓江出的那一本，连篇名还记得，问我能不能攒一本加盟。为此我很是感动，连忙翻书柜找出那本1991年的小册子来抚今追昔一番。冲人家这番记挂，我也得增加新的内容才能无愧，就想起翻译一篇长的散文出来，那是我一直想翻译但一直胆怯不敢翻译的劳伦斯在意大利的考证性抒情游记。以前想翻，但在那些古代的地名和古代习俗的用语前望而却步了。现在幸亏有了剑桥的注释版本，我才敢涉猎。

这一万多字真让我一连数日完全生活在意大利和第勒尼安海岸，沉浸在古希腊、罗马和伊特鲁里亚文明的习俗中了。这一番翻译，就是一堂生动的地中海文明大课。看着那些平日里似是而非的名词，对照着地中海沿岸的地图，一个一个地辨认，查找并做注解，其实是我自己在学习。终于弄懂了很多历史词汇：迦太基、腓尼基人、塔奎尼亚、里底亚人或赫梯人、迈锡尼或克里特，等等。粗略翻译一遍，然后一个个查着地图做注解，最后才是慢慢品劳伦斯写作时的心境，全文润色，按照我的理解措词，用中文表现劳伦斯在散文中表现出的诗人情怀。翻译这个，学了历史，学了作者的情怀，甚是值得，也算对得起这位多年以来还记得拙译的约稿人，当然也对得起新的一批读者。我总是被大家推着进步，因此不能不勤奋些，还好是在这美丽的秋天里，阳光把阳台照得温暖温馨，一边修改一边晒了太阳，让我感到是沐浴在地中海的阳光中，吹着第勒尼安的海风，似乎自己的皮肤在阳光下晒出了西西里岛民的黑红色，感觉自己就是从小亚细亚迁徙而来的黝黑的里底亚人。为此，我要感谢许多人，约稿人、原作者、漓江版的编辑、剑桥版劳伦斯文集，等等。时光是慷慨的，赠与我这一切。

暴力践踏了许多植物。但原野还是再次耸起。金字塔与雏菊相比聊胜于无。在佛陀或基督开口之前，夜莺早就开始歌唱了，而且到基督和佛陀的话湮灭很久之后，夜莺还会继续歌唱。因为夜莺的歌唱既不是布道，也不是训导，不是命令，也非鞭策，它只是在唱。太初之时并无"道"❶，只有鸟儿的鸣啭。

因为一个愚氓用石头杀死了一只夜莺就说明它比夜莺强吗？因为罗马灭了伊特鲁里亚，他就强过后者吗？不！罗马陷落了，罗马现象就此结束。但今日的意大利血脉里跳动的更是伊特鲁里亚的脉搏而非罗马的脉搏，而且永远会如此。伊特鲁里亚的元素就如同这离离原上草，如同意大利发芽的麦苗，永远会是这样。

（此篇译文发表在 2013 年 2 期的《世界文学》上，篇名是《文明的日与夜》）

---

❶《约翰福音》开篇云："太初有道，道与神同在，道即是神"——译者注。

中国蔚为壮观的
劳伦斯翻译阵势

    因为应邀确认一份英国学者所著的劳伦斯作品中译本的出版目录，我因为不做研究，拿不准，就上网到国家图书馆的存目里搜索。这一搜的确让我开了眼。看来这些出版社都很规矩地向国图赠送样本，所以搜索起来甚是方便，只要输入 D.H. 劳伦斯，他的名下就出来几百种译文，真的是很壮观。

    我本不才，这些年工作加写作占了大部分时间，其余的时间都花在翻译劳伦斯上，也没翻译出多少来，就是四个长篇，一本传记和六十余篇他的散文随笔，不过区区两百万字多点。之所以还在目录里占有较高的显示率，主要是靠作品的不断再版和散文随笔的多次重新组合（当然旧的作品也在不断修改润色，现在还在进行一次大改工程）以及最近的中英文双语版的频繁出现。还有就是有些出版社的侵权出版，虽是无良行为，反倒增加了拙译的"种类"，令人哭笑不得。

    令我惊讶的是还有那么多的译本，多数是几个人合译的速成品，从 1980 年代出版至今出版社还在不断再版，这样看起来劳伦斯的书目是很繁荣的。前些日子某省出版社推出了一大套其译文，那个阵势很隆重，在网上看封面是以粉红色为主的，比较艳。仅冲这种封面我是不敢拜读的，即使译文质量不错，何况私下对此充满怀疑，那就敬而远之也好。

    我要特别提一下《查泰莱夫人的情人》。我没想到 2004 年人文社那本在市面上消失后，一直有人在出版英文的注释本，作为英文阅读材料出的。还有几个节译本。然后是在 2008 年和 2009 年燕山出版社出了一位教授与他人的合译本，华侨出版社出了一个名字是四个字的个人译本。最终是在 2010 年译林出版社和中央编译出版社出版了拙译双语和中文单行本。对于 2004~2009 年的那些本子，我多数没见过，个别在网上看了翻译片断。作为同是译者的我不便评论。只要不是抄袭和改编饶述一前辈的作品充作译文的，是译者花了自己的心血，都值得我们敬佩。同时，对所有这些作品的出版我是应该感谢的，因为它们的出版事实上形成了一个有利的氛围，为 2010 年拙译在等待 6 年后见天日创造了有利的气候。在这个意义上说，即使前边有的译本质量欠佳甚至涉嫌抄袭改编，也算为这本书的出版出了力。历史学上有"合力"推动历史一说，有时这些合力是莫名其妙的，目的是大相径庭的。但它们都会在某一时刻偶然合流。这样的现象值得回味。特做小小感想。

我想我是没有资格彻底确认那份书单的，因为过于庞杂。我能做的就是确认一下作者已经辑录的那些书单的拼音是否有误。其余的，我建议他登录国家图书馆网页仔细梳理一遍，我作为一个"运动员"不好充当裁判，这是多年来的教训，同一个文本的译者最好不要评论别的译者，除非别人根本不是在翻译而是抄袭和改编。

中国现代作家与劳伦斯传播

最近一位英国劳伦斯专家向我求证最早的劳伦斯作品中译文发表于何时，我自然是答不上，就请教芙蓉国腹地衡阳的廖杰锋教授，我看到他书中考证过是徐志摩翻译的劳伦斯一篇散文，发表在上海的晨报上的《说"是一个男子"》。根据中文我死活是对不出英文是哪一篇，原以为是《男人生命中的赞美诗》，后来廖教授来信告诉我说是 on being a man。徐志摩的译文我还没看到，据说是廖教授从上海图书馆里翻旧杂志抄下来的，这学问真做得到家。但从这个中文标题看，如果是徐大诗人亲笔翻译的，那估计是草率之作，仅标题就是胡乱翻译，即使考虑到当初白话文比较拗口的因素，这也是惨败之笔，连小学生都不如，莫名其妙。看郁达夫的白话文就没这么别扭。

但无论如何，徐志摩的译文是目前发现的最早的中文译文，而且是在劳伦斯在世的时候，这可不容易。可能徐是译着玩的。不知道徐的研究者对此有何见教。

我如实向那英国专家禀报这一廖氏研究发现。英国同仁高兴地回信告诉我这个译文的出现在全世界都算早的。原文是 1924 年在美国和英国杂志上发表的，一年后就翻译出了中文，估计是这篇文章的第一个外文本，也是这文章的总的第三次面世。后来到 1930 年劳伦斯逝世后才被收入其杂文集中，算作其 posthumous collection of essays（生前未结集过的作品集）。

劳伦斯 1911 年开始出名，诗歌、散文、杂文、长中短小说抡圆了招呼，估计 1925 年前或许还有中译文。这要看廖教授的进一步发掘，也仰仗中国现代文学研究专家们"搂草打兔子"顺便发现一下 1925 年前民国时期的报纸杂志上还有没有劳伦斯译文。现在看来最早的译文都出自那些会英文的中国现代作家和诗人，如徐志摩、林语堂和郁达夫，而且都是那些自由主义文人。估计鲁迅那一派的作家就是读到了劳伦斯也不会译介，他们在忙着翻译"被压迫民族"的文学，不会注意到劳伦斯是殖民主义大英国里"被压迫"的作家，这样的边缘人从内部写英国人和不列颠民族的心理其实更振聋发聩。当然因为时代的局限，那个年代劳伦斯到别的国家，首先被看作是殖民主义者遭到白眼。如他在澳洲，至今被一些人看作是代表英国殖民主义价值的作家遭到斥责。在中国，直到 1980 年初，我们还把他当成是颓废的资产阶级文学作者。这些都是历史的阴差阳错。

我想说的是这个小问题也应该是现代文学研究的一个侧面，看中国现代文豪们对当初外国文学的喜好和译介，也能从中看出他们的价值取向和性情啊。为什么赞美劳伦斯的是林语堂之流而非鲁迅之流？真的是人以群分啊。还有我又想起巴金先生收藏过劳伦斯死后出版的第一版书信集，盖了他的藏书大印。这也说明了推崇无政府主义的年轻巴金对阅读之物的取舍嗜好。他晚年将这书捐给了国家图书馆，让我借到了，读了，选了其中赫胥黎的序言一句话做了我的论文题目。从这些零零散散的故纸中我感受到了现代文学里一些名家对劳伦斯的共识性关注，他们的阅读嗜好为我们留下了一笔值得借鉴的文化财富。因为之后的战争灾难，现代文学不幸止步一段时间。之后大陆一直到 1980 年代才开始重新研究这些人，慢慢发掘出丁点儿遗风，顺带发现了些他们与劳伦斯文学的关联，因此也让我感到有一股涓涓文化血脉苍白地从 1920 年代流到 1980 年代并苟延残喘到如今，这汨潺潺细水让我们接住了，是因为我们做劳伦斯的研究，算"搂草打兔子"顺带脚，有意外收获，委实有趣。因为多年的中断而忽然发现，反倒让我觉得他们是我们的同时代人似的，有这样的感觉是一个学者的幸运。

网络寻觅饶述一

2004 年底我应译林社之约翻译的《查泰莱夫人的情人》杀青，交了稿。但那个时候出版的时机仍未成熟，我就把译者前言改动了一下，将文章主体发表在了 2005 年第 1 期《书屋》上。写那个序言时我百感交集。甚至在那一年的翻译过程中，我一直觉得有个巨大的身影在我面前忽隐忽现，那是个身穿蓝布长衫，戴着金丝边眼镜，梳着溜光的分头或背头，却脚蹬锃亮的皮鞋，喝着咖啡，抽着雪茄的中年中国学者，他就在绍兴会馆或附近的康有为故居里翻译这同一本书，那个人就是饶述一。我们在 1980 年代读到了 1936 年他的译本，深受沾溉，等于把这个故事和叙述都铭记在心了。现在我来重译，翻译时根本不敢看那个本子，生怕看着看着就情不自禁抄袭起来，因为那个本子的译笔几乎无法超越。我是在这种 anxiety of influence 的重压下抗拒着抄袭的诱惑完成自己的本子的。但我相信，对这本书的感觉不是当年读英文时留下的，反倒是饶述一的中文译本留给我的，那种总体的感觉的复制会是难以避免的。

正是因为有这种感觉，所以我在序言里就发了毒誓，要在这书出版后去寻找饶述一的下落，找到他的后人充分了解他，有可能写一本他的传记：

"从当年的译者前言看，饶先生是在北京翻译的这本书。但愿他也是住在南城的某个胡同里，如西砖胡同或南半截胡同，或许也经常在我家附近的绍兴会馆、湖南会馆及法源寺门前散步遛早儿吧。但愿我的想象与现实吻合。学问做到这个份上，我想我该想法子寻找饶先生在北京的萍踪了。"

这书出版了也三年了快，但网络搜索至今一无所获，眼看着 2013 年来临，不免起急，就在我的微博上发了帖子，号召这本书的爱好者们帮我一起找。朋友们果然热心，纷纷出招，让我目前开始依照某些线索猜测会不会是老舍和李健吾两位当中的一位，因为老舍 1930 年前后正好在伦敦教书，这本书在英伦引起的轩然大波不可能不注意到，而且老舍早年是翻译了不少英语文学作品的，本书中的京腔让我联想到老舍。李健吾在时间上更符合 1934 年前后回国，在北平和上海生活工作的条件，而且从前言中所提到的根据巴黎私印版译出、疑难点参照法文译文解决的线索，译者似乎法文造诣颇深，且在巴黎购得私印英文版和法文译本，是非常专业之举。饶译的优秀是有着得天独厚的条件的，少有人能企及。

一个师兄建议我通过饶氏宗亲网查询，我也在那边留言了，但我就是怀疑这个译者不姓饶，是某个颇有社会影响力的人物所使用的笔名。当初他能自费出版，说明财力不菲。解放后因这书是禁书，他又不能公开这个秘密，死后这个秘密就带进坟墓了，成了悬案。但读者们想知道真相，我更想。所以就有了这个公然的微博壮举，希望网络时代能帮我们破解悬案，还原历史真实。能找到他的下落，我一定要写他的传记。从此又多一口大烟。

不出几日一位陕西网友做出惊人考证，说朱光潜大师最符合以上几个条件，1928~1929 年朱先生正在英国，肯定见证了当初英国人对《查泰莱》一书的强烈反响。然后他去巴黎，正赶上劳伦斯在巴黎酝酿谋划出版了足本的《查泰莱》。后来又赶上足本的法文译本在 1932 年出来。这个法文译本为没有注解的英文本事实上做了迂回注解，使"饶述一"在翻译的过程中得以解决英文本中无法理解的难题，为他顺利将该书翻译成中文提供了唯一的帮助，善莫大焉。朱先生和"饶述一"一样在 1933~1934 年之间回国，一路坐船，船上有一个多月时间。回来后那几年先生很有文艺范，月月组织北平名人读诗会。这样的外部环境和条件似乎能令人推测他可能闲暇时翻译了《查》这本书并用饶述一的化名在北京东亚书局出版此书。原有讹传是北新书局出版，实则北新是该书的销售代理之一，出版者是灯市口附近的东亚书局，这书在回国船上做了大半，在北平完成终稿并在北平出版。目前的考证似乎他最有可能。而且他三十年代在北大开设劳伦斯课程！如果这得到证实，将是一条最大的文学新闻，当然同时也是对我为饶述一做传的终结，因为我一直以为饶述一是一位儒商，有着浓厚的人文情结，做生意之余票了一次翻译，创造了奇迹，这样的人似乎仅仅凭经历替他讲传奇故事还在我力所能及范围之内，如果是朱大师，则不敢对此妄想，估计替朱光潜做真正思想和学术传记的人尚未出生。无论如何，我希望这是真的！

近接某兄来函，说看到我博客上转载的朱光潜先生所翻译劳伦斯名言 art for my sake 为"为自己而艺术"，就考证出朱老翻译这名言的 context，云：

> 朱先生引用劳伦斯的话是出自他给徐訏写的一封公开信，时间是1936 年 1 月。此时徐正在筹备创办《天地人》杂志。徐向他约稿，他就写了《谈小品文》的公开信。从朱先生的引文来看，他是非常熟悉劳伦斯的。同时，从朱和徐的交往信函来看，他们二人是非常熟悉的，徐很有可能会将自己主编的《天地人》杂志送给朱先生阅读。而《天地人》创刊号至第九期刊登了王孔嘉翻译的《查泰莱夫人的情人》。如果这样，朱先生是看过王的译文的。饶之所以要翻译并自费出版《查》，一个主要原因是王译错误百出。从这点来推断，饶述一更像是朱光潜先生了。

这里面的那个契合点很说明问题即：1. art for my sake 之成为劳伦斯名言，其实不过是他某一封信中的一句话，但在 1932 年被赫胥黎放在了其开拓性的《劳伦斯书信集》序言的首段首句，这个序言一直是劳伦斯研究的纲领性文献，人们即使是无心细读，但仅仅"开卷"一下，就能发现这句名言。2. 这书朱先生肯定是开过卷的，甚至他翻译这句格言肯定是翻译自赫胥黎的序言的第一句，因为这之前劳伦斯的书信根本没有面世。这本集子北大图书馆有两册，应该是从老北大图书馆继承过来的，朱先生可以在那时借阅到。开卷即可看到这句名言，而且它极符合朱先生所谓自言自语的文学最该推崇的理念。3. 徐主编的《天地人》杂志创刊号上刊登了朱先生这封公开信，同时并一直到第9期都正好连载了王孔嘉翻译的《查泰莱夫人的情人》，他作为编者自然会向朱赠读该杂志，这样朱先生就会自然发现王的译文错误百出。如"饶述一"所说，实在不忍看这样的文学佳作被这样烂的译文糟蹋，就毅然抛出了自己的译文来。我们多么希望这个饶述一正好就是朱先生啊！

同好们努力啊，向着我们希望的方向前进，进，这个秘密绝不会是inextricable！我们有这么多有才的人呢，一定能做出一个历史性的发现。

劳伦斯的小说、散文与绘画^❶

在天才辈出的 20 世纪英国文坛上，既拥有众多的忠诚追随者，又引起激烈争议、召来众多的反对者，这样的作家恐怕只有 D.H. 劳伦斯一人了（David Herbert Lawrence，1885~1930）。^❷"劳伦斯是和文学史上一班独特的作家，如法国的卢梭、阿瑟·兰波、美国的爱伦·坡、英国的布莱克等同性质的人物，不是给人骂得一文不值，就是被认为特别伟大的怪才。"^❸几十年来，劳伦斯一直是人们热衷的话题，但真正了解、细读其作品者寥寥，倒是以讹传讹，人云亦云，对他产生了不同程度的偏见，评家也多有訾议，而从众心理下"慕名"寻"黄"者更不乏其人。他生前文运多蹇，历尽劫难，兴文字狱者甚至以"黄过左拉"^❹为题蛊惑人心，煽动仇恨。

只是在他谢世多年之后，笼罩在他卷帙浩繁的作品上的阴霾才逐渐散去。他的创作终因其对摧残人性的工业文明的抗议、为人性解放的可能性所做出的努力以及帮助当代人从虚伪的道德羁绊中得到解脱的"真诚不懈的渴望"吸引了众多读者，魅力俱增。^❺在艺术上，正如他的同胞批评家 F.R. 利维斯所言：

---

❶ 本文是人民文学出版社《劳伦斯读本》（2015 年版）译者序言。

❷ 尼古拉·巴里切夫：《虹·跋》，虹出版社，莫斯科 1986 年俄文版。

❸ 孙晋三：《劳伦斯》，载《清华周刊》第 42 卷，1934 年 9/10 期，第 120 页。

❹ 理查德·奥尔丁顿：《一个天才的画像，但是……》，毕冰宾、何东辉译，金城出版社，2012 年，第 169 页。

❺ 米哈尔斯卡娅：《论 D.H.Lawrence》，黑马译，见黑马：《劳伦斯叙论集》，金城出版社，2013 年，第 375 页。

劳伦斯"虽然不是莎士比亚，但他有天分，他的天分表现为奇迹般敏锐的洞察力、悟性和理解力。"❶他的天分特别表现在"诗意地唤起景物、环境和氛围"方面❷。

笔者以为，劳伦斯之所以魅力不衰，主要是由于他的艺术创作处在批判现实主义和现代主义道路的交叉点上。在他的作品中，对于环境的再现、对生活细节的描述同朦胧神秘的象征、非理性主义的渗透、情节的淡化并代之以氛围的渲染及感觉的强化是有机地结合在一起的。可以说，劳伦斯是以现实主义小说传统的继承人和现代主义小说的探索者之一的双重身份震惊文坛并占有一席特殊地位的。而在近些年新进的后现代主义理论观照下，其作品亦彰显新意。

劳伦斯生于矿工之家，毕业于诺丁汉大学学院师范班，当过工厂职员和小学教师。自幼习画、练习写作。在短短 20 年的写作生涯中，出版了 12 部长篇小说，七十多篇中短篇小说，多部诗集，大量的散文随笔和一些翻译作品，还举办了画展，出版了绘画集，在现代绘画实践上亦是英国现代作家第一人，其绘画实践自然赋予其小说以强烈的画面感和绚烂斑驳的色彩感，甚至在某种程度上成为其小说现代派表现手法的重要源泉，文与画相得益彰。其画论颇具天马行空风范，见解超凡脱俗。其散文随笔鞭辟入里，激情四射，很有几篇可传世，他的文艺批评随笔还为他赢得了优秀批评家的美誉。❸这样非凡的成就造就了一个难得的文艺通才。

---

❶ F.R. 利维斯：《共同的追求》，企鹅出版社，1963 年英文版，第 236 页。
❷ F.R. 利维斯：《小说家劳伦斯》，企鹅出版社，1981 年英文版，第 17 页。
❸ 同上，第 15 页。

一　劳伦斯的长篇小说

劳伦斯的第一部长篇小说是《白孔雀》。耐人寻味的是，他的小说以后的发展，不过是不断修改《白孔雀》的过程。15 年后劳伦斯重读《白孔雀》，觉得它像是"别个什么人写的，奇怪而又遥远，"但他仍然承认："我在风格和形式上虽然变了，但我从根上说绝没有变。"❶他早期的作品就是他的整个创作的序曲，这样的序曲自然奏响了全部作品的基调。

在不少人看来，书中的景物是他故乡伊斯特伍德附近风景的翻版，但它们一旦进入文本，就不再仅仅是景物而已，"它是小说的一个积极参与者。它是人物活动的背景，亦是其评论者，时而又是优于人物生活的某种道德（或非道德的）力量。"❷在《白孔雀》中，自然描写与人物的命运交织在一起，指向一个新的真实即劳伦斯式主题：摧残自然与复归自然。

小说中的中产阶级女子莱蒂与农家小子乔治真心相爱，可最终她却弃乔治而高攀富家弟子莱斯利。在此劳伦斯绝不是在重复传统小说中通俗的三角恋或讲述一个虚荣女子攀富弃贫的爱情故事。这里"戏剧冲突"已不再是乔治·艾略特或早期哈代式的。格拉姆·哈夫指出，在此劳伦斯"想把他认为重要的东西付诸表达或象征，"从而开始发展他的形而上学❸。人们注意到，劳伦斯甚至在写作他的处女作时已发现，他必须"使用某种'形而上学'作为启发性手段"，否则"便别无其他出路"❹。这种通过象征达到的形而上学意义即是"人挣扎于文明和自然之间"这样一个"根本的神话"❺。

---

❶ 转引自约翰·沃森《白孔雀》，企鹅出版社，1984 年英文版序言，第 32 页。

❷ 约翰·沃森：《白孔雀》序言，第 13~14，17 页。

❸ 参见克默德《劳伦斯》，三联书店 1987 中文版，第 11 页。

❹ 同上。

❺ 同上，第 12 页。

从此，劳伦斯的作品中不断发展着《白》的意象，到《查泰莱夫人的情人》发展到极致。这正如韦勒克与沃伦在《文学理论》中指出的那样："一个作家早期作品中的'道具'往往转变成他后期作品中的'象征'。"❶这一理论对评述劳伦斯的创作是十分中肯的。

作为向《儿子与情人》的过渡作品，《逾矩》为我们研究劳伦斯式主题的发展提供了不可多得的质朴的坦白陈述。这部小说取材于他的密友海伦·霍克的悲伤经历❷，一经劳伦斯的虚构和富于想象的整合，表现的却是一个崭新的主题：在小说中，代表文明的女人在精神上摧毁了代表野性的男人。"叙述者"不无悲伤地谴责这种对男性的"阉割"。

莱蒂和海伦娜（《逾矩》）不过是《儿子与情人》中的母亲葛都德的雏形，而葛都德的原型是劳伦斯的母亲（"父亲"的原型则是他的父亲）。

"父亲"在《儿子与情人》中的所作所为与生活中劳氏的父亲很贴近。但劳伦斯后来不再谴责父亲。反之，他认为错的是母亲——"母亲"。"父亲"莫雷尔这个代表着自然生命和神赐野性力量的活生生存在，竟被清教徒式的精神恶魔——"母亲"所贬毁，沦为醉鬼。肉体的与意识的、血液的与精神的对立，正表现为父亲与母亲的对立。劳伦斯承认："并非道成肉身，而是肉身成道。道来自肉身，道有限，如同一件木器，因此有穷尽。而肉身无限，无穷尽。"❸尽管父亲（肉体意识的象征）一时被母亲（精神的化身）所战胜，可是父亲"笑在最后，但笑得最久。"❹其实，即使在《儿子与情人》中，劳伦斯以谴责的

---

❶ 韦勒克与沃伦：《文学理论》，三联书店，1984年中文版，第204页。

❷ 莫尔与罗伯特：《D.H.劳伦斯》，泰晤士与哈德逊出版公司，1988年，第20~21页。

❸ 劳伦斯：《儿子与情人·自序》，见劳伦斯《书之孽》，黑马译，金城出版社版，2011年，第253页。

❹ 劳伦斯：《美国经典文学研究》，企鹅出版社，1983年版，第92页。见拙译上海三联版第87页。

口吻描写父亲，但"劳伦斯仍然潜意识地对他那位强健朴实的父亲表示了同情，笔调是温和的，甚至是善意和喜剧性的。"❶足见潜意识中对于"血和肉的信仰"❷不仅造就了《白孔雀》和《逾矩》的叙述者的态度，又使《儿子与情人》的叙述者也无法摆脱对"父亲"的欣赏和同情：

> 那年莫雷尔27岁，体格健壮挺拔，十分帅气。一头卷发油黑发亮，从未刮过的黑胡子浓密茂实。他红脸膛，嘴唇也是红润的，很引人注目，因为他总爱开怀大笑，那笑声十分爽朗，洪钟似的。葛都德盯着他，不禁心驰神往。他是那么丰采照人、生机勃勃的一个人，诙谐幽默，跟谁都能一见如故，友好相处。❸
>
> 平常他总是围上个围脖儿就出门。可这会子却梳洗打扮起来。他兴致勃勃地一边洗脸一边擤着鼻子，然后又蹦蹦颠颠地跑进厨房去照镜子。镜子太低，他不得不弯下腰来照，一边照一边认认真真地分着湿漉漉的黑发……❹

正是这种潜在的信仰使《儿子与情人》超越了进入文本的那些自传成分。这种超越个人生活的更广阔的意义之一，即是小说开了弗洛伊德主义在文学表现上的先河——揭示"恋母情结"（俄狄浦斯情结）。同时通过潜意识与"父亲"代表的被精神"阉割"的肉体与血性的认同而使作品成为现代"恋母情结"的挽歌。

《儿子与情人》叙述方法上的崭新之处在于，它已经开始摆脱班奈特、威尔斯和高尔斯华绥等老一辈作家为代表的传统的"物质主义"，不再在"情

---

❶ 莫尔与罗伯特：《D.H. 劳伦斯》，泰晤士与哈德逊出版公司，1988 年，第 37 页。

❷ 《劳伦斯书信集》，剑桥大学出版社，2002 年，第 539 封。

❸ 《儿子与情人》，企鹅出版社，1981 年英文版，第 44 页。

❹ 同上，第 54 页。

节"和"逼真"上费大力气，这种力气甚至被认为是"用错了地方，以至于遮蔽了思想的光芒。"小说不再"被炮制得恰到好处"❶，而是走向情节和人物外在条件的淡化，注重人的内心。伍尔夫夫人注意到了这点，指出《儿子与情人》"似乎把各种情景都凝聚、缩略、削减到最简单明了的地步，让人物直截了当地、赤裸裸地闪现在我们面前。我们观看的时间不能超过一秒钟，我们必须匆忙地前进。"❷

《儿子与情人》的完成，结束了劳伦斯"自传性"艺术的悲剧三部曲，他对1913年以前的生活和创作进行了反思，有了崭新的觉悟。他声言从此要超越以前，创作一部不同凡响的新作，这就是《虹》。他起初的感觉是《虹》颇有未来派的风格❸。他甚至感觉《虹》是用一种自己都不甚了了的"外国语言"写就❹，这位写实派的继承人和掘墓人此时尚在懵懂时期，还在苦闷中探索着小说的做法。

另一方面，《虹》有着深远的现实主义意义，透过三代人婚姻关系的变化，可以感受到时代的变迁。但劳伦斯没有直接地勾勒时代的特征和全景，而是忠实地揭示时代的变幻给普通人的性心理和婚姻关系带来的影响。这不能不说是对现实主义的新贡献。而《虹》所着重反映的是一种文明与另一种文明（农业文明与工业文明）交替时期、社会处在大变动时期的家庭婚姻（以性关系为基点）的转化。它是"英国第一部记录肉体激情之常态和意义的小说。"时代的巨大变迁令现代西方人感到旧式群落的消散，拯救这种失落感依靠的不是别的，而是个体及其过一种激情生活的能力。❺因此，利维斯称之为"对现代文明的

❶ 弗吉尼亚·伍尔夫：《论小说与小说家》，上海译文出版社，1986年，第4~7页。

❷ 同上，第110页。

❸ 见克里斯特弗·海伍德编《D.H.劳伦斯新研究》，麦克米伦出版公司，1987年，第126页。

❹ 转引自利维斯论《虹》，载哈罗德·布鲁姆主编《劳伦斯》，切尔西别业出版社，1985年，第147页。

❺ 马克·斯皮尔卡编：《D.H.劳伦斯》，普林梯斯—霍尔出版公司，1963年，第34页。

研究"❶。因此有评论家认为:"没有别的英国小说在如此形而上的语境中将社会主题与个人主题密切结合起来。"❷这种结合点,正是文明使男性神话破灭。这是《虹》的最终形而上意义。

到之后的长篇小说《恋爱中的女人》中,"阉割"的主题发展为"死亡"。毫无疑问,与《虹》一样,《恋》的现实主义意义是通过人与人的性关系来得到折射的,我们仍可实在地触到英国社会的脉搏。小说中的知识分子群是取材于实人实事的,是英国上流知识分子群的真实写照;小说中杰拉德的形象,是世纪初英国工业巨头的真实再现——"工业拿破仑",小说的气氛是典型的第一次大战前后的"荒原"氛围。

主人公伯金其实是处在一个"三角恋"环境中的:一方面是厄秀拉,另一方面是杰拉德。厄秀拉无疑在此成为歌颂男性力量的人,她深恋着伯金,渴望与伯金一起体验两性关系的完美极致,她把伯金当成十足的男子汉苦恋着,伯金的每一块肌肉都唤起她的崇拜。可伯金却同时向往着比他强壮、男子气十足的工业巨子杰拉德。两人之间的同性恋爱感情在小说中虽写得相当节制并升华为某种"血谊兄弟"。

值得注意的是,伯金在某种程度上与杰拉德是一个人物的两个方面,都是被"阉割"的现代男性。

在《恋》中,伯金既无法全身心地爱女人又无法充分表达他对杰拉德的同性爱,这是"衰落的时代不可避免的症候"。他仅仅把杰拉德看成自己欲望的肉体对象而非精神伙伴,这与维多利亚和爱德华时代后期的同性恋文学中感情的表达方式如出一辙 ❸。

但是在劳伦斯的笔下,伯金被处理成面对工业文明造成的心灵荒原的宿

---

❶ F.R. 利维斯:《小说家劳伦斯》,企鹅出版社,1956 年英文版,第 120 页。

❷ 阿拉斯塔尔·尼文:《D.H. 劳伦斯的小说》,剑桥大学出版社,1973 年,第 60 页。原文的"形而上的语境"是 metaphysical context。

❸ 查理斯·罗斯:《恋爱中的女人》序,企鹅出版社,1989 年。

命论者，而杰拉德成为机器化的精神空虚的灵之阉人，这就使小说具有了崭新的意义。正如《虹》一样，《恋》也因此把个人主题与社会主题统一了起来。

　　而他的最后一部小说《查泰莱夫人的情人》中，一个劳伦斯作品中从未出现的"英雄"麦勒斯出现了。这是一个受过教育的人，一个自我流放回归自然的"文明人"，当然不是变成野人。重要的是这种复归的形而上意义。小木屋，野林子，一个复归自然的男人给一个寻找自然的贵妇人注入崭新的生命。在此，性描写构成了形而上的性宗教。《白孔雀》中的一些稚嫩的描写和作为背景的场景，在《查》中发展成了象征。"小说中每一样东西都具有象征意义"，直至"最后整个小说本身变成了一个巨大的象征。"❶

　　它还是劳伦斯在去国多年并寻找他种文明后最终把复活的希望回归英国的努力，为此而创造了一个英国中部地区的"英雄"。劳伦斯最终选择了英国，选择了麦勒斯这样一个"文明与自然之间的第三者"来充当自己虚构世界里的"英雄"，而不是他情感上最为依恋的劳动阶级，是因为他看到了在工业文明的语境下，有产者和无产者都是牺牲品，都丧失了真正的活力。"在剥夺自然方面双方都是参与者。矿工的罢工运动不过是在工资待遇上与资本家的对立，这并没改变其异化的本质。是在与自然的异化过程中，劳资双方成了对立的统一。劳伦斯从而超越了剥削—被剥削阶级对立的意识，实际上揭示的是整个文明进程中资本对人／自然的物化，揭示出对立的双方都是被物化的对象这样一个真理。"❷所以他毅然在文学中背弃了他的阶级，尽管他称之为他的家："我退缩着离开他们，但对他们万分依恋。"❸从而选择了麦勒斯这样游离于有产者和无产者的对机器文明的批判者。这样的选择是劳伦斯文学的必然选择，别无出路。劳伦斯的收官小说完成了他的循环路线，是一条孤独路线的完结。但这是一条多么独特非凡的孤独路线，为他的一系列长篇小说创作画上了一个富

---

❶ 马克·肖尔：《现代英国小说》，转引自侯维瑞《现代英国小说史》，1985 年，第 236 页。

❷ 黑马：《查泰莱夫人的情人》序言，中央编译出版社，2010 年。

❸ 劳伦斯：《劳伦斯散文》，黑马译，人民文学出版社，2008 年，第 45 页。

有个性的完美句号。

二　劳伦斯中短篇小说的嬗变[1]

20 世纪初叶写实主义和自然主义仍是小说写作的主流，劳伦斯写作初期
（1914 年前）继承的是以哈代和乔治·艾略特为代表的浪漫写实主义风格，
但有所创新，从一起步就在继承传统写实主义的同时向现代派借鉴，虽然最终
并没有完全成为后来人们推崇的典型的那一批现代派作家，如乔伊斯、普鲁斯
特、艾略特和伍尔夫夫人，而是另辟蹊径，自成一家。在劳伦斯等新晋青年作
家眼中，此时文坛上的巨匠是那些"爱德华时期的大叔们"（如班奈特、威尔
斯、高尔斯华绥，甚至萧伯纳），他们的作品叙事形式古板，语言过分雕琢，
因此无法表现现代人深层次的心理活动，更难以触及潜意识的萌动。所以劳伦
斯写作伊始就有突破旧的写实羁绊的冲动并付诸实践，也因此绽露现代主义的
端倪。

《菊香》是劳伦斯在《英国评论》上的发轫之作，他以此跻身文坛。作
品描写一位矿工的妻子在等待迟归的丈夫时审视他们肌肤相亲但心灵相异的婚

---

❶ 这一部分的具体参考书目为：

Introduction by Anthony Artkins，The Prussian Officer and other Stories，by D.H.Lawrence，Oxford ，
1995.

Introduction by Michael Bell，England，My England and Other Stories，by D.H.Lawrence，Penguin，
1995.

Introduction by N.H.Reeve，The Woman Who Rode Away and Other Stories，by D.H.Lawrence，
Penguin，1996.

Introduction by Brian Finney，Selected Short Stories，by D.H.Lawrence，Penguin，1989.

Introduction by Keith Saga，The Complete Short Novels，by D.H.Lawrence，Penguin，1990.

Weldon Thornton：D.H.Lawrence，A Study of the Short Fiction，Twayne Publishers，New York，1993.

Kingsley Widmer：The Art of Perversity，D.H.Lawrence's Shorter Fictions，University of Washington
Press，1962.

姻生活，揭示女主人公凄苦的心境。丈夫在井下窒息而死，妻子为死去的丈夫擦身时，她熟悉的躯体却恍若陌路。小说以强烈的心理震撼见长。有评论家甚至指出这篇小说简直如一幅油画，画的中心是一个悲伤的妻子在为死去的丈夫清洗身体，生死相对时，这位新寡产生"顿悟"。"顿悟"的写法是现代派小说的重要特点（以乔伊斯和普鲁斯特的作品为代表），凸现的是人物的心理风景。从《菊香》开始，劳伦斯的小说就在传统的写实与现代派的写意与表现之间营造新的气场，他无法丢弃现实生活，因为现实是他必须依傍的背景，而他又不甘心仅仅成为一支描绘现实的画笔。于是他有意无意之间借助表现主义和象征主义的手段重构现实，甚至不惜放弃叙事的严谨，淡化情节，突出主题。其结果就是小说叙事的张力得到强化。这样的写法从技巧上论应该与劳伦斯从小练习绘画和写诗有很大的关系，我们读到的是一个画家和诗人笔下的小说，其文字怎能不是浓墨重彩、紧张而凝练？有人称这样的写法是"戏剧诗"。劳伦斯根据同样的情节创作的话剧剧本《霍家新寡》（*The Widowing of Mrs. Holroyd*）则在这方面体现了劳伦斯的用心，这个剧本后来又被拍成了电影。大段的独白和新寡为亡夫擦身的聚光镜头完全表现出了前面所说的那种油画质感。

同一时期创作的不少优秀短篇小说都是写实文学的蓝本，但又都在现代叙事上开始有所突破。值得一提的还有《白长筒袜》、《受伤的矿工》、《施洗》和《牧师的女儿们》等。

《牧师的女儿们》尚显青涩，但十分纯美，应该是没有任何理念掺杂其中的纯"血液意识"之作，是劳伦斯最富人性味的婚恋小说。它描绘怀春女子因性的萌动而生出美好的感情，以形而上的肉感美取胜，处处流露着性感与肉感的温情。但小说并未落入"色绚于目，情恋于心，情色相生"的窠臼，而是将这情色二字置于广阔深厚的现实生活背景中，社会地、心理地描摹不同阶级的男女如何冲破偏见相爱，情、性、理熔于一炉，使故事可信，感人。批评大师利维斯在《小说家劳伦斯》中把这篇小说列入"劳伦斯与阶级"的主题下作为代表作进行详细的论述，认为这种爱情超越阶级的鸿沟是"生命""战胜"了势力和阶级偏见。

人们倾向于认为《牧师的女儿们》里有后来惊世骇俗的《查泰莱夫人的情人》的雏形，后者从前者脱胎而出。有心者不妨把《牧师的女儿们》与《查泰莱夫人的情人》作一对照，体验一下这种孕育—成长过程。

而到了1914年的《普鲁士军官》，这种传统与现代结合达到一个高峰，成为早期与中期的分水岭。《普鲁士军官》是一篇有着双层甚至多层读解意义的小说，是一部可以同麦尔维尔的名著《比里·巴德》相媲美的悲剧经典之作。浓墨重彩涂抹出的是沉默中爆发的心灵紧张，与一幅幅浓艳爆裂的印象派写生似的自然景物相呼应，向读者的心理承受力辐射着非人的能量。虐待中发泄的快感反过来成为对施虐者的摧残。但透过这一切，我们冥冥中感受到了一种潜意识中或许可以称之为爱的情愫，但这种美好的人性却因其难以名状而倏忽即逝。爱，这里没有你的位置！似乎只有欲望的煎熬、挫败、变态的激情和涌动着的施虐—受虐欲。当人的欲望被置于某种错综复杂的气场中时，当感情和理性的交锋将其主体——人推向非理性的迷狂境地时，那种悲剧委实令人扼腕。

于是我们会发现，这种故事的写法与我们中国式的同类小说写法很不一样。

最大的不同在于整篇小说只选择了两个人物，不交代背景和故事线索，不知"前因"，也没有细致的情节发展，而是直接写两个人强烈细致的心理感受和情绪的紧张对峙。继而我们发现整篇小说在揭示人的心理能量时，这种能量在浓烈地向我们的心理承受力辐射着非人的力量；我们还会发现，整部作品中外景的描述与人物内在感受的紧张及其对读者的冲击是"内外呼应"的。这诸种心理能量形成了一个张力场。我们对这小说中一连串成段成段的外景描写感到喘不过气来，那一片片浓烈的色彩恰似一幅幅暴烈的印象派绘画，如梵高的风景画一样。

《普》亦是劳伦斯对同性情色题材的深刻探索。当时德国军队中此类丑闻并不鲜见。劳伦斯对此表现出了敏锐的洞察力，从而艺术地再现并表现了这样的真实。

由此我们读出了两人之间难以言表甚至是无法沟通的同性情色张力。较为明显的是军官一方，他被勤务兵那悠然自得、青春勃发的肉体美所吸引。这种爱欲由于难以名状而令这军官烦躁不安，最终表现为残酷的虐待，他在折磨士兵的暴行中获得快感。而那士兵虽然在抗拒着军官的虐待，但事实上他情感上也受着军官的吸引，对他有依赖。最终士兵掐死了军官，似乎是报了仇，但他却因此神经恍惚而死。他死后，人们把两具尸体并排而放，这个意象被一些人解释为对"结婚"的暗示。

1915~1922年属于劳伦斯短篇小说甚至包括长篇小说的第二个创作期。这种划分有时显得过于武断，这一点从1914年的《普鲁士军官》与其后的《英格兰，我的英格兰》在创作特征上的近似就可以看得出来。

从表象上看，《英格兰，我的英格兰》描述的是至纯至美的婚姻如何在现实生活中异化，风清月白的日子如何在世俗的压力下变得难以忍受，进而爱情之花在不知不觉中凋谢枯萎，两性之间的沟通变得难于上青天时，生的欲望就被死的诱惑所替代。表象上是一个凄美的爱情故事，但其意蕴却大大超出了其故事情节的表层，其叙述似乎有着自身强大的生命张力，唤起的是读者感官上的深层次共鸣，这种共鸣甚至是多层面的。劳伦斯的写实笔法在此达到了新的高度。

1915~1922年间劳伦斯发表的中短篇小说基本上都有第一次世界大战的背景，从现实的角度说，第一次世界大战彻底改变了大英帝国在世界上的地位，如人们常说的，英国为欧洲和平充当了主力，结果是英国自己从此下降为二流国家，一蹶不振，帝国的威风和辉煌不再。劳伦斯和很多作家一样是所谓的"良心反战"者，但他与其他和平主义者的不同之处是，他认为这场战争从根本上说是英国的工业主义与德国的军国主义之间的矛盾造成的，两者皆为恶。因为他在大战期间因健康原因不能上战场，只能留在后方，耳濡目染、亲身经历了英国国内的种种病态现状，所以他的作品都是间接触及到战争的。这一阶段的主要作品当然是《英格兰，我的英格兰》，此外还有《玩偶上尉》和《狐狸》及《你摸过我》。这些作品除了《英》中有一小部分战场上的情节，都不是直接描写战争的，而是写国内的人们特别是两性之间的"战争"。这些作品因为少了战争的直接动态因素，反而更加深入地对人性和和人的心理进行挖掘，作品的情感张力更加得到强化，前一阶段创作中的戏剧诗、心理剧、幻象写实主义、象征主义等元素更为凸显，劳伦斯的写作进一步向现代主义发展。

1923~1928 年大约是劳伦斯小说写作第三个阶段，这个时期劳伦斯的小说比前两个时期的小说更加难以被"梗概"，因为他的创作晚期是一个频繁变幻不定的实验期，他开始尝试更为极端的写作方法，笔触伸向宗教、神话、寓言、童话和讽刺喜剧小说。游历美洲并再次羁旅南欧，他的阅历更为丰富，对生命的反思日趋深刻，这其中对墨西哥的阿兹台克文明和南欧的伊特鲁里亚文明的探索和体验，还有对弗雷泽的人类学巨著《金枝》的研读，对他的文学创作产生了深刻的影响。有批评家说，到他的创作晚期阶段，劳伦斯对小说创作的把握全然超出了写实主义的局限，也超出了"后福楼拜"的现代主义小说的范畴，自然主义的写实和现代主义的表现方式都不足以表达他对人类社会和世界的认识，他必须借助神话和寓言及宗教的象征，把人类行为纳入神话和寓言的模式中去表现之。而对词语的游戏把玩，则使他在语言层面上甚至具有了后现代作家的特征。

《公主》和《太阳》与他在美洲时期的长、中篇代表作《羽蛇》和《骑马出走的女人》大概写于同一个时期，与此同时他还写下了散文名著《墨西哥的清晨》。把这两个短篇与他的一系列美洲—墨西哥—意大利题材的作品相联系，就能看出这两篇作品如同一套华美贵重的首饰中的两个精巧的耳坠，借此可对这个时期劳伦斯的创作进行一番管窥。两篇作品分别写了两个白种女人对原始自然力量的膜拜，作品中处处流露出原始主义旨趣，似乎在乞灵原始力量对他认为濒临灭亡的欧洲文明实施拯救。两个小说都精心营造了一个富有原始神韵的现代伊甸园，两个女人都在这样的氛围中失去了文明重压下的自我，开始向自己的女性自我回归，这个过程纯美如斯，宛如童话，两个"人的女儿"似乎在这样的地方被唤醒，几乎找到了"上帝的儿子"，一个是半人半神的墨西哥古老种族的后代，一个是西西里纯朴的农夫。但她们最终又都在现实的重压下屈服了。一个意乱迷狂，一个重归苍白的白人社会。可以说这两个女人是未来的《查泰莱夫人的情人》里康妮的一些基因，而童话公主的白马王子则被置换为富有原始生命活力的现代隐士和局外人，他们的社会身份甚至都是"下等人"，但他们游离于社会之外，超然、本能，充满着冥冥的血性力量，似乎肩负着唤醒"人的女儿"的重任，扮演着某种"上帝的儿子"的角色。

《木马赌徒》以童话的句式开篇，是一个荒谬绝伦的现实故事。整个家像被施了魔法，每个角落里都回响着"要有更多的钱"的窃窃私语，这种声音几乎令人发疯。在贪婪的父母的冷落中，男孩子保罗竟然要借助超自然的办法乞灵上天赐给他灵感去下赌注在赛马会上赌马。孩子赢了钱，但精神崩溃了，死了。这个小说揭示的是现代金钱社会中家庭关系的彻底异化和女性的毁灭力量：保罗的母亲贪恋金钱，不仅夫妻形同陌路，也丧失母爱、冷落孩子。

《美丽贵妇》和《母女二人》则进一步揭示了现代社会中家庭关系异化和女性毁灭力量的主题。前一篇似乎是浓缩的《儿子与情人》，其中母亲的控制欲毁灭了第一个儿子并差点也把第二个儿子扼杀，完全是精神食人者的恶魔形象。第二篇中的母女完全像男人一样组成了无男性的家庭，家庭关系呈病态状。母亲要控制女儿的生活，女儿要寻找正常的爱情生活而备受挫折。最终女儿挣脱了母亲的控制，找到了自己的爱情归宿，但这个丈夫却是个年过花甲体态臃肿的亚美尼亚人，她似乎找的不是丈夫而是父亲，因为她一直生活在缺失父亲的家庭中。

这三篇小说气氛压抑沉重，但又时而在叙述中爆发出刺耳的嘲讽声。故事情节的荒诞、叙述手段中融入的童话、寓言甚至超现实的哥特式灵异成分与叙述语言的游戏化都表明劳伦斯的晚期写作摒弃固定的形式，开始了肆无忌惮的文体实验游戏了。这种写作更能在后现代语境中获得知音。

三　劳伦斯散文随笔简论

劳伦斯的散文随笔写作是从他 1912 年与弗里达私奔到德国后和到意大利定居阶段开始的。第一次世界大战爆发，为节约纸张大战期间出版社半年内不再出版新书，将年轻作家的书都做退稿处理。而出版社正对《虹》不满，就借机"名正言顺"退了他的小说。劳伦斯无法得到预期的版税，立时陷入贫困境地，靠朋友捐助维持生活。对这次物质主义加帝国主义的战争，劳伦斯和许多文学艺术家一样持反对态度。但他此时却因身无分文及意大利可能卷入战争而无法离开英国回意大利，只能困居英伦。战争及由于战争衍生出来的社会问题和个人际遇，令他正在写作的《哈代论》"一怒之下"脱离了哈代研究主题，写成了一部"大随笔"，成了一部他自称的"我心灵的告白"甚至是"我心灵的故事"，几乎"除了哈代"，无所不论：哲学，社会，政治，宗教，艺术等，洋洋洒洒地展开去，一发而不可收，可说是一部"文不对题"的奇书。这样的文艺随笔为他以后犀利恣肆、谈天说地的随笔风格打下了坚实的基础。

他第二部天马行空的文艺随笔是《美国经典文学研究》。最早写于 1917 年蛰居康沃尔期间，随写随在杂志上发表，到美国后经过反复改写，于 1923 年在美国出版单行本。劳伦斯此举不仅在当年傲视一切的大英帝国是首创，他甚至比美国本土的批评家更早地将麦尔维尔等一批美国早期作家归纳为"经典"，其视角之独特，笔锋之犀利，更无前例。就是这种无奈中的阅读让劳伦斯写出了一部不朽的文学批评集，一枝独秀于文学批评史。一部被称作美国文化的《独立宣言》就这样由一个身单力薄的英国落魄作家写成了。它比《哈代论》在艺术性和思想性上又有了重大飞跃，加之在美国文学研究上的开拓性，使这部著作一版再版，《地之灵》和论霍桑、麦尔维尔、惠特曼的如同散文诗般的篇章经常被收入劳伦斯的散文随笔集中，其本身也成了散文经典。

同样，劳伦斯的另外两本小书《精神分析与无意识》和《无意识断想》亦是滔滔不绝、文采斐然的论人性和文学的精致作品，但因为其过于专业的书名和论题而影响了其传播。其实其中一些片断也很适合收入劳伦斯散文集中，值得发掘。这两本书的完成与《美国经典文学研究》的修改是同步进行的，因此写作风格上亦有同工之妙。

而整个 1920 年代劳伦斯的散文创作几乎是与其小说创作平分秋色。初期他创作了文笔精美的《大海与撒丁岛》；中期《墨西哥的清晨》等墨西哥和新墨西哥随笔成了英国作家探索印第安文明的杰出作品，无人出其左右；晚期的《伊特鲁里亚各地》更是无人比肩的大气磅礴、情理并重的大散文；而临终前完成的《启示录》则是与其诗作《灵舟》一样闪烁着天国温暖夕阳的绝唱。这些作品篇幅都不长，但浓缩了劳伦斯的思想精华，叙述语言堪称凝练华美，感情丰沛，如诗如歌，无论是作为单行本还是节选入散文集，都是散文作品中的上乘佳作。

劳伦斯的其他散文随笔则散见于各个时期，但从时间上看集中在 1925 年前后和他生命的最后两年（1928~1929 年）。1925 年劳伦斯在终于查出了致命的三期结核病后结束了他的美洲羁旅，彻底返回欧洲，中间两度拖着赢弱的病体回英国探视亲人并与故乡小镇诀别。看到英国中部地区煤矿工人的大罢工，看到生命在英国的萎缩与凋残，他把返乡感触都写进了《还乡》、《我算哪个阶级》、《说出人头地》等散文中，可说是大爱大恨之作，更是他回眸以往经历的生命真言，可谓字字啼血，心泪如注。《为文明所奴役》等随笔在讽喻鞭挞的芒刺之下，袒露一颗拳拳爱心，爱英国，爱同胞，其爱之深，其言也苛，如荆棘中盛开的玫瑰一样可宝贵。

待他再一次回到他生命所系的意大利，在那里，阴郁的故乡与明丽的意大利两相比较，他写下了《花季托斯卡纳》和《夜莺》等散文，秉承了其诗集《鸟·兽·花》的抒情写意风格并将这种风格推到极致，移情共鸣，出神入化，发鸟之鸣啭、绽花之奇艳。此等散文，倜傥不羁，刚柔并济，如泼墨，似写意，一派东方气韵跃然纸上。

他还有一组放谈男女性爱的散文如《性感》、《女丈夫与雌男儿》、《女人会改变吗》、《妇道模式》和《唇齿相依论男女》等。尤其在《唇齿相依论男女》中，生命之火即将熄灭的劳伦斯集一生的阅历和沧桑悠然地论爱论性论性爱之美，一改其往日的冷峻刚愎，笔调变得温婉亲切，表现出的是"爱的牧师"风范。

四　劳伦斯绘画与文学的互文

1929 年，在《查泰莱夫人的情人》备受攻讦、横遭厄运的那一年，劳伦斯不甘雌伏，委托友人为之筹备在伦敦举办画展，展出自己的 25 幅油画和水彩画并出版其绘画集。这些画是劳伦斯近三年来身染沉疴坚持笔耕之余的呕心沥血之作。他感到绘画的冲动时有超过写作的冲动，最初曾有两周内作画 3 幅的记录。他甚至真的认为自己与生俱来的绘画激情开始寻到了爆发的契机，对友人自鸣得意地表示"我要转而当画家了"。

这些绘画一经展出，便颇受观众和收藏家青睐。短短 20 天中，观众流量达 12000 人次，其中几幅画立地成交售出。《复活》、《圣徒之家》、《火舞》、《发现摩西》和《薄伽丘的故事》等一系列油画和水彩画，均为人体画，在技巧上虽然有失规范，但无不透着浓郁的生命活力，色调鲜明，形象夸张变形，营造出强烈的视觉张力。不重形似，更重内在的生命表现，这与他的小说做法如出一辙——"展示宇宙间强大、自然、时而是爆破性的生命，破坏传统的形式，为的是还事物以本来面目"❶。这大抵属于表现主义的范畴。劳伦斯绘画则更专注于表现生殖的美、性爱的纯美。如此世俗的关切通过表现主义的形式凸现在画布上，是足以引起误解和仇视的。劳伦斯的"误区"一直在于将性象征化、诗化、主义化而从不脱离世俗的符号，被林语堂称作含蓄着主义的性交。这个"误区"的美一直在经受着一代又一代世俗的残酷曲解与考验。

但他的绘画还是遭到了查禁。伦敦警察掠走了劳伦斯的画作并扬言付之一炬。生命夕阳中的劳伦斯，一反平日的激昂愤世与刚愎自用，为保护自己心爱的画作免遭火焚，委曲求全，提出折中方案，以永不在英国展出的条件换回被劫走的画作，从而得以苟全——"再也不要钉在十字架上，再不想有烈士，再也不要有火刑"❷。

劳伦斯以这样的妥协使自己的画终于得以苟全，被外国大学和博物馆收藏，成为一笔不可估量的财富。他的绘画开始得到系统的研究，却无心插柳，为传统的劳伦斯文学认知观揭示出一个全新的视角，从这个视角上审视劳伦斯全部的文学作品，会得出较之以前的研究近乎是崭新甚至是颠覆的新意，这就如同打开了一扇久为忽视的大门，进得门来，面对如此浓重的丹青笔墨，人们似有醍醐灌顶之感：原先人们苦心孤诣百思不得其解的很多小说创作问题特别是劳伦斯与现代主义文学的关系问题立即昭然。原来从形式上说，这些问题都根植于劳伦斯与现代派绘画的关系中，原来劳伦斯的写作是一个极具天赋的画家的书写行为，而在整个写作过程中其绘画激情一直在他生命的深处躁动喷薄，于是他的文字总是极富画面感，色彩与色块一直如花雨缤纷于文字之间。如此等等，人们从劳伦斯的绘画和小说中同时隐约感到了塞尚、梵高、高庚的风格

❶ 黑马：《虹》序，中央编译出版社，2010 年。
❷ 《劳伦斯书信集》，剑桥大学出版社，2002 年，第 5200 封。

及后期印象派、未来派和表现主义的影响，劳伦斯的绘画与写作就是如此同步，同根同源，内在的交织难解难分，所谓丹青共奇文一色也。

而劳伦斯之所以在生命的最后几年中积一生绘画训练和体会而爆发艺术"井喷"，更重要的一个原因，窃以为，是他历尽磨难，参透红尘，将人生与艺术互为观照，将生命提高到艺术的高度，以文学与绘画两种形式表现生命活力的艺术美，在艺术的生命这一强烈磁场里艺术与生命水乳交融。这是认识劳伦斯文学与绘画的重要标志。劳伦斯早期的创作中这种追求便初露端倪，在他的《儿子与情人》、《虹》、《恋爱中的女人》等作品中，不难发现他塑造的画家形象和对拉菲尔前派、文艺复兴艺术和未来派绘画的评述，甚至对中国水墨画的偏爱。这些见仁见智的一家之言绝非人云亦云，而是颇具个性的真知灼见。待到其生命后期，艺术观念上的顿悟飞跃与艺术手法的炉火纯青珠联璧合、相得益彰，作品着意营造出形而上的生命艺术氛围，如《查泰莱夫人的情人》。体现在视觉艺术上，其绘画作品似更为直观。可以说劳伦斯的文学与绘画这两种天赋和资质在他自身相互渗透、相互补充，造就的不仅是一个作家和画家，而是一个非凡的文艺通才。

劳伦斯晚期小说与绘画表现的是形而上的生命艺术氛围，生命是被纳入艺术磁场和审美范畴中升华到他力所能及的极致的。因此，欣赏他的绘画就如同理解《查泰莱夫人的情人》一样，首先需要的是超越时空和个人的自由心态，是审美的眼光。劳伦斯的绘画便是这种审美意识观照下的生命表现。其落点自然就在人体上，如英国劳伦斯专家萨加所说："所有的精神都体现为世俗的肉身。"❶

劳伦斯对肉体意识的崇尚令人想起莎士比亚在戏剧中借人物之口发出的人是"万物之灵长"的赞美，而劳伦斯则推崇这万物灵长的本体，纯粹的肉体意识。这种艺术直觉最早来自于他临摹英国的经典风景画的经验。他从年少开

---

❶ 劳伦斯、萨加：《劳伦斯的绘画世界》，黑马译，金城出版社，2012年，第33页。

始就勤于临摹各种绘画作品特别是英国风景画。而后曾沉迷于后期印象派绘画扑朔迷离的光影线条中。后期印象派画展首次在英国展出轰动了伦敦艺术界，为保守的英国绘画和艺术圈子吹来强劲的欧洲大陆风，摧毁了维多利亚和乔治时期的陈腐呆板和因循守旧。这种绘画素养开始体现在早期的小说作品如《白孔雀》和《儿子与情人》中，与小说的英国传统乡村风景和工业化的城镇背景和主题最为匹配。《白孔雀》里恬淡悠然的英国乡村风景的描述完全得益于劳伦斯对英国传统风景画和后印象派风景画的学习和继承。而《儿子与情人》的画面表现则在继承英国传统写实主义绘画的技法的同时因为小说主题开始表现工业化和城镇生活而自觉地向后期印象主义（表现工矿和城市的夜色光影之迷幻感非印象派绘画手法莫属）进而向表现主义过渡，从而这部小说成了劳伦斯从现实主义向现代主义自然过渡的里程碑式作品，此时的表现主义形式恰恰与小说的心理描写相得益彰，达到了内容与形式的完美统一，似乎表现主义对现实的穿透力和变形扭曲以此表现真实的手法是天生为文学的心理描写而设。

也就是在这样的焦灼状态中，劳伦斯全新的小说《虹》和《恋爱中的女人》开始孕育，这样的小说主题揭示和表现形式显然与新的绘画形式相结合最佳。作为潜在的画家，劳伦斯在这两部最早的英国现代主义小说中充分展示了他的绘画天赋，调动了他的全部绘画潜质，使两部小说成为文字的现代绘画佳构。两部小说在人物心理的穿透、场景的布局和运动及人物的衣着色彩与景物描绘上都自觉地运用了印象派和表现主义的手法，做到了故事中有画，画中流动着故事和人物的思绪，小说和绘画在此浑然一体。表现主义注重的就是人的原始激情的冲动，人物原型性格的涌动，事物和场景表面的扭曲夸张和变形，表现宇宙间强大自然时而是爆破性的生命（如前所述），使小说具有戏剧史诗的感觉。这些恰恰构成了劳伦斯这两部小说的特色。

于是我们看到从1926年开始，劳伦斯一手持画笔作画，一手持笔写作小说，既画出了这些惊世骇俗的画，又推出了惊世骇俗的顶峰小说《查泰莱夫人的情人》。我称之为劳伦斯树上并蒂的奇葩。

　　《查泰莱夫人的情人》出版后遭禁，画展也惨遭查抄，但劳伦斯在行将就木之前并没有停止写作，他又在与死神降临之前完成了最后一册生命的《启示录》和《最后的诗》，终于撒手人寰，至死也不回那个他爱得心痛又恨之入骨的英国，连骨灰都留在了异乡。一条羸弱的生命发动了最大的马力跑完了44年的旅程，留下了最为独特的文学艺术痕迹。奇文共丹青一色，这是文学艺术天地里一道劳伦斯之虹。

劳伦斯东渐九十年记

20世纪英国最富争议的作家D.H.劳伦斯于1930年3月在法国溘然长逝，去世时尚不足四十五岁。1930年前后的中国文学界对劳伦斯和他的作品一直报以同情和嘉许，做出了积极的肯定和欢呼。那个年代，正是军阀混战、民不聊生、日本随时准备发起全面侵华战争的前夜，即使是在这样对文学和文化传播极为不利的形势下，劳伦斯还是被及时地介绍了进来。

自从诗人徐志摩于1925年首次在《晨报·文学旬刊》上发表了他翻译的劳伦斯随笔《论做人》始，至今整整90个春秋过去，劳伦斯作品的东渐经历了一个漫长而曲折的过程。

在徐志摩的译文发表后，几年中出现了一些介绍文章和几篇散文和小说的译文。❶而对他的大规模传播自然是以对他褒贬不一的小说《查泰莱夫人的情人》的译介为开端的。这本书在英国和美国遭禁后，大量的盗版书不胫而走，劳伦斯反倒因此而获得了更多的读者，名声大震，甚至连战乱频仍的远东的中国都不得不开始重视他。这样的重视与劳伦斯在英国的崛起几乎是同步的。

根据《文汇读书周报》摘引的一篇文字看，早在这部作品出版的当年（1928年），诗人邵洵美就在他主编的《狮吼》上介绍了这本小说。他写道："爱读D.H.lawrence（他有一篇小说曾登在本刊第7期）小说的，谁都恐怕不能否认不是多少有些为了'性'的关系。但他对于这一类的描写是暗示的，是有神秘

---

❶ 廖杰锋：《审美现代性视野下的劳伦斯》，群言出版社，2006年，第15~16页。

性的隐约的。不过最近他在 Florence 自印的《却脱来夫人的情人》，却是一本赤裸裸的小说，往者因为要避免审查者的寻衅而有些遮掩的，现在均尽量地露布出来了。情节是一个贵族妇人爱了一个 gamekeeper（猎场看守），句句是力的描写与表现，使读者的心，从头到底被他擒捉住。本书印一千册，签名发行，恐怕不容易买到；但因排字人是意大利人，所以全书很多错字。"（《一本赤裸裸的小说》，载《狮吼》半月刊第 9 期，1928 年 11 月 1 日。）估计邵洵美是劳伦斯这本小说最早的中国读者和介绍者之一。几年以后，这部小说的多种版本相继流入中国，在北京、上海、南京等一些大城市的西书铺里可以买到❶。

报刊里随之开始出现一些评论，如 1930 年的《小说月报》第 21 卷第 9 期上的《劳伦斯》，1931 年《世界杂志》1 卷 2 期上的《劳伦斯的最后的小说》。而有分量的研究和介绍文章则集中出现在 1934 年，至于为何是在这个年份，则有待于以后进行专门的研究。这些文章是孙晋三教授的《劳伦斯》（《清华周刊》42 卷 9/10 期），章益教授的《劳伦斯的〈却特莱爵夫人的爱人〉研究》（《世界文学》1 卷 2 期），郁达夫的《读劳伦斯的小说〈却泰莱夫人的爱人〉》（《人间世》14 期），林语堂《谈劳伦斯》（《人间世》19 期，林语堂还在文章中节译了该小说，其译文之传神精当，令后人难以超越）和《读劳伦斯的小说》（《人言周刊》1 卷 38 期）。1935 年则有《劳伦斯自叙》一文发表（《晨报》，1935 年 6 月 25 日）。

孙晋三和章益的文章应该算是早期中国劳伦斯研究的扛鼎之作，其深度大致和当时的欧美学术界的研究同步，至今看来不少观点也不过时，应该说为中国的劳伦斯学术研究奠定了良好的基础。如果说与欧美学术界的研究基本同步的话，这要归功于这两位教授的背景：孙先生是当时稀有的哈佛博士、中央大学教授；章先生则是留美硕士，但研究范围涉猎广博，含科学和人文，亦翻

---

❶ 见《文汇读书周报》2004 年 5 月 28 日。

译了大量英国文学作品，后任复旦大学校长，其一大功绩是阻止了复旦大学迁往台湾。这样两位德高望重之学者成为劳伦斯研究在中国的奠基人，足见当初的劳伦斯研究起点之高，所受到的重视之重。

而从影响面看，林语堂和郁达夫的两篇随笔文章则更为广泛，他们在文化界声名卓著，他们的洞察是振聋发聩的，他们尤其结合中国的国情，将《查泰莱夫人的情人》与《金瓶梅》做了深入的比较，认为前者性的描写是全书中不可分割的一部分，有着鲜明的时代背景和象征意义，因此不能将其看作是"淫秽"。郁达夫还认为，即使是性的描写，劳伦斯的手法也是高明的，"使读者不觉得猥亵，不感到他是在故意挑拨劣情"。而郁达夫当年所下的结论即劳伦斯是"积极厌世的虚无主义者"则更是空前绝后得精辟，他简洁明了地给劳伦斯文学下了定义。林、郁二位文学大师对劳伦斯在中国的普及所起的作用无论怎么估价也不过分，他们深刻的洞察和充满热情的肯定将随着历史的前进而彰显其英明。

从这一点上看，那个时代的中国文学与西方文学基本是同步的，或许我们现在苦苦摸索出的许多结论早在80年前的中国早就有过了。有这样四位大师几乎与国际文学界同步肯定和推介劳伦斯和他的《查泰莱夫人的情人》，应该能使国人在这方面的视野大为拓宽，也是中国文学家鉴赏水准之高的充分展示。

这之后的1936年《约翰声》杂志上发表了部分译文，译名是《契脱来夫人的情人》，译者笔名是T.N.T；1936年3月，王孔嘉翻译的《贾泰来夫人之恋人》发表在《天地人》半月刊上，由于《天地人》杂志的中途停刊，该译本只发表九章，成了一个残本。同年八月，饶述一参考法译本、根据英文足本翻译的新译本问世，这是第一部完整的中译本，但因为是自费出版，发行量仅千册。当年的中国内忧外患，战火纷飞，估计人们都没了读小说的雅兴，这个译本就没有机会再版。以后又有一些节译和未完成的残本，在此不一一赘述❶。

---

❶ 见《文汇读书周报》2004 年 5 月 28 日。

客观地说，饶述一的译本不仅是全本，而且质量最优。或许如果当年林语堂先生译出全本，其质量无疑会高过饶译（根据林的节译推断），但可惜林语堂是写作大师，不肯屈尊翻译，所以中国就少了一个大师级的《查》书译本。饶先生的译本于是就成了最佳，其译文用字准确考究，说明饶对当时的欧陆生活有切身体会，其行文流丽典雅，带有明显的白话文散文风格，是值得后人效法和光大的。我们国家在劳伦斯谢世不久就出版了这样的优秀译文值得我们骄傲。

这位饶述一此后一直下落不明，无从考证其人，在中国翻译史上留下了一个巨大的悬念。笔者曾经在博客和微博上发起"寻找饶述一"的呼声，得到很多学界朋友回应。最终有学者根据自己的考证推断或许饶述一是朱光潜先生的笔名，但这个考证没有得到朱光潜后人的首肯，因此对"饶述一"的寻找尚待更为艰苦的努力。❶

于是我们看到，四位学术和文学大师的理论推介和饶述一先生的优秀译本，使我国的劳伦斯研究和翻译都几乎与世界同步，其基础十分夯实。劳伦斯本应在中国一路顺畅的。可惜的是在这之后连年的兵燹战乱中劳伦斯的作品传播中止了，解放后由于极左文艺政策的影响，劳伦斯被批评为颓废作家，难以得到客观的译介。萧乾曾提倡过要客观翻译介绍劳伦斯，但没有得到应有的回应。检索1950年至1980年全国高等院校社会科学学报总目，居然没有一篇与劳伦斯有关的论文。

而1960年英国开禁《查泰莱夫人的情人》，它一度洛阳纸贵，标志着人类的宽容精神终于战胜了道德虚伪和文化强权。之后多年，其作者劳伦斯作为二十世纪文学大师的地位得到了确认，劳伦斯学也渐渐成为一门英美大学里的学位课程和文学研究的一门学科。

但遗憾的是，我们国家当时并没有对此做出回应，劳伦斯作品的翻译和

---

❶ 见《东方早报》2014年5月25日。

评论仍处于空白状态，没能与世界同步。直到 1980 年代初改革开放后，才出现了零星的劳伦斯短篇小说译文和一部短篇小说选。仅此而已。在这一领域，我们与世界的距离一下子就拉大了几十年。

而对劳伦斯的重新肯定则是以赵少伟研究员发表在 1981 年的《世界文学》第 2 期上的论文《戴·赫·劳伦斯的社会批判三部曲》为标志。这篇论文应该说全面肯定了劳伦斯的创作，推翻了以往文学史对他做出的所谓颓废的资产阶级作家的定论。以赵少伟中国社会科学院研究员的地位和《世界文学》的地位，这篇文章的出现代表着中国学界彻底肯定了劳伦斯及其创作，从而开创了劳伦斯研究和翻译在中国的新局面。赵先生以一种晓畅、略带散文笔法的语言，道出了自己对劳伦斯创作主流的独立见解。我们发现一个一直被粗暴地一言以蔽为"黄"的作家在赵先生笔下呈现出"社会批判"的真实面目；同时赵先生也启发我们"看看这种批判同它的两性关系论点有什么关联"，使我们得以找到整体把握劳氏创作的一个切入点。在一个非文学因素对文学研究和译介产生着时而是致命影响的时代和社会里，赵先生多处引用马克思和恩格斯著作的文章，恰到好处地淡化了那些曲解劳伦斯作品的非文学不良因素。当然他的文章是文学地、学术地做成的。赵少伟在 1981 年发表的论文具有绝对的开拓性历史意义，在"1949 年之后"这个语境下是真正意义上的滥觞之作。《中国大百科全书》中劳伦斯的词条也出自赵少伟之手。劳伦斯有这样一位马克思主义文艺学家的知音为他开辟了进入中国的路，应该是幸运的。这之后在当时仅有的两家外国文学研究类刊物《外国文学研究》和《外国文学评论》上开始出现对劳伦斯具体作品的研究论文。

1986 年是我国的劳伦斯翻译出版史上最重要的一年，这一年在老出版家钟叔河的推动下，饶述一 1936 年的《查泰莱夫人的情人》译本在湖南重印，饶先生的译者序言写得激情四溢，说它"在近代文艺界放了一线炫人的光彩，而且在近代人的黑暗生活上，燃起了一盏光亮的明灯"，对当代中国人正确认识这部世界名著起到了启蒙作用。林语堂和郁达夫当年的高论也随书出版，中国的学术与出版界对劳伦斯从此有了一个全面公正的认识，这是无比令人欣慰的。但不幸的是，因为各种原因这部作品先是被封存后又允许"对口内部发行"，消除库存。"主要是为了限制有关性描写的传播范围及其消极影响，而没有直接否定劳伦斯的这部作品。"❶ 但无论如何是一种历史的曲折和磨难。

但劳伦斯其他作品的出版状态都是正常的，特别在80年代末和90年代初，出现了一个前所未有的译介高潮。很多小说和非小说作品都得到了翻译和复译，他的几大名著如《白孔雀》、《儿子与情人》、《虹》、《恋爱中的女人》则出现了多个译本，虽然质量参差不齐，但销量大都可观，甚至出版了中英文对照读本。

1988年可以说是中国的劳伦斯研究与国际的接轨年。这一年以出版劳伦斯的作品为契机，在上海召开了一次国际劳伦斯学术研讨会，与会的有英国著名学者凯思·萨加和詹姆士·波顿教授，后者是权威的剑桥版劳伦斯作品集的总主编。这之后还成立了中国劳伦斯研究会，是亚洲继日本和韩国之后的第三个这样的学术团体，可惜的是该会几年后因经费匮乏和人员流失停止了运转。但无疑这次研讨会对国内的劳伦斯研究和出版起到了不可估量的推动作用。

这之后的劳伦斯出版和研究告别了轰轰烈烈，告别了猎奇，进入了平实、扎实和提高的新阶段，劳伦斯成了我们外国文学大花园中的一棵自然成长的大树，这是最令人欣慰的。据不完全统计，仅从2000年到2004年，发表在各类正式刊物上的关于劳伦斯的论文达150多篇，每年30多篇，这是其他许多外国作家望尘莫及的❷。还出现了近十种中国学者撰写的劳伦斯评传和评论专集。事实上，这与劳伦斯在国际学术界的地位也是相称的。郁达夫在1934年就凭着有限的阅读英明地预见，劳伦斯会成为现代英国的四大作家之一，这个

---

❶ 见宋木文先生的回忆专文《回顾〈查泰莱夫人的情人〉的出版》，《文汇读书周报》，2014年7月23日。

❷ 参见2005年10月《成都教育学院学报》载《中国的劳伦斯研究述评》。

预言一语中的。他提到的另外三个是乔伊斯、福斯特和赫胥黎，只是现在伍尔夫夫人的地位取代了赫胥黎（不过赫应该算仅次于这四位的第二阶梯作家），所以郁达夫的预言应该算很准确了。

2004 年人民文学出版社推出的一个《查泰莱夫人的情人》新译本低调上市，它只是作为一套丛书的一种位列其中，并没有任何炒作和宣传。这和劳伦斯目前在中国的知名度和地位是相称的，劳伦斯已经成为了我们的文学和文化生活的有机部分，不需要任何特别的宣传即可走入人们的书架。笔者的译本也在 2009 年平静出版了，报界对此出版动态的评论是"波澜不惊"。这正如我所预见的那样，中国读者不会像当年英国解禁这本书时排大队抢购，1960 年伦敦街头人山人海购买此书的壮景不会在中国任何一个城市出现，他们会随便买上一本，仅仅是把它当成古董买去品读。❶

2015 年新年伊始，人民文学出版社推出了由笔者主编的一套《劳伦斯文集》，侧重的是劳伦斯的长篇小说、中短篇小说、文论、散文和画论，收入了老翻译家陈良廷和刘文澜夫妇的经典老译本《儿子与情人》和笔者及其他译者的作品共 10 卷，成规模展示近些年劳伦斯作品的翻译成就。相信今后中国的劳伦斯出版和研究会进一步深入发展下去，这是一个英国现代经典大作家在一个正与国际社会全面接轨的东方文明国度里应该得到的礼遇。

（本文发表于《文汇读书周报》2015 年 3 月 2 日。文章发表后，《晶报》编辑要我推荐有关学者撰写劳伦斯进入中国的文章，廖杰锋教授自然是不二人选。果然廖教授的文章有新的史料披露，是我以前不曾知道的，罗列几点，是对拙文的有力补充：

1. "茅盾也于 1923 年 8 月 27 日以玄的笔名在《几个消息》（《文学》

---

❶ 黑马：《查泰莱夫人的情人》序言，中央编译出版社，2010 年。

第 85 期）跟踪了劳伦斯的动态，提到劳伦斯是默里新主编杂志《阿德尔菲》的撰稿人之一。1924 年 12 月，他又以忆秋生为笔名撰写了《欧洲最近文艺思潮》一书在上海商务印书馆出版。他从革命文学立场出发将劳伦斯定位于无产阶级作家，肯定了劳伦斯作品所呈现的性爱主题。"

2. 柳鸣九先生以一个翻译家和学者的文学使命感与学术勇气，在 1978 年 11 月底至 12 月初全国外国文学研究工作规划会议上反复强调劳伦斯的工人阶级家庭出身和本人的工人地位，号召大家应该采取"科学的、实事求是的精神"对之进行分析与批判。

3. 在 1979 年 2 月至 1981 年这三年时间里，冯亦代先生利用自己主编的《读书》，采取"借他人酒杯，浇自己块垒"的策略，多次以"容"为笔名撰文介绍评述国外劳伦斯研究成果，称赞劳伦斯是"英国现代文学大师之一"，"英国文豪"。）

劳伦斯与黄色小报问题

　　最近《劳伦斯文集》的出版，引起大家的兴趣，采访的记者常引用别人的评论说"劳伦斯是浸透情欲的天才"，令我警觉起来，仿佛记得在哪里有这样的话，但又不甚确切。今天一查发现这句话是错误的。劳伦斯作品最早的编辑休弗说劳伦斯虽然出身穷苦，但是个文学天才。但这个天才之说在劳伦斯看来是有贬义的，是在暗指他没受过完整的本科教育（他只读过大专），因此意思是他没受过完整教育还能写好作品，是"原生态"。但到劳伦斯逝世时，有些流行小报就在此基础上夸张说他是"浸透情欲的天才"，后来人们把这话归到休弗身上了。人们普遍管流行小报叫"黄色报纸"，其实这个黄色不是色情的意思，是因为最早这类报纸用一个身穿黄衣服的儿童漫画当主角讲点耸人听闻的新闻而已。英文里的"黄色新闻"或"黄色报纸"（yellow press）指的是夸张的非专业性新闻，撩拨人们的好奇心，吸引眼球以推销报纸销量。最近老有人问我这个"浸透情欲的天才"的问题，我不得不到处澄清。这既是个史料问题，也涉及有关"黄色新闻"的词源和内涵问题。这类报纸如《纽约太阳报》其实经常有很好的严肃新闻，但因为标题夸张渲染，就被专业人士说成八卦。

　　有关情欲的天才的话最初应该是来自奥尔丁顿的传记《一个天才的画像，但是……》的序言，这个序言是我的老师劳陇先生翻译的，译得妙趣横生。但那里奥尔丁顿明确指出是那些"黄色报纸里的穷哥们儿"说劳伦斯如此这般的，怎么就被引用来引用去变成了休弗的话了呢？真是以讹传讹，人云亦云了。赶紧纠正一下，别再流传下去了。

劳伦斯小说与散文
叙述的诗性节奏

　　矿工之子劳伦斯 25 岁出版了长篇小说（同时出了美国版），发表了诗歌和短篇小说，可谓少年得志，后一路在文学路上硕果累累，最终以一本高度浪漫主义与批判现实主义完美结合的长篇小说《查泰莱夫人的情人》名扬世界文坛，至今魅力不衰，甚至在后现代主义批评语境中彰显新意，成为一棵伟岸的文学常青树。人们往往将这样非凡的文学建树归功于他的几大扛鼎长篇小说，如《儿子与情人》，《虹》，《恋爱中的女人》和《查泰莱夫人的情人》。的确，一位作家能有一部到二部代表作跻身名流已属难能可贵，而劳伦斯则至少有 4~5 部相互无法替代的长篇小说，构成了一列丰碑。这就更令很多大家难以望其项背。

　　细数上世纪三十年代郁达夫对未来的英国文学四大巨人之预言，四个人中有三个他言中了，那就是：乔伊斯，福斯特和劳伦斯。相比前二位，似乎劳伦斯更贴近当代读者。他的作品不得不令我们叩问：当我们读劳伦斯时，我们到底是在读什么？

　　回答这样的问题应该是一本书才能做到的，可以探讨的角度和语境有很多，广涉哲学、心理学、性学、经济学，等等。即使只谈论人们津津乐道的他的情色描写，为什么他的作品超越了很多一流作家的言情言性叙述而独树一帜？

　　在有的讲座中谈到劳伦斯作品的特色，我用了很多以 c 字母结尾的形容词

135

来试图概括，这些关键词是：realistic，prophetic，apocalyptic，poetic，erotic，eccentric，mystic，puritanic，misanthropic，didactic，socialistic，他还是一个critic，一个大作家的小说要有如此众多的要素构成，我对有的学生说，把这些关键词都写成小的论文，串将起来，就是一本劳伦斯研究的著作了。而仅就叙述语言也就是小说的阅读语感来说，常年翻译劳伦斯的作品，我有一个很深的触及文学本质的感受，那就是我们经常忘记的：劳伦斯从少年时代起直到生命的终点，无论他的小说和散文创作成就如何令他彪炳史册，他一直是个诗人，他诗人的光辉被恢弘的小说气场冲淡了。但他最初是以诗歌跻身文坛的，而他在写作那些传世巨制的小说的同时，一直没有停止自己的诗歌创作，直到去世前他还完成了诗集《最终的诗》。因此我们有理由说，劳伦斯的散文（prose，在这里泛指非诗歌）写作一直与诗歌创作之间有着渗透，这种渗透更明显地表现为诗对其他类别写作的影响，从而劳伦斯的散文不可避免地富有诗的节奏和韵律，从根本上说是为诗性的思维和构架所弥漫烘托，这就是前面提到的很多要素中的那个poetic。或许这就是劳伦斯散文的高蹈之所在，也是他的作品更能叩动读者心弦的根源。当我们通俗地说"诗情画意"时往往流于抽象的赞美，但这个"诗情"在劳伦斯的小说里则是整体贯通，氤氲澎湃着的，他是诗人小说家，而非简单的诗人 + 小说家。拙文仅仅提出这样的假说，并非专论，仅仅意在为读者欣赏劳伦斯的散文提出一个或许更有价值的视角。我们不妨参看劳伦斯的原文，寻觅其中无处不在的"诗义"。

在《哈代小说与悲剧》一文中我们读到劳伦斯这样富有节奏和意蕴的评论：

　　书中悲剧真正的内容是什么？是这荒原。是在这片原始的土地上，本能的生命在隆起。是在本能深处的野蛮躁动中产生了悲剧。是在事物的身体附近，能听到那躁动，是这躁动创造了我们也毁灭了我们。大地喘息着，凭着野性的本能喘息，爱顿那黑色的土壤强壮、野蛮、有机，如同野兽的身体。就是从这野性的土地里生出了尤斯塔西娅、威尔德夫、姚伯太太和克里姆等人。

What is the real stuff of tragedy in the book？ It is the Heath. It is the primitive，primal earth，where the instinctive life heaves up. There，in the deep，rude stirring of the instincts，there was the reality that worked the tragedy. Close to the body of things，there can be heard the stir that makes us and destroys us. The earth heaved with raw instinct，Egdon whose dark soil was strong and rude and organic as the body of a beast. Out of this body of crude earth are born Eustacia，Woldeve，Mistress Yeobright，Clym，and all the others.

这样富有诗歌节奏的句子恰恰也出现在劳伦斯小说《虹》的开篇：

他们身边，天地生生不息，这样的涌动怎会休止呢？春天，他们会感到生命活力的冲动，其浪潮不可遏止，年年抛撒出生命的种子，落地生根，留下年轻的生命。他们知道天地的阴阳交汇：大地把阳光收进自己的五脏六腑中，吸饱雨露，又在秋风中变得赤裸无余，连鸟儿都无处藏身……他们捧起母牛的奶子挤奶，那奶子冲撞着人的手掌，奶头上的血脉冲撞着人手的血脉。他们跨上马背，双腿间夹起生命。他们给马套上马车，手握缰绳，随心所欲地勒住暴躁的马儿。

But heaven and earth was teeming around them，and how should this cease? They felt the rush of the sap in spring，they knew the wave which cannot halt，but every year throws forward the seed to begetting，and falling back，leaves the young born on earth. They knew the intercourse between heaven and earth, sunshine drawn into the breast and bowels, the rain sucked up in the daytime, nakedness that come under the wind in autumn, showing the birds' nests no longer worth hiding…They took the udder of the cows, the cows yielded milk and pulse against the hands of the men, the pulse of the blood of the teats of the cows beat into the pulse of the hands of the men. They mounted their horses, and held life between the grip of their knees, they harnessed their horses at the wagon, and, with hand on the bridle-rings, drew the heaving of the horses after their will.

这种韵律的美，是非读原文不得的，特别是那一句 the cows yielded milk and pulse against the hands of the men, the pulse of the blood of the teats of the cows beat into the pulse of the hands of the men，完全可以读出血脉涌动的节奏，完全令人沉醉在两种血脉相互冲撞的肉感之中。为此有批评家把劳伦斯和哈代对自然的描写说成是"性感的风景描写"（sexualization of landscape）这个短语也可用现在时髦的"什么什么化"的西式句法来翻译成"性化风景"。他们所"性化"的是浪漫主义诗人华兹华斯笔下的英国土地。在华诗人的笔下，英国的风景是审美客体，诗人面对客体吟咏风花雪月的诗篇，美则美矣，但能感到审美的主客体是分离的，如《水仙辞》中 I wandered lonely as a cloud/That floats on high o'er vale and hills 的诗句，甚至颇为矫情。而到了劳伦斯这一代诗人，风景和自然俨然是主体，诗人要揭示其内在的诗性，体现在诗化的散文中，就有了这种自然的节奏生发于此。这种美，源自浪漫主义，但已经是浪漫主义诗歌望尘莫及的了。浪漫主义的特点是感发，主客体还是分离的，而劳伦斯的诗文转向了自然的生发，主客体浑然一体了。

在《查泰莱夫人的情人》中对黑暗龌龊的矿区，劳伦斯发出的几乎是咬牙切齿的恨恨然之声，这声音几乎可以通过朗读下面的段落感到是发自肺腑，当然我指的是英文原文，不仅是节奏，用词几乎都有咬牙切齿之音响效果，如连用几个black，几个utter和几个ugly，这样的几个短音节词或是辅音闭合发音，或是短促的元音，不断跳跃在字里行间，发自牙缝和舌间，听上去完全是掷地有声的咒符。

> 黑糊糊的砖房散落在山坡上，房顶是黑石板铺就，尖尖的房檐黑得发亮，路上的泥里掺杂着煤灰，也黑糊糊，便道也黑糊糊、潮乎乎。这地方看上去似乎一切都让凄凉晦暗浸透了。这情景将自然美彻底泯灭，把生命的快乐彻底消灭，连鸟兽都有的外表美的本能在这里都消失殆尽，人类直觉功能的死亡在这里真是触目惊心……丑陋，丑陋，还是丑陋。

> the blackened brick dwellings，the black slate roofs glistening their sharp edges，the mud black with coal-dust，the pavements wet and black. It was as if dismalness had soaked through and through everything. The utter negation of natural beauty，the utter negation of the gladness of life，the utter absence of the instinct for shapely beauty which every bird and beast has，the utter death of the human intuitive faculty was appalling…ugly，ugly，ugly.

如 soaked through and through everything 这样声效与节奏同步的短语，应该说是朗朗上口，逼着你不能不叨念出声。

与劳伦斯的原文比较，我那些苦心孤诣煎熬出的译文真的只能滥竽为劳伦斯锦绣的背面，相形见绌，充其量是传达其意思，难以再现其诗性的节奏和韵律。当然，从技术层面说，中文再现英文的音效确有困难，这是因为中文是表意文字，成语堆砌，多追求视觉效果的华丽或整饬；而英文是表音文字，是所谓的"语音为中心"语言，天然富于乐感和节奏感。一个重形色，一个重音韵。或许这是我为自己的译文开脱的一个客观理由，如果能开脱一点的话。或许我唯一能感到欣慰的是，表意文字翻译出来的字数比原文要简短，如果只出中文版，能节省很多纸张。也因此我建议读者要研究劳伦斯散文的诗性，必须"念"他的原文，而不仅仅是"看"。这就是劳伦斯留给后代读者的一门功课，也是劳伦斯文学生命之树常青的原因之所在：他的文字不仅活在视觉里，还响彻在读者的唇齿之间，劳伦斯几乎将英文这种表音文字创造性地用到了极致。

还有的学者指出劳伦斯散文中通过标点断句、制造出音效和节奏，加强了意思的表达，这样的段落不胜枚举，有意者不妨参看 *Style in Fiction by Geoffrey Leech* 一书，更为专业地了解其对英语散文的修辞与风格的剖析，体会英文写作大师们的散文之美，可谓淹通古今，面面俱到，读来有醍醐灌顶之感。

（本文发表于《外国文艺》2015 年第 4 期）

汇缘集

点通灵犀的开端

　　1977年恢复高考，怀揣作家梦的我报的是北大中文系，成绩不够，就被"刷进"离我的中学二里地远的河北大学的外文系英语专业。初中时这个大学俄语专业的工农兵学员进行教学实践时来我们中学教过我们几堂俄语课，我们也好奇地到他们的大学生宿舍去过。记得男生宿舍是很长的一座筒子楼，楼道里几乎没有灯，光线昏暗。我就觉得那不像大学，所以从来没想到会读这个大学。但是这个专业挽救了我，让我在5%录取率的高考第一年上了大学，成就了今天的一个差强人意的翻译家。如果我有幸进了中文系，以我17岁高中在校生的水平和那些长我十来岁的饱读诗书的同班师哥师姐比，我估计会彻底崩溃。

　　读英语主要靠的是模仿和记忆，在打基础阶段就是比"鹦鹉学舌"的本事，所以上大学的头两年，在外语系，大家不是读书，而是念书。年纪轻的自然就容易"念"得好。但我们用的教材都是"文革"前苏联专家审定的，在改革开放的新形势下，那种教材显然过时老套，味同嚼蜡。于是我们课余时间大都人人抱着收音机听英美的广播节目，学正宗的英文，还到书店的内部科买一些影印的美国《读者文摘》类研读。两年后过了基础阶段开始读书了，这个时候我们的任务是补"文革"十年被禁止的那些"古典资产阶级文学"，从莎士比亚、狄更斯、杰克·伦敦的小说和彭斯的诗歌甚至安徒生的童话英文本念起。

　　但毕竟社会上改革开放硝烟四起了，这些古典文学让我们忍无可忍，开始向往读现代的和当代的文学。可那个"拨乱反正"的时代，一切都在"百废待兴"，在"重整山河"，外国文学界的元老和他们的弟子开始复出，豪情万丈地收拾起十前被废黜的古典文学研究，开始整理故旧，恢复传统。那个时候，社会科学院外文所的苏联文学专家吴元迈先生还是不惑之年，抓住青春的尾巴，来河北大学外文系专门给我们回忆一次他在基辅大学留学时怎样热泪滚滚地读《一个人的遭遇》；年富力强的朱虹继承老一辈的传统并推陈出新，写出的惊世之作是《〈简爱〉，小资产阶级的最强音》等。诸如此类的补课文学研究构成了那个时代的时髦，甚至这些还做得很小心翼翼，生怕触犯什么金科玉律。但仅仅是这些，已经不能满足青年学子冥冥中躁动的渴求，如果这些就是理想中的"外国文学研究"圣殿，这个圣殿显然是与时代脱节的。补课固然重要，但外国文学早就不是肖洛霍夫和"小资产阶级的最强音"时代了，我们并不需要仅仅回到"文革"前的水平，不想仅仅成为"恢复"的过渡部分。可能这种躁动会被看成是"没学会走就要跑"，可时代使然，也是无可奈何的事。三十年多后回头看，我们确实是在"基础"薄弱的时候就起跑了，从而一直在为此付出代价，不时需要回头补些古典文学。但那个时候我们等不起，耽误不起。课可以自己按需要补，但不能整个学生时代只"补课"。

就是在那种不满和焦躁的嗷嗷待哺中，一位普林斯顿的教授给我们带来了乔伊斯、伍尔夫夫人、曼斯菲尔德和劳伦斯等现代作家作品，我读了劳伦斯小说《菊香》，被这个仍然被国内理论界称为是"颓废资产阶级"的作家的清新文风所触动。同样是写我稔熟的劳动人民生活，劳伦斯小说和我们从小读的《红旗谱》、《桐柏英雄》等实在是大相径庭。这样的作家太值得我们重新发现和研究了，而且我们应该为他"平反昭雪"，在中国普及这样的优秀作家（那个时候哪里知道，劳伦斯早就被国际学界认定是二十世纪最伟大的作家之一了）。

《菊香》，震撼了我。20岁的我不满足于阅读，还一定要用中文替劳伦斯表达一遍，这小说让我产生了强烈的创作欲望，一种替人传道当牧师的感觉。

后来读了一本劳伦斯的传记，书名是《爱的牧师》，意思是劳伦斯通过自己的文学创作充当爱的牧师角色。就想，我翻译他的作品，不就是要充当劳伦斯作品的牧师吗？即使只是个小小乡村教堂里的牧师，只要我认真地领会原文，努力用中文再现其魅力，我就是个小牧师——a priest of Lawrence。

还记得那是1981年，在河北大学老图书馆后面乱石乱瓦堆积的地上，那里有几棵参天大槐树还是老榆树，有阴凉，很僻静，我就坐在小板凳上，膝盖当桌，偷偷地翻译（不敢让别人知道我有做翻译家的非分企图）。然后投稿给了《译海》还是别的杂志，从此泥牛入海。当时也没复印机，稿子丢了也就丢了。后来是凭着第一遍的记忆，重新翻译一遍，直到出书时才拿出来修改了一些地方。现在对照英文看，里面有些基本的错误令我汗颜，有些幼稚的句式令人发噱，但有些精彩的句子还很让我"惊艳"，这样的句子我现在绝对翻译不出来，那是需要青春的冲动才能搜索出来的汉语对应词语。所以我说翻译与创作一样，一定要早点开始，文字错误可以修改，但热情与幻想是找补不回来的。现在我在给20岁的我当老师，修改那个时候的修辞和文字，但也欣赏自己那个岁数上的冲动。

毕业时上了研究生，选定硕士论文方向时自然地选择了劳伦斯。是劳伦斯这个跨越写实、现代和后现代三阶段的作家让我找到了文学研究的支点，找到了一根最适合我的文学支柱，让我得以一边翻译，一边研究（读的自然是当代西方学者的研究著作），一边从事自己的小说写作，不时地与新潮理论相切，感到自己在"与时俱进"，同时依然在内心深处恪守着一份淳厚的写实主义文学传统。

我曾经在劳伦斯故乡游记《心灵的故乡》后记中大发感慨说：现代主义文学进入中国的时间整整推迟了60~70年。而我正是在现代主义文学的译者青黄不接的80年代初开始研究翻译劳伦斯的，居然成为其首译者之一。为此我深深感到我完全是灾难和历史错误的受益者，否则根本轮不到我来翻译劳伦斯，更轮不到我来写什么劳伦斯故乡纪行，早该有无数个中国学者来踏访劳伦斯故乡并写出无数本远比拙作立意高远、文笔精当的专著了。面对不幸的历史，我不敢说自己幸运——这样的幸运是建立在几代人的不幸之上的！我只能暗自庆幸，庆幸祖国命运开始有了转机。于是我能翻译劳伦斯，能徜徉在他的故乡，能在他的故乡写中国第一本这样的书，我常感到我的指尖敲打出的文字不全是我的，有许多前辈在和我一起写。

这就是我这个 1960 年出生的"后街男孩"1977 年考进大学偶然念外语进而读外国文学的最大收获，这份沉甸甸的收获会伴随我一生。

（本文部分发表于《南方都市报》2008 年 7 月 27 日）

面朝闽江，背靠长安山的决断

我真正的劳伦斯研究与翻译是在福建师范大学外文系开始的。回眸往事，我一直觉得这个过程亦真亦幻，类似一个遥远的传说，一切都取决于我在一个秋日的午后面朝闽江，背负长安山的决断：既然在本科的最后一年与劳伦斯邂逅并且翻译了他的《菊香》，受到了前所未有的心灵震撼，我现在成了研究生，我的奖学金相当于一个大专毕业生的工资，可以让我无忧无虑地专心研究点什么，这两年多的大好时光里，为什么不选择他做硕士论文的研究对象呢？

1982年我考上了福建师大外文系的研究生，进校后分到林纪焘先生门下攻"非虚构文学"，却根本不知道他是林则徐的第六代长房长孙。我们考研时招生简章上的专业是大而化之的"英美语言文学"，实则培养的是高校英语教师，没有标明具体报考哪一个导师的研究生，只按照总分排名录取，入学后再根据个人志愿分具体专业。由于文学方向名额有限，就把包括我在内的两人分到林先生门下。不久那位同伴就转到翻译专业去了（以后这位张同学去了美国，成了著名的文学教授），我就成了那一届林先生的"独子"。

听说分到林先生门下，赶紧打听他的背景，知道他一直教高年级英文作文，对英文文体很有研究，且专攻英文非虚构文学（non-fiction）即散文和传记。福州城人杰地灵，姓林的人也多。分到这位导师门下后，新同学们纷纷祝贺我，那意思，好像我当上了林则徐的研究生似的。本来我填报的志愿是小说（fiction）研究，分去做非小说研究让我很失望，但因为有了林先生这等背景，对我的失落是一个补偿，恍惚之中我也陡增自豪与幸福感。心想这下可好，我可以做双重课题的研究，一边研究英国文学，一边弄点中国近代史。再一细想不禁哑然失笑：这两个课题太讽刺性地巧合了——伟大的英国文学与伟大的抗英斗争。

但他从来不提林则徐，即使我偶然问起，他也拒答。只谈学业，只谈专业上的事。以至于有人对近代史感兴趣，"理所当然"地"托"我向导师提些问题，我也爱莫能助，只得请他们直接去问。

渐渐地，我忘了他是林则徐的什么人。在闽师读了三年书，不曾去过林则徐纪念馆或别的与林则徐有关的纪念馆。我像许多国民一样，了解林则徐甚少。这种失之交臂是令人遗憾的。

毕业后有的学生谈起导师像谈自己的父亲，感激之情溢于言表。有的则像谈自己的仇敌，控诉这几年受导师压迫的深仇大恨。而我却无从谈起，只说"君子之交淡如水。"

从报上读到林则徐诗二句：

一曰："常倚曲阑贪看水，忽逢佳人与名山。"

二曰："苟利国家生死以，岂因祸福避趋之。"

岁月的流逝，这两种心境之于纪焘先生怕是渐远了。他只是像一个淡泊宁静的知识分子一样工作着，生活着。

这份淡薄和宁静我深有了解，这种淡泊表现在对待他的学生宽大为怀。

那是有关我的论文选题的事，应该说对我们双方都很重要。1980 年代初每年全国招收的外国文学研究生不过百十个（其中大部分还是从事实用语言学研究），因此对硕士论文看得很重。由于劳伦斯还被按照旧的文学史说法被看作"颓废"作家，所以研究他就要冒拿不到学位的危险。但我就是坚持要选劳伦斯做论文，而且研究的是劳伦斯的文论（按专业规定我不能研究他的小说，所以我就另辟蹊径研究他的文论，而研究他的文论就要结合他的创作来做，我事实上是暗度陈仓了，当然劳伦斯的创作类别之丰富，为我曲线自救提供可能。专业上的限定反倒为我的劳伦斯研究打开了更广阔的视野，同时论文的风险也自然加大了）。导师对我的题目根本不感兴趣，还不是因为我的暗度陈仓，干脆是对劳伦斯的选择本身就令他担心；另外他也不喜欢这个作家。但他原谅了我的任性，一边警告我后果不堪设想，一边还是同意了。现在想，那一届研究生里他只指导我一个，我是"独子"。有的导师指导两个，损失一个，成功率还是百分之五十，可如果我失败了，就等于作为导师的他百分之百地失败了，他的后果才是不堪设想。在学霸遍地和金钱效益第一的今日大学里，这样的宽容老师估计是大海里捞针般难觅了。

林先生之所以宽宏大量，超然物外，其中一个重要原因，我想，应该是他出身名门，自身又德高望重，因此对年轻人十分包容，只把年轻人的固执冒昧当成趣事把玩，毫无愠怒。换了任何普通背景的人估计都会让我领受责难和严厉制止。看来有这样书香门第的大家当我的导师，真是我的幸运。正因此，我才得以如愿，潜心研究自己热爱的课题并通过学位答辩从而获得了那个年代里稀有的硕士学位。我一直对先生的雍容大度心存感念，他教我懂得了什么叫"宰相肚里能撑船"，但从没面对先生说过感谢的话，因为我知道以先生的大德大量，他不会允许我如此的表达，我们之间有的只是默契，因此我一直在心里遥远地祈福感念。

毕业后我离开了福建，回到了我热爱的北方。我曾经写道："因为福建师大是一所纯福建省大学，省外人极少，我算是掉进福建人堆里了，班上其他六人全是福建人，不说英语时他们的方言对我来说如同另一种外语。这种'和外国人一起学英语'的感觉特别好玩。也因此我一直不了解他们的内心，也不了解他们的过去，只是相伴三年读书考试交流学习经验，我就像远方飞来的一只小鸟，在闽师这棵树上和一些叫声不同的鸟儿结伴玩耍了三年，然后我注定要回生我养我的北方去。我们没有窝里斗，没有猜忌，甚至没有误会，我只看到了他们身上的长处，向他们学到了很多宝贵的品质（不知道他们是否认为我身上有什么可宝贵的），因此我们之间的友谊是世界上最纯洁的。我们听不懂相互不同的鸣啭，但都觉得那啁啾很悦耳，这就够了。学生生活就应该这么清纯才好，学校本应是个避风港，大家友好相处，然后相忘于江湖。我幸运地享受了这样三年这样的生活。我耳畔永远回响着那些鸟鸣。"这段话同样适合描述我和导师的关系，导师也是纯粹的福州人，他说的福州话我也没想要学，因为我没想到要留在福建；他知道他培养的我这个外地人是不会留校当他的助手的，可他还是以一种君子之交的姿态呵护我。在人心叵测的世界上，我因此得以过了三年纯净的研究生生活，在长安山满山的野龙舌兰和冬季里满校园的扶桑花中流连，在闽江里畅游。"那三年居然奠定了我以后二十年文学生活的基础，才有了现在这些小说、散文集和劳伦斯作品的译文。一个北方人在闽江畔获得了润泽，心灵里酿出了文学的酒，那里面一定有福建的水分。"

　　我没有一官半职，也没有在事业上发达，一直闲散地写作翻译，因此也没有能力为导师做点什么回报他的恩德。在出版社工作时，我会经常写信约他翻译点什么东西，只要是英美名著，他愿意翻译哪一本都可以。可他总是"敬谢不敏"，称家务和工作繁忙，难以拨冗。因为远隔千里，同班同学都出国了，我对他的情况无从了解，也就罢了。但后来我发现他为三联和商务翻译了不少书，都是有关基督教和二次世界大战的回忆录。我想我明白了，历史和非虚构作品仍然是他的最爱，那是他所恪守的专业，他根本不喜欢虚构文学。怪不得他发现商务出版的《顾维钧回忆录》后就让我帮他买了全套的寄去呢。

　　一晃三十年，但那一年的决断还是与山光水色一起浮现在脑海里不肯散去。

我的劳伦斯图书馆

1982 年我选择了劳伦斯做硕士论文，这是一个绝对"前卫"之举。大家劝阻我，说研究这个作家要冒论文通不过、拿不到学位的危险，我对此置若罔闻。可面对图书资料匮乏的困境，我反倒心里没了底。我所就读的福建师范大学图书馆里哪儿有一本劳伦斯的书？仅靠外教手里那几本私人藏书，做硕士论文简直是天方夜谭。好在那时候研究生寥若晨星，学校很把我们当宝贝，图书馆特别支持我们，暑假期间派研究生们跑北京上海等地的大图书馆查人家的馆藏书目，每本书的编目都要抄写仔细正确，然后通过馆借方式邮寄借来书，复印装订成册，糊上牛皮纸封面借给我们。我就靠这些千辛万苦"淘换"来的书写了论文，得了稀有的劳伦斯研究硕士。不知道福建师大图书馆里有没有保留这些特殊的藏书。估计早就字迹模糊，卖废品了。

毕业后还想业余时间继续劳伦斯翻译和研究，但我不在研究单位和大学供职，就得经常挤公共汽车去北京图书馆，很是吃不消。即便是北图这样的国家图书馆，其实这方面的书也并不是应有尽有，毕竟我们外汇有限，不可能买所有的单个作家研究方面的著作。因此经常发现国外出了最新的研究著作，千辛万苦挤车去了北图，却只能空手而归，白跑一趟。便梦想有一批自己的劳伦斯藏书。每月 100 元的工资，一分外币没有，这真的是在做梦。

但似乎冥冥中我是有贵人相助的。1985 年我获得了难得的机会被派去澳大利亚开一个文学会议，会上结识了澳大利亚某出版社的发行经理，作为"外国发言人"我获得的一个小小待遇是一册该社的出版目录，允许我挑几本我感兴趣的书作为送给我的礼物。这简直是天上掉馅饼。我就煞费苦心地斟酌着在一长串劳伦斯作品中筛选了几本重要作品打了勾。就这样我算是有了自己的第一批劳伦斯基本藏书。会上还认识了西澳师范大学讲师坎先生，他就像导师和大哥关心我，给我讲他的国、他的家，讲文学，讲劳伦斯，带我到大学附近的二手书店淘书。他还慷慨地从自己书架上拿下《查泰莱夫人的情人》一书送给我，就这样我又有了一批书。12年后坎哥又为我推介，使我获得大学的邀请去做访问研究员，这次我们经历了多年的改革开放，工作了十几年，加之访问研究员的生活费与本地大学讲师的工资相当，我已经用不着省吃俭用了，便狠逛一手和二手书店，越洋背回不少书来。有这么一位洋哥哥帮忙，我的基本书目算是很充足了。可惜，坎哥英年早逝，去时才五十多岁，我在阴雨霏霏的诺丁汉收到了坎嫂洒满泪水的刊有悼词的报纸。他和家兄年纪一样，却这么早就走了，真让我伤心。

另一个贵人是弗雷泽先生，是我在德国国际青年图书馆年会上认识的，他是美国新泽西一位大学图书馆馆长。闲聊中知道我的劳伦斯兴趣，回国后很长一段时间里经常给我寄来图书馆下架的旧书，多是些研究类的理论书，虽然在美国是"过期"书，但对我来说作翻译参考仍是雪中送炭。那些用专门的软包装信封包裹的书每次从美国寄来，都是我的一次节日。弗雷泽教授，我永远感谢你。

还有一本特殊的劳伦斯的书不能不提，那是一位苏联的教授给我的，在苏联出版的英文版《虹》。

记得刚开始做劳伦斯论文时就听说北大的一位研究劳伦斯的研究生，其论文被枪毙，此人至少当年没拿到学位，便不寒而栗起来。我想引用一些马列观点的文章，但那时全国只发表了一篇劳伦斯研究的论文。于是想到了苏联人的著作，居然在图书馆里发现一本莫斯科列宁师范学院教授米哈尔

斯卡娅 ❶ 写的一本 20 世纪初的英国文学史话，书名是《英国小说的发展道路 1920~1930》，里面有长长的一章谈劳伦斯。便如获至宝，心想这下我的论文可算是有马列观点了，绝对能通过，便把几段重要的文字翻译成英文引用在论文里。80 年代初写劳伦斯的研究文章能借用苏联人的马列观点不仅能给论文"保驾护航"，也算是劳伦斯研究方面的一个新鲜点，当然首要条件是要粗通俄文。我翻译了米教授的文章发表后，忍不住写信给她，看她还有什么高论发表，顺便告诉她我在翻译《虹》。米教授很高兴地回信，并出乎意料地寄给我一本苏联出版的英文版《虹》。我又如获至宝，因为那时英美还没有出版《虹》的英文注释本，这本俄文注释本里的注解就帮了我大忙，有不明白处，就直接从俄文翻译过来，算是较圆满地完成了这本劳伦斯名著的翻译。

　　1988 年从德国坐火车回来时在莫斯科转车，因为莫斯科—北京的火车一周只有两次，我便可以在莫城有四天时间旅游了。顺便去列宁师范学院拜访了米教授，她已经是知天命的年纪，那么雍容大度，但仍然看得出年轻时绝对是一个俄罗斯大美女，完全符合我们这一代人对《钢铁是怎样炼成的》里面那个冬妮娅的想象。在俄语系的外国文学教研室里我们用英文交谈，周围都是系里的教师和秘书在进进出出。米教授讲了几句英文就要求我说俄语，理由是"在我们国家我们更愿意说俄语。"我知道，那个年代，苏联还没解体，很保守，对外国人很警惕，周围的人可能不大懂英文，她可能是怕被人汇报上去说她什么坏话吧；也许是苏联人的大国沙文主义在作祟。但我用结结巴巴的俄语告诉她我的俄语口语很差，只能说简单的俄文，讨论文学绝对不行。她这才同意继续讲英文。或许至少我那番表示自己俄文不行的声明让周围的人都听懂了，我们再转而讲英文就不会受到怀疑。

　　列宁师范学院的校园真美，古典风格的漂亮教学楼坐落在森林里，高大气派的很，感觉比莫斯科大学要小，要紧凑些，但没有莫大那种威严和雄伟，

❶ 妮娜·巴甫洛夫娜·米哈尔斯卡娅（1925~2009），时为苏联莫斯科列宁师范学院教授，该校改名为俄国莫斯科人文大学后为其荣誉教授。

更能让人觉得亲切些。苏联解体后好像改了名字，叫国立师范大学之类的了吧，或许在"十月革命"之前就叫这个名字吧。一转眼20年过去了，俄罗斯沧桑巨变，老"冬妮娅"教授还好吗？

这些年间，出国的老同学们都会捎书给我，结果有的书目和版本都重了，自己出国时只要有时间就会去偏僻的小书店淘些二手书，每次都是满载而归。现在我们又有了双币信用卡，能在欧美的网上书店淘旧书或买急需的新书，我的劳伦斯图书馆就基本建立起来了，不用跑图书馆了。

翻翻这些来之不易的书，很是感慨，从那么穷的年代开始，我居然一本一本地攒了那么多劳伦斯专业的书，几乎每本都让我想起人缘和书缘曾这样那样地交织，每本书里都蕴涵着人气的温暖。

（载《中国青年报》2007年5月7日）

发现与奇迹

　　与英国的劳伦斯学者保罗·波普洛斯基有了神交，得知他竟然是我英国时期导师沃森教授多年前的弟子，从未谋面，也未有耳闻，偶然因为同为劳伦斯研究者通了几次信探讨点问题，却发现我们师出同门，算前后的师兄弟关系。因为我在诺丁汉是客居访学，导师也充其量是干导师，所以从来也不会认几个洋师兄弟姐妹。导师对我很好，视为门下，我也最多敢认他别的弟子为干亲而已，不当回事的。但现在这位他的博士生却告诉我我们是师兄弟，因为我们有个共同的导师，他是我们的师傅。居然让我感到这人很有点东方气质。或许，英国人之间也这么表达？反正最有意义的倒是他对这种关系的英文表达法，让我学了一招儿：师兄弟叫 academic brothers，而师傅则是 academic father。与干师兄保罗的通信总是能揭开些历史的谜底。今天让我弄清了两个问题：

　　1. 我告诉保罗 1936 年饶述一的译本是重点参考了当年的法文本才得以完成的，因为那时英文本在英美都是禁书，根本不可能再出注解本，法文译本等于给英文本做了注解，帮助饶先生解决了不少语言难点。我只是顺嘴一说，这说明法文翻译很仔细，等于把英文本的意思通过翻译诠释出来了。保罗很认真地查对后断定那是迦利玛 1932 年的法文全译本。那个时候只有这个法文本。此后的法文本要等到 1980 年代才出版。那个法文本有马尔罗的序言。可惜饶述一的本子里没有收入。据此可以说，中国读者在 1936 年就读到了通顺的

《查泰莱夫人的情人》的中译本，要感谢法国人的本子。而那个时候英文的全本在英美都是禁书，很少有人得到。在这个意义上说中国读者比多数英美读者还幸运些。上帝，查泰莱的命运真是诡谲，像猫，有九条命，到处寻到生机！

2. 我 1980 年代初读研究生时开始在课余翻译《虹》，根据的是没有注解的 1949 年企鹅的版本，只能自己翻字典加注。那个时候手里没有外汇，也没有渠道从外国买原版书，更没有互联网查询，根本不知道有没有注解本。后来有幸得到一本苏联虹出版社 1985 年的英文本《虹》（是米哈尔斯卡娅教授的馈赠），后面有详尽的俄文注解。就如获至宝地从中翻译了一些，这些注解也对我理解原文很有帮助。这样我的译本就成了借助俄文注解的第一个有详尽注解的本子。到 1990 年代我买到了企鹅 1989 年的注解本，发现是第二版，首版标注是 1986 年版。很是后悔：那个时候我们太与世隔绝了，不知道早就有了英文注解本。待我将这个英文注解与俄文注解比较时，发现两者很接近，心中叹服苏联学者的功底，他们居然比英国人还早一年搞出了个很好的注解本。所以前日我向保罗求证，1985 年前有没有英文注解本？否则就说明苏联学者比英国学者厉害。保罗没说谁厉害，只是客观地告诉我：企鹅 1986 年的本子是 1981 年版本的重印，只是没标明 1981 年首版，因为 1981 年的版本是属于企鹅图书馆系列，销量有限，而 1985 年版是属于现代经典系列，销量大得多！

绕了一大圈，看来苏联的 1985 年注解本十有八九是来自企鹅 1981 年的版本！否则两者不会那么相似，但也说明苏联那时还是跟得很紧的，至少比忙活着闹双轨制、吵着做原子弹的不如卖鸭蛋的人收入高的我们要正规。英文本一出来，俄文翻译就跟着出来了。《虹》的注解是通过俄文本的翻译首次进入中国的，靠的是我那点可怜的俄文知识查着字典吭哧吭哧翻译过来的。在此我要再一次感谢我中学的俄文老师给我打下的微薄的俄文底子。

这是个奇迹。当然，第二次的重要性无法与第一次相比，只是个小插曲，但也很有意思。今天终于解开了多年以来的两个谜，很有收获。

还要说的缘分是，第一个英文注解本是我 2000 年的导师沃森作为主编在 1985 年做出来的。原来我是在 1980 年代通过俄文间接翻译了他的注解，到 2000 年去诺丁汉后才认识他的。又是个奇迹。

纪念劳伦斯学者普先生

昨天一早醒来发现半夜的雨夹雪变成了鹅毛雪，洁白的春雪挂满枝头，感觉是千树万树梨花开。随之阳光灿烂，雪开始迅速融化，如同太阳雨一般，房檐树梢都开始滴水，下水道开始响起哗啦啦的流水声。不知怎么就感到这样的天气很像我在诺丁汉时那样，总是夜里下雪，白天融雪，山峦起伏的校园里到处流水潺潺，这是我最怀念的诺丁汉一景。

于是就情不自禁上网查一下诺大英语系的熟人里谁又出了新书，准备去网购。我很高兴看到当年我听过几个月课的老师皮特·普里斯顿先生出了新的劳伦斯研究著作，而且是列在"诺丁汉劳伦斯研究"系列里出版的。看简介知道这本书是从文本角度分析劳伦斯的创作历程的专门著作，应该买来读读。可就在我仔细阅读简介时竟然发现普先生于去年秋天就过世了。这让我心里"咯噔"一下。我知道他退休后一直被诺大英语系聘为特别讲师，还在忙于劳伦斯研究中心的工作，发挥着余热，怎么这么小半年没查他的信息他就走了呢？人生真是无常。

于是本来是一个寻常的熟人，立即阴阳两隔了，对他的认识开始进入回忆，这才想起多了解一下这个人来。

当初去英语系听课主要是冲名气颇大的沃森教授去的，他是劳伦斯中心的招牌。过了一段时间才知道这个中心是双主任制，这另一个就是普先生。但普先生的教席是在成人教育学院。这个制度很让我好奇，但也不便好奇地打听。

平时都与沃森联系，但每到博士论文进程（work in process）汇报会或其他大的中心活动时，普先生也会来主持一些场合的活动。只是半年后普先生给硕士生开的"劳伦斯与现代"的课才开始上，我也按照惯例去听，这才与他有所接触。普先生的课自然是讲得出神入化，他的音质非常好，有戏剧效果，说的是十分标准的 RP，比讲话略带伦敦腔的沃森教授的英文更适合外国学生听。而且普先生经常爆出几句冷幽默的话来让人先是一愣，随之会心而笑。他的课程几个月就结束了，最后一课是在他位于诺丁汉南部的家中上的，因为他要在课程最后请学生们吃顿冷餐，还有红酒。所以最后一课我们很是愉快加不舍，觉得这门课应该再长些。普先生家中养了几只猫，这些猫就在楼梯上飞快地上下窜动，时不时还要跳到身上撒娇。其中一只老猫已经是耄耋年纪，但在争宠问题上丝毫不让幼猫。普先生怜悯地说：猫老了挺可怜的，便溺有时都失禁，动作也缓慢了。那老猫似乎听了就不高兴，就地嘟哝起来。普先生赶紧说：我说的是你是全英国最美丽的猫，行了吧。那猫居然听懂了，嘴里叨叨着颠颠儿地离去。我们都会心大笑。

听过他的课，再听他在大会小会上的发言，感觉这位没有教授头衔的成人教育学院的讲师在劳伦斯研究方面其实是很有真才实学的。他没有教授头衔可能与他没读博士学位有关，这样的资历最多只能做到高级讲师而已。所以在职员列表里多数人要么有教授头衔，是讲师的名字前面也有个 Dr.（博士），但他的名字前面是 Mr.，但这并不妨碍他教授劳伦斯课程。后来我才知道劳伦斯中心是他发起建立的，他在促进英国的劳伦斯研究方面做出了巨大的贡献，尤其在社会上普及劳伦斯文学做了很多实际的事情如组织研讨会，编辑劳伦斯研究会刊等。所以我看到诺丁汉发的悼词中特别指出他的很多贡献是不为人知的，只有圈内少数人知道。而我们这些外国人自然不会留意。我们去诺丁汉一般都是冲着世界上唯一的劳伦斯教授沃森而去。用中国话说普先生是"幕后英雄"。

我唯一与普先生的一次"正面"接触是那天诺大举行亚洲电影节，要放我的《混在北京》并且在放映前需要我讲几分钟小说与电影的关系等。偏偏那天普先生的课要到中午才能结束，而我的活动要在 11 点左右开始，我得请一节课的假出来。于是我就在课间跟他说明一下，旷一节课。他有点吃惊地看着我：你还是个作家呢。第二天他特别认真地当众问我：你怎么看待你自己，是小说家还是劳伦斯学者？这样直截了当的问题令我感到很不自在。我不明白他为什么那样问，尤其不习惯他用如此标准的英语抑扬顿挫地问，听起来似乎是要我说个明白，做个决断。我就说我的大部分时间是研究翻译劳伦斯，应该说我基本上是劳伦斯学者。他听后居然显得释然。至今我也不明白他为何如此认真对待一个外国的访问学者，估计是觉得我用心不纯行为诡秘吧，可能他觉得在劳伦斯中心听课的人应该是绝对纯粹的劳伦斯学者才对，所以听了我的解释很表示释然，说明我不是来混时间的。

了解了他为劳伦斯中心的建立和发展做出的那么多鲜为人知的无声的贡献，我想我可能明白了他为什么特别那样问我，他怕此人是来镀金混身份的外行，或者他觉得此人就是打着学习劳伦斯的旗号而来实则另有图谋。这是出自为自己的研究中心声誉负责。而作为游学者，可能我说话做事都显得随便散漫，令他起疑。我这个毛病令许多专业人士所诟病，我是应该自省的。

即便如此，普先生后来慢慢了解我之后开始对我很客气，还专门送我一本他编辑注解的班奈特的小说《五镇的安娜》，说明他对英国中部的文学确实有独到的研究。《五镇》多被大家拿来与劳伦斯的很多诺丁汉背景的小说做比较，是其研究的一支重要干系。可惜我至今还没读，一直束之高阁，现在看来我要读了，算是纪念普先生。

伯顿先生
半个世纪的"工作"

——伯顿教授走了

英国每日电讯报最近刊登了剑桥大学版劳伦斯作品集总编詹姆斯·伯顿的讣告。老先生完成了几乎全部的工作后在89高龄上轻松地走了，走前一天晚上还在出席一个文学聚会，手捧酒杯和一本康拉德的小说，很开心。回家后就悄然离去，真是有福之人。悼念并祝福他。（http://www.telegraph.co.uk/news/obituaries/10329346/Professor-James-Boulton.html）

每日电讯的讣闻朴素真挚，言简意赅地描述了老先生的一生与事业，读后有几个发现与感想，分享给大家：

1.伯顿一直被认为是专业的劳伦斯研究专家，其实不然，他也是超级票友。他本是诺丁汉大学的英语教授，偶然间遇上一批劳伦斯书信，就出于喜欢而编辑成书，从此引起剑桥大学出版社兴趣，请他出任总编搜集整理劳伦斯书信集，一出就是8册。盛名之下，继续编辑权威的剑桥版劳伦斯作品，动用了英美两国的很多英语教授才得以完成。

2.老先生40年代在达勒姆大学读书赶上战争，被英国皇家空军招去就训练成了飞行员，还当了上尉，马上就要驾机去轰炸日本占领下的新加坡，结果赶上日本投降，壮志未酬，回家继续学业，以优等生从达勒姆毕业进入牛津开始研究生学业。

3. 这时出现了一个词，就是 BLitt，就是人们一直不知道该怎么翻译的钱钟书在牛津得的那个学位。伯顿念的就是这个学位，但比钱晚了些年。毫无疑问这是个高于本科但低于博士的学位，人们翻译成了文学士。那个时候英国没有硕士学位，MA 是美国的学制。看来就是硕士，但那个时候英国的 BLitt 也不多的。这就是没有博士学位的伯顿后来也能当教授的原因。

4. 以后他又在伯明翰大学当了很多年院长，业余时间当劳伦斯作品的主编。竟然决定提前退休。

5. 退了之后逍遥不成，又被邀请重回学校当院长，但这次他免除了自己的教书授课任务，解放了自己，可以在管理学院之余专心做学问，劳伦斯只是他的兴趣之一。他最有趣的任务就是当大学的 Public Orator，表面意思是公共演说家，不知道这是干什么的，肯定是口才相当了得的人才能干。讣告里说他是一流的演说家。估计是给大学生做公开的脱口秀，每次一个主题，幽默风趣，励志明理，学术加娱乐的节目。令人愉快。后来查了词典发现我的理解只对了一半，这个职位专为德高望重的老教授设立，一般是在开学典礼或颁发学位仪式上发表主题演讲，相当于学校的形象大使。

6. 后来当选英国学术院资深院士。

7. 暮年回归自己居住的小村庄，热心村务，打理村教堂事务（英国的小村可是风景如画、悠闲自得的养老天堂），在村酒吧里畅饮谈天，出席本地读书会活动，受到村民热爱。最后一天就是在读书会里过的。

1988 年在上海的劳伦斯研讨会上见过他，听过他的演讲，会下也有交流，记得那次会上一个中国学者分组讨论的情况是我向他汇报的，他后来在大会总结时还特别引用我的话说：中国学者讨论很激烈，有如 civil war，引来哄堂大笑，那时不知道他是大学的 orator，但记得他声如洪钟。后来曾有意了解去英国读博士的情况，居然冒昧给他写过信。在没有互联网通讯的年代，伯顿教授竟然给一个普通的中国青年回了信，还把我介绍给当时的诺丁汉英语系劳伦斯专家诺曼·培基教授，让我找他申请。虽然最终因为奖学金的问题没有读成，但伯顿的平易近人风格还是给我留下深刻印象，回忆起来还恍若昨天。

纪念缘悭一面的陈洛加教授

《劳伦斯绘画集》出来后我第一时间就给画家赵蘅写信报告消息,因为当初翻译稿出来后我对很多西方画家的名字中译文拿不准,我发现各种字典和教科书里同一个人译名并不统一,便请她找位内行看一下,至少与某一美术界流派的译法一致才好。赵老师曾是农业电影厂的编辑和撰稿人,但业余时间一直从事绘画本行,很有成就。说起来我们是同行,都是在影视幕后给节目写词的写手,她写中文,我写英文,业余各司自己认为是自己的主业的艺术门类,而且赵蘅因为是杨宪益先生的外甥女,这两年又写作出版了有关杨老和杨家家族史的著作,成就斐然。

赵老师介绍了女画家、北方交通大学西方艺术史专家陈洛加教授帮我阅稿。陈教授非常专业而且非常热心,不仅校改了不少外国画家的中文名字,还特别对我说明翻译这些名字方面有中央美院与浙江美院的北南二派,各自为政,因此说如果我按照通行的发音翻译,也应该可以容忍。这让我又学到了一门知识。

可惜的是,这几年书没出来,我也就没联络她们,昨天接到赵老师回信,竟然告知陈教授已经于去年英年离世。这真是意外。黄泉路啊,真是无老少,人生无常。我赶紧上网查一下陈教授的信息,还好有简介和一张照片,总算见到她一面。从简介中看,她应该是我的同级学友,但长我10岁,是我们77级中的大姐了。我能懂得,她肯定是经过了上山下乡知青的艰苦岁月并且一直在困境中坚持自学才在 1977 年恢复高考时考上大学的。而且我还知道，她之所以上的西南师范大学，是因为 1977 年近三十岁的她属于超大龄考生，成绩再好一般也只能进师范院校。但她不坠凌云之志，后来又考上了中国社科院的研究生，在艺术的道路上不断进取，从而不仅是画家，还是艺术史教授。她是我们"新三级"中的佼佼者。可惜缘悭一面。

下面是陈教授帮我校改的部分人名和她给我的信：

（1）Aelbert Cuyp （1620~1691），库普，荷兰著名画家，其父和叔亦是著名画家。

（2）David Teniers, the younger （1610~1690），与其兄一起都是弗莱芒著名画家。

（3）Philips Wouverman（1619~1668）荷兰画家。

（4）Jacob Jordaens （1593~1678），约尔当斯，荷兰画家（应当为法兰德斯画家）。

（5）Meindert Hobbema（1638~1709），霍贝玛，巴洛克时代荷兰风景画家。

（6）Esaias van de Velde.（1587~1630），巴洛克时代荷兰画家。

（7）Jean-Antoine Watteau（1684~1721），华多，法国洛可可风格画家。

（8）Guido Reni（1575~1642），雷尼，意大利巴洛克时代画家。

（9）Bartolome Esteban Murillo（1617~1682），牟利罗，西班牙画家。

（10）Diego Velázquez（or Velásquez，1599~1660），委拉斯开支，西班牙画家。

毕先生你好！

本周我抽晚上的时间，大致看了你的翻译稿后面的画家人名，并将我知道和熟悉的画家名都用红色字体写在后面了。

我没有附上红体字的画家，一是你翻译的名字是通用的，我没意见，另一种情况是我不熟悉的人名。

在粗略浏览的过程中，凡是我发现的问题都用红色字体标示出来了。

所有这些都仅供你参考。

在美术界，画家译名一直是一个大问题。以中央美术学院为首的北派，同以浙江美院为首的南派在翻译上就有一定的区别，谁也不采用对方的翻译法。

所以，我认为只要重要的画家译名采用目前通用的翻译法，其他的就按照你自己的翻译法也没什么关系。重要的是要附上英文原文和生卒年月。

翻译稿我还没有仔细阅读，等我的课上完了再好好拜读。如果有什么意见，我会发邮件给你。

陈洛加

还好我出于职业习惯，保留了所有出版方面的通信，才有机会贴出这封信，以示纪念。向陈教授和学友致敬！

巢湖报纸上的劳伦斯书评

我对拙作拙译基本上持放养态度，出版了就出版了，让它们自行寻找自己的归宿，或图书馆，或个人书架，或减价清仓，我都不管宣传推广的事。只有极个别时候出版社要组织几篇书评，要求我推荐几个好友写书评，我才在确认是出版社负责找报刊发表并付给作者稿酬的情况下才推荐人。因此偶尔发现几篇书评，往往都是陌生人写的，而且是发表在很遥远的地方的报刊上，这种自发的写与发常常让我很感动。

今天在网上输入我翻译的劳伦斯的书名，竟然发现《巢湖日报》上有一篇评论。网络时代真好，如果是没网络的年代，估计这篇书评我一生也看不到。

问题是我的第一个疑问竟然是：巢湖，中学地理课上学过，但现在忘了是在江苏、浙江还是安徽，反正在那一带，是我国几大淡水湖之一，鱼米之乡。赶紧查地图，确定是在安徽腹地。真是惭愧啊，这么著名的水灵灵的地方我居然忘记方位了。

然后是发现那书评所发的版面居然是读书版！要知道很多日报在撤版面，往往第一个被撤的就是读书版，然后是副刊版里的书评栏目。而《巢湖日报》这样一个非省会城市的报纸居然堂而皇之地保留着一个读书版，这在我看来简直等于奇迹。我要感谢这个报纸，虽然是因为它评论了我的书我才发现有这么个版面，但即使它没评论我的书，作为读书人我也应该感谢它，因为整个的读书氛围是由一家家《巢湖日报》这样的报纸和媒体合力创造的。

而且今天因为这个机缘我又复习了一遍地理知识，记住了巢湖在安徽。由此想起我的第二本小说《孽缘千里》就是因为京城一家出版社估计会赔本而向我索要出版费，我拒绝后安徽文艺出版社慷慨接受出版的，那书肯定没给安徽文艺社赚钱，人家还付给了稿费。我这个没有组织包养和指导的业余作者／翻译能出书，多是遇上了类似安徽文艺社这样的出版社的编辑才有可能的，出版社就是我的组织。

下面是《巢湖日报》的读书版地址，可查看。

http：//szb.ch365.com.cn/dsck/html/2010−09/13/content_272979.htm

我在《百家讲坛》的
劳伦斯讲座记录稿

  偶然在百度上发现央视国际发的那年我在《百家讲坛》讲座的记录稿，很感动。人家栏目组的编辑要一句句地扒词儿，很辛苦的。我要特别感谢那位张编辑。那个讲座是在中国现代文学馆做的，那个时代不像现在讲座人要把讲座当成系列推出，要很下功夫准备演练，要出音像制品，有表演性质。我赶上的是很随便的时候，穿个毛衣，基本就是即兴讲，是沙龙性质的。讲的就是劳伦斯与故乡和创作之间的关系，十分口语化，甚至看上去一点都不学术，就是一个学术聊天，连俚语和俗语都上了，因此是很真实的。那就发这里晒一下给大家。大家别忘了感谢人家栏目组的编辑。http://wenku.baidu.com/view/dcdbb76427d3240c8447efb5.html

  （9月15日《惊世骇俗的劳伦斯》 黑马 央视国际 2004年09月17日 14：25

  主讲人简介：黑马，1960年生。作家、翻译家，电视制片人。

  著有长篇小说《孽缘千里》、《混在北京》和散文随笔集《情系英伦》等。《混在北京》改编成同名电影后获第19届"大众电影百花奖"。

  翻译出版的劳伦斯作品有：《虹》、《袋鼠》、《恋爱中的女人》、《劳伦斯散文随笔集》、《太阳——劳伦斯中短篇小说选》和《生命之梦——

劳伦斯中短篇小说选》等。

内容简介：英国作家劳伦斯究竟是怎样的一个人？他的作品是情色文字，一味地刺激读者的感官？还是严肃的文学作品，揭示人性的真谛？）

一、钟爱故乡的劳伦斯

劳伦斯，从离开英国以后，他颠沛流离，最终客死他乡，连骨灰都没有能回家。但是，当一个人，当一个作家无论因为什么原因，被迫离开了自己的故乡，离开了自己的祖国，而不能回来，而同时你随时以自己童年的景象，以自己的故乡作为背景，从事自己的创作，这个时候，你的故乡是永远活在你心里的。而且，你随时在用你的眼睛，在用你的心目，就是 mind's eye 去看你的故乡。这个时候，那真正这个故乡，是你的心灵的故乡。可能有时候，我们活在自己的故乡，我们不觉得，我从小长在这里，生在这里，所有的街道无论怎么变化，我都觉得很自然，这个房子是该拆了，这个房子挺难看的，把它拆了吧，这条路该拓宽了，我不觉得怎么样。但是，对于一个离乡的游子，而这个游子他不是说是背弃了自己的故乡，而是他在千山万水之外，他在想着自己的故乡，而且以自己的故乡为背景进行创作，对于这样的人来说，他又回不来，永远都回不来，连骨灰都回不来。这样的时候，他真正是一种，让我想到用什么词去形容这种状况，无论是心理的，还是精神、肉体上的这种折磨。

劳伦斯在他临死之前，他那时候他是三期肺病在意大利的乡下，那个时候有一个意大利的朋友要到他的故乡去，劳伦斯就给他写了一封信。劳伦斯这个信是这样写的，非常简单，说："如果你再到那边去，就去看看伊斯特伍德吧（就是他的故乡）。我在那里出生，长到 21 岁……"然后他就详细地罗列，去看哪儿，去看哪儿，去看哪儿。最后说："我在那座房子里，从 6 岁住到

18岁，走遍天下，对那片风景最是了如指掌，那是我心灵的故乡（That is the country of my heart.）……"

　　这个时候，对一个身患三期肺病马上就要死去，而且知道自己永远不能再回故乡的人来说，这句话说出来，它的分量是非常非常的重，跟我们有的时候到外边去工作几年，说那时我心里都想着我的家，那真是我心灵的故乡，这种感觉真的是不一样。于是我就把这句话作为我最近的一本书，讲劳伦斯故乡的书，就是《心灵的故乡》。后来我就曾经写到，说这封信，当我读这封信的时候，因为他罗列得特别地具体，看哪儿，看哪儿，看哪儿。我说，这封信简直像一个电视摇动的镜头，那镜头后面就是劳伦斯的眼睛。当我们拍电视的时候，就是这样看的，镜头后面那就是他的眼睛。只不过他没有一个镜头，他是在用心灵的眼睛作为镜头，在遥望他的故乡，穿过欧洲大陆和多佛海峡，遥望自己的故乡，那是一双心灵的眼睛。我们每个人在异乡遥望家乡时，不都是用这样的心眼吗？乡恋只有到至诚至爱的地步，才能让人远隔千山万水，用心眼透视。

二、特立独行的劳伦斯

　　为什么劳伦斯在英国那么多年，一直很受排挤？他之所以长年流浪到国外去，也是跟他当初在英国没什么市场有关系。为什么？跟他的出身，跟他的家乡很有关系了。为什么？后来我考察过劳伦斯最早成名的这么一个阶段。你想，他是一个矿工的儿子，撑死就是一个大专生，而且学的还不是什么高雅的什么文学的东西。他的那个专业是什么呢？是师范班，就是把他训练成一个小学教师，英国的这种训练是非常严格的，读到什么东西只能教什么。要读到师范大专班，就只能去教小学，不可能再去教中学，否则，必须大学毕业。在那个年代，劳伦斯就是这样的。这样的一个人在那种环境下，在非常务实，非常庸俗的环境里，要成为一个诗人？他最早是写诗。上课，劳伦斯不好好读书的，上课就写诗，不听课，因为课也不是很难，自个儿写诗。后来，我们看到好多劳伦斯的原作是小练习本，小横格本。吭哧吭哧写那些诗，就是这样的，他是一个诗人，他要顶着多么大的压力。就是说，你是不务正业。他的父母，尤其他的母亲如果要知道他是搞文学创作，他母亲绝对是不可容忍。虽然他母亲价值观念和他父亲是那么的不同，所谓的不同也不是在于精神上，更多是在物质上，就说你别给我下井挖煤去，弄得浑身脏兮兮地回来吃饭，还要我帮你洗，你得去当白领，你得去挣钱去。他母亲其实最终，我们现在去看，其实也不是俗，就是非常务实的这么一种观念。所以劳伦斯他必须顶着什么样的压力呢？所有的小镇子人对他的一种斜视，用北京话说，就你那样，你还写什么诗？你！

然后，家庭对他又是一种压力。家庭希望他去当 bread winner（家庭支柱），成为这种家庭的收入的主要来源，因为他的二哥在伦敦成为一种白领以后，不幸得病死了。他的大哥很早就寄养在祖父家，就不回家了，他是家里唯一的男子汉了，他父亲已经不行了，上了岁数，矿井也不景气了。家里那就指着你挣钱呢，你还写什么诗！上课你也不好好读书，你还吭哧吭哧在那儿弄点歪诗，弄点小酸词儿什么的，咱们说白了，他顶着多么大的压力！尽管他自己把这个东西当作非常的神圣去追求，但是现实是非常残酷的，小镇不允许他这样的人存在，家里也不允许，特别是他们家。最后，劳伦斯生长在女性的环境里边，他的姐姐、妹妹、母亲这都是非常爱他的，对他真是从头到脚地呵护，他可以不干活，好好读书，就像我们似的，恨不得笤帚都不要摸，你只要给我考上清华，你就胜了，咱们家就火了，就这样的。可是这时候你不去好好读书，你不去追求在社会这种阶梯上的一种上升，而去写什么诗！不可理解。所以这个时候，就是说，劳伦斯他要顶着这样的压力！

而一旦他的作品进入了伦敦的文学界，文学圈子里边，我们可以想象，那么一个肮脏，那么遥远的一个小村，那么一个小作家出来，就进了伦敦的文学圈子了。因为那个时候伦敦的文学圈子，我们大家都知道，那么多著名的作家在伦敦，你算什么！一个小村里出来的，工人的儿子，你的作品都是什么东西，不会有人太重视你。但是偏偏在这个时候，劳伦斯他非常地幸运，那个时候他赶上了英国一个很著名的杂志叫 English Review（《英国评论》）这么一个杂志。而这个杂志是谁创办的呢？是 Ford Madox Hueffer，后来叫 Ford Madox Ford（福特·马多克斯·福特），他也是个著名的作家，他联络了康拉德、威尔斯这样一批著名的作家，创办了这么一个杂志。而这个杂志是要求新，它不是保守的。现在我们说它是中间偏左的所谓左派的小资产阶级的一种杂志。劳伦斯赶上这一拨了。

作为这种小资产阶级，他们是提倡更务实的这种文学，他们突然像发现一个天才一样，发现了劳伦斯。哇，还有人这么写！还有人写这种人的生活！这时候他们突然发现了一个劳伦斯，是持这么一种观念，而且观念是次要的，关键是劳伦斯的文学，他是那么的脚踏实地。他的每一个意象，每一个细节都是深深地扎根在生活、生命的这片土地上，扎根在人的生活里边的！他的人物是那么的活灵活现！哇！他们觉得这是有生命的文学，这种文学对日渐衰竭的文学血脉，是一种强烈的补充，强烈的血液的注入，所以他们这时候一定要把劳伦斯推出来，像明星一样地推出来。于是，一下就在《英国评论》上把劳伦斯最早的一些诗，写矿工生活的，写小学教师生活的，这种写底层人生活的诗歌，先推出去几大版来。然后，他们又开始看劳伦斯的小说，又把他小说推出来。而后，劳伦斯这时候正在写他的第一部作品《白孔雀》，又被推出来，就这样不断地把劳伦斯作品推出来。这时候，劳伦斯在英国的文学界，那么寒酸，而且他讲话还带那么一点诺丁汉的口音，我们无法想象，诺丁汉离伦敦可能就两百来公里地，那个口音是非常的重，听不大懂的，你知道，英国上流社会你要讲这种正规的 King's English，而劳伦斯讲的是带有这种口音的，诺丁汉口音，管 mother 叫 muther，用这样的，当然劳伦斯不会这么重，当时就觉得很斜视你。

但是他们发现，这是一个天才，这是一个文学天才！他的文学是扎根在生活里的，于是把他推出来了，最终，他们把他捧红了。而这种捧其实是一种居高临下的捧，就是说，我是扶持你的，我是恩赐于你的。他们之所以捧劳伦斯，就觉得你就应该永远这么写下去，写你的矿工生活。他们没见过这种生活，觉得非常新鲜，而且觉得非常地刺激！这种生活，其实最终还是他们把劳伦斯当作一种，后来他们说，就像"在弗吉尼亚的这种黑人庄园里，发现了一个变成白人的这么一个人"一样，发现了一个天才，就这样的。

但劳伦斯他最终不是说，我只写一种东西，他是有他的文学的观念，有他的文学的追求，他要写很多东西，他要不断地变换自己的，无论是题材、体裁、创作手法，他是在进步当中的这种观念。一旦劳伦斯进入某些纯艺术化的作品，这时候，这些人就说，不行，我们不能再扶持你了。其实不再扶持他的原因，就在于他们期盼的是，"一个弗吉尼亚黑人庄园里出现了这么一个白人"这样的一种文学天才，而一旦他要进入文学纯艺术化的领域，他们就排斥他，就不再推崇他。于是，劳伦斯就受到了来自这方面的压力。而另外，劳伦斯受到的更大的一种压力是什么呢？是 Woolf 这帮人，伍尔夫、福斯特、凯恩斯，就这些人，就是英国的所谓的"奶油里的奶油"，最高层的文化精英，他们不会对劳伦斯特别感兴趣。尽管弗吉尼亚·伍尔夫对劳伦斯那么地推崇，但是她推崇的还是《儿子与情人》这样的作品，就是写下层生活人的作品。一旦劳伦斯进入《恋爱中的女人》、《虹》这种很艺术，最终证明这两部作品是劳伦斯的杰作，他的大师级的作品，一旦劳伦斯进入这个阶层以后，这些人就不会再对他感兴趣。他们认为，他不配，他一个工人阶级出身的人，就应该写你工人阶级生活去，不应进入纯艺术领域，他们觉得，他不配！觉得他 crazy，发疯了！

但是劳伦斯就认为，我的艺术是为自己的艺术，Art for my sake，为自己的艺术，所以他对很多人都是不以为然的。就是说，劳伦斯受到方方面面的掣肘，他这种为自己的艺术最终得到的就是这么一种下场，他不和任何人沆瀣，也不和任何人同流合污，也不攀龙附凤，他就是他自己，他的出身决定了他创作的底色，但他对文学的这种追求，即对文学价值的这种追求，是他自己的，是独一无二的，跟别人不一样。所以，最后他还是受到一些人，比如福斯特这种英国的大文学家的肯定。

三、畸形家境中的劳伦斯

劳伦斯他生长在非常丑恶的那么一个地方，就是当年的伊斯特伍德是一个煤矿，管它叫煤镇子，一个特别肮脏的地方。因为那里是英国经济起飞的时候，开发煤矿，那个地方煤特别多，他生长在这么一个地方。他的父亲是矿工，他们家有那么多孩子，而他的母亲是诺丁汉城里的一个小资产阶级，她父亲是工程师，就等于下嫁到一个矿工家里来。当初他父母结婚的时候，完全是一种年轻嘛，所谓"年轻的时候不懂爱情"，套了一句俗话。

他母亲那时候在一次诺丁汉的舞会上认识了他父亲，劳伦斯的父亲长得非常高大，非常强悍，很强壮，而且能歌善舞，体育也特别好，充满了这种生命的活力。二十来岁的时候，他是矿工，但是所谓矿工，很多人并不知道，劳伦斯的父亲其实是一个小工头。他等于是咱们五六个人就包了这个掌子面，他父亲就负责那块掌子面，然后几个人一块干活、组织，完了以后大家挣了钱均摊，是这样一个工头。但是他是一个亲自干活的工头，不是指手画脚的工头。他父亲是个多才多艺的人，但他是一个文盲，没什么文化。但是他的母亲呢，又是一个小有文化，当过几天小学教师的人。就是这样两个人，他们怎么能够一见钟情？到现在也是一个谜。估计就是还是年轻的时候，大家看的更是外在的东西，他父亲是一个很有魅力的这么一个人，跳舞跳得非常好。他们是在一次亲戚家的舞会上认识的，然后他母亲对这种矿工的生活充满了小资产阶级那种幻想：唉呀，劳动阶级的生活一定很美，白天有点事，你去下矿挖煤，我在家里给你做饭，收拾得干干净净，你回来吃饭，咱们和和美美地过日子。她是充满了这么一种幻想，就这样去了。去了以后呢，没有几天，以后才发现不是那么回事。因为他母亲从来没有下过矿，只是听他父亲说，因为他父亲特别热爱劳动，特别喜欢这种煤矿。可能说到以后，大家会觉得非常可笑，就是那时候，英国工人怎么会对矿工那么热爱？是不是这是假的？其实不是。因为那个时候英国工人，当英国这种大规模的采矿业开始的时候，煤矿工人的工资非常的高，就是你干别的，作为体力劳动的话，煤矿工人的这种工薪是最高的。作为劳伦斯父亲他们那一辈人，他觉得采矿简直给他们带来了一种富有。那个时候的英国工人已经能住两层小楼了，还有一个小花园什么的。所以那时候他对生活觉得非常满足，也很热爱。于是他对劳伦斯的母亲讲他井下的生活，描绘得有点天花乱坠。那简直说是我们工资是最高的，干什么都不如干这个好。而且我们一身的力气干什么去啊！出一身臭汗，挣一大笔钱，回来咱们过日子，这样很理想的东西。于是这个小资产阶级的母亲，当时还是一个姑娘，觉得工人阶级的生活真是美好，赶紧去。于是，他们两个就非常快地从恋爱到结婚，到生第一个孩子，非常地快。

后来，劳伦斯很多作品里也讲到这个。突然有一天，他母亲在家里，英国人很讲究那种下午茶 afternoon tea，就是到四点多钟的时候，要用茶点的呀，英国的工人阶级从那时候就开始下午四点要用茶点。这个茶点是什么呢？至少要有红茶，里边要加奶，有面包，而面包一定要抹黄油，然后还有些什么别的东西。四点钟要加这么一顿餐，然后正餐晚上再随便吃点什么。于是他母亲把那个桌布弄得很干净，把所有的东西都收拾非常干净。这么一个很漂亮，很能干的一个家庭主妇，把家里收拾得干干净净，等着自己男主人回来吃饭。

这时候，门突然开了，进来一个人不人、鬼不鬼的家伙，满身满脸黢黑，只有眼白和牙齿是白的，简直就是一个魔鬼，他从井下突然回来了。这时候他母亲就愣了，说，你不是工头吗？你们井下不是非常好吗？采完矿，你们应该洗得干干净净地回来，怎么会是这个样子？这时候劳伦斯的父亲，已经从恋爱、结婚，最初的那个很浪漫的时候，开始转入正常的生活了，于是他说："唉呀，什么呀！哪是这样的呀！我们都这样。"而且回来以后，不洗，先吃，呼噜呼噜就是带声地就把什么咖啡啊，什么力顿红茶啊，一股脑地喝下去再说。然后就是："过来，帮我洗！"然后就是我们看到，整个劳伦斯电影，就是一个大盆，一个大泥瓦盆，然后就上了釉子的，可能很多这儿的年轻人都不知道的，我小时候还见过这种。然后他就兑满了热水，然后人就两个胳膊杵到那个盆里边，猫着腰："快帮我擦背，脏死了！"

这时候，劳伦斯母亲的心里，就是像赵本山所说的"拔凉、拔凉的"。她想："怎么会是这样的生活？一点都不浪漫！工人阶级的生活怎么会是这样的？而且还是一个小工头，怎么会是这样的呢？"这是她最早开始这样，只是失望而已。但是随着日子一天天地过去，这种柴、米、油、盐，所有的难题全来了，孩子一个个地生，没有办法，这就是生活，而且是英国工人的生活。这时他母亲就不能忍受了。作为一个小城市里的一个小资产阶级的女孩，她的这种价值观念，其实比他的父亲也应该说高不到哪儿去，因为他母亲也就是一个小学高一点那么一个文化程度。应该说，如果劳伦斯的父亲是一个相对打引号的"体面的"这么一个工作，比如，是镇子上的一个会计、出纳，可能也就没事了。可能就是因为他们俩这个差别是一个本质的差别，那就是一个体力劳动这样的差别，他们的价值观念越来越分歧。劳伦斯的母亲的信念就是我决不让我的儿女再走他的路，男孩子绝不能下矿，女孩子绝不能再嫁给矿工。这就是他们最根本的一个什么东西，说白了，也不是什么，说是价值观念 value，似乎还谈不上，只是人的最本能的一些东西。于是他们就再也不能和好，打架、吵架，然后劳伦斯的父亲就是再也不回家，下了班直接去酒馆。镇子上有很多酒馆，这些酒馆真是全是喝工人血的酒馆。他父亲的钱几乎全花在酒馆上，给家里交钱非常少。咱们大家就可以想象，这种生活，这种日子是很难过的。于是在这个时候，而且周围是那种环境，劳伦斯的母亲是不能忍受的。他们的关系最后其实就形同虚设。当她在生完劳伦斯妹妹的时候，两个人决不再同床。因为那时候人们还是不懂得避孕什么别的东西，她觉得，只要没有接触，那灾难就彻底没了。最后他们的关系就是一种表面的这么一种家庭关系，那就是父亲拿钱来养家，母亲照顾所有家里的生活，给孩子良好的教育，让他们出人头地。当然，不管"出人头地"这个词是好还是坏，但是这是她的信念。

四、怀有恋母情结的劳伦斯

可能大家知道，劳伦斯有一部比较著名的作品，叫《虹》（*The Rainbow*），这是离他们家不远的那片地方。现在已经被大而化之，说，整个劳伦斯他们家附近方圆恨不得十英里之内全叫劳伦斯家乡 Lawrence's country，都变成这个了。那个地方对劳伦斯也非常重要。另外，《虹》的那一片在这个地方，这两个乡村加上他的一个故乡，就变成劳伦斯整个创作的，绝大部分创作作品的主调当中的背景。如果只是有风景，只是有生活，这还不够。还要有爱情。而就在这片乡村里边，劳伦斯和三个女人有过关系。

我们看到的是他最早的、青梅竹马的女朋友，他们的恋爱故事其实是很悲惨的，就是不断地在恋爱，不断地两个人一会儿又分手，一会儿又恋爱，后来有一个英国的劳伦斯教授说，他们两年就分手一次，然后两年又和好一次，这样的，但最终他们俩没有成。还有，劳伦斯和他的小镇子上的一个已婚女人，他们有过实质性的，我说是有染。另外，和另外一个女孩子订了婚，都订了婚了，最后两个人还是断了。他摆脱不了母亲对他强烈的这种精神控制，他无法和别的女人形成一种特别切实的这种关系，他摆脱不了。即使他的母亲死了以后很长时间，他都摆脱不了这种阴影。

为什么？这里很主要的原因就是他的畸形家庭关系，就是他父亲变成家里外来的这么一个人，根本没有什么关系，所有他们的精神生活，全是由他母亲控制的。他母亲整个就是一种她的实用的小资产的这种观念，去控制所有家里的孩子，你们就得赶快念书，上大学，给我念成白领，给我脱离这个鬼地方，再也不回来了咱们，就这样的。然后，就是说，他所有的这种影响都是受他母亲影响，他父亲简直对他们家人来说几乎不存在一样，Jessie Chambers 经常到他们家去，说，你父亲不在呀？说，甭理他，他几乎不回来，家里没有他，有他没他一样，他的贡献就是喝完酒回来，还剩几个小钱给家里。于是，这样的话，劳伦斯家就形成一种很畸形的家庭关系，就是他跟他母亲之间形成了那么强烈的精神的这种依恋，受着她的引导，受着她的控制，他摆脱不了，永远摆脱不了。于是这样的话，他如果摆脱不了这个的话，当他成熟以后，进入谈恋爱、婚姻、婚嫁这个时候，他不可能有切实的和别的女孩有什么很顺利的这种爱情关系，不可能，因为他随时脑袋里想的就是他母亲。这个一比，还没我妈漂亮呢，算了；那个一比，太俗，没我妈好，就这样子的。我刚才说得比较俗一点，我就是这么说。就是他母亲对他控制太厉害了。他的母亲就是这样的一个，非常漂亮的这么一个小城市的小家碧玉。有过恋爱经验的人都可以想象，这样的小家碧玉长得又好，又有些思想，又有些追求，她肯定是非常强烈地控制自己的孩子，于是劳伦斯很不幸地成为这种牺牲品。那时候弗洛伊德刚刚被翻译到英国去，英国人里知道弗洛伊德的人不多，劳伦斯不可能知道这个东西，他就出于一种本能，他真实地写自己真实的生活，写出来了，等出来以后，这些心理学家惊呼，这真是一个弗洛伊德主义的一个文本，活生生的！他是这么形成的这种恋母情结，是这样子的。但劳伦斯在这之前，他有意识了。怎么有意识的呢？这跟他的私奔是有关系的，最终他跟他故乡，就是他的大学，他上大学，诺丁汉大学毕业，然后又跟那么多的女人有纠葛，最终还是没有成功，因为他摆脱不了他的母亲。最终他跟那个德国女人弗里达私奔，走了，跑出去了，这个时候他母亲已经死去了。他跟这个德国女人在一起的时候，这个德国女人是什么人呢？在德国研究弗洛伊德主义的精神分析的这么一个大师。然后，劳伦斯的私奔的这个女人跟他当初是情人关系。弗里达就劳伦斯现在这个妻子，她从她的当初的情人那儿学了很多弗洛伊德的这种东西。后来他们私奔到了意大利以后，在这儿就是嘎达湖边上的一个别墅里，他们俩真正地在一起生活了。弗里达说，我看看你写的什么东西，他们说你是作家，我看看。她就读，一读她就读下去了，然后就惊呼，说，你这是恋母情结的东西。当然她没有看矿工生活的那种描写，她只看他另一部分。然后，他说什么叫"恋母情结"？她跟他讲了很多这种东西，最终他才把他原来那个小说叫 Paul Morel《保尔·莫雷尔》定名为《儿子与情人》。所以说，他私奔对他最终这个小说的名字，当然不仅仅是名字，就是他对自己写的是什么，从理性上去认识，是决定性的一个契机去认识。他明白了，闹了半天，我本来是踏踏实实地写现实生活的，揭示的是人们心理的这种斗争，闹了半天，还有这么强的心理学的意义，而且是弗洛伊德主义开了先河。在文学上，他意识到这一点。所以说，弗里达对他是有帮助的，那就是说，她让他认识到这个东西。所以它叫《儿子与情人》，既是儿子，又是情人，是这样的。可能这个作品如果叫这个名字，对整个这个作品的传播是更有利的，如果只是叫一个《保尔·莫雷尔》的话，可能没有几个人去读，你再怎么去炒作也不行，仅仅一个名字。劳伦斯他本意是写工人与生活的，但是最终他写出了这样的意义，他认识到了这样的一个文本的意义，成为两方面的这种杰作，又是现实主义的，又具有现代派的这种意义。

后来有人分析说，其实他这时候他跟她私奔的时候，他还是有恋母情结在里边，这个女的比他大好几岁，而且是三个孩子的母亲了，她还是有一种母亲形象的替代作用。事实证明，弗里达对劳伦斯有一半的母性的东西在里边。因为爱情有很多这种类型的，有母性的爱，可能弗里达对劳伦斯最早母性的爱更多一些，她给了他很多指导，所以劳伦斯还是挺幸运的。

（来源：cctv-10《百家讲坛》栏目）（编辑：兰华　来源：CCTV.com）

706 青年空间的劳伦斯讲座

2014 年 12 月在五道口的 706 青年空间做劳伦斯讲座很有趣，也很令我难忘。我坐了 20 多站 10 号线，再转 13 号线在五道口下车，突然发现这个 20 年前的安静窄街现在比市中心还繁华热闹，这里的 13 号线车站比双井站还繁忙。我知道这是因为这里活跃的都是青年和学生，所以生气勃勃。回来故意到西直门再转 4 号线再转 10 号线，体验西直门悠长拥挤的转车通道，感觉是到另一个城市走了一趟。于是我就明白那些在大兴的年轻人每天在地下穿行一个多小时来中关村该有多么辛苦，比我们当年混在北京要辛苦得多，但他们有梦想，为实现梦想奋斗，而且现代社会给他们提供了多样性的条件。我们那个时候只能混在筒子楼里抱怨，因为你想租房都没房可租（不允许私人出租房子），也没钱租房。从这个意义上说现在的青年比我们要辛苦但幸福。看到 706 青年空间简朴但充满生气，不同兴趣的青年在不同的房间里开着不同的讲座和学习课，在课外求知交友，也很为他们庆幸。居然在隔壁与我的讲座同时进行的是刘北成先生的福柯讲座，同学们可以根据不同的兴趣随意选择听谁的课。这种沙龙也很随意，我们就席地而坐，讲座后互相交流心得，确实很惬意。706 的特点是学术与准学术社会化了，不是以前封闭的各所大学自己的学生会在自己的校园里进行，等于完全面向各所大学，跨校跨阶层，因此空间更大。看到我之前那么多大学者都来过，我也很高兴加入这个行列。

讲座后的交流时间有限，之后还有问题就通过博客交流，等于给更多得到人提供交流的机会，扩大空间。我就把一些回答都放博客上来共享，这是我的一贯做法。

有人对 1980 年代"突然出现的劳伦斯热"感到不解，因为他们那个时候刚出生或还没有出生，这段空白需要填补。我就简单说一下，因为我基本上算是那个热潮的见证人和小元老，历史阴差阳错让我从一开始就成了参与者，我也有责任解释：

这个问题很有趣。是这样，劳伦斯属于从 1930 年代就中断介绍的一个著名作家。80 年代前还被旧文学史里所说的"颓废"作家称号基本判了死刑，没人翻译和介绍，而且"文革"后大家忙于整理故旧，重新研究西方古典，就更无从谈起研究这些被埋没的现代作家。也只有我们英语专业的人会稍微读到一点他的作品。但到 1981 年 2 期《世界文学》上发表了赵少伟研究员的一篇长文充分肯定了劳伦斯的文学地位和品位，似乎外国文学界的人才有所觉醒。但觉醒的速度还是很慢，不可能一篇文章就能迅速传播开。我也是 1982 年才偶尔读到，像举着一面旗帜一样兴奋，因为这篇文章让我的硕士论文有了充分的依据可以立项了。这中间几年基本也没什么动静，肯定有人蠢蠢欲动，在翻译，比如我就在课余时间翻译他的《虹》和中短篇小说，肯定也有人在写论文。但翻译和出版都需要过程，印刷技术落后，没有网络传播，所以这段时间还是挺长。我的论文通过前我就把一部分翻译成中文投给了武汉的《外国文学研究》，得到准备采用的通知，但真正发出来则是一年以后的 1985 年第四期，那时我都工作一年了。可见速度有多慢。即使这样，我的论文也是赵文之后的第一篇，确实不容易。那以后陆陆续续有了翻译文本出来，而且大家发现这个作家还是相当有文学价值，除了查泰莱一书不能出，其余的作品还是可以出的，而且有"禁书"作家的称号，会吸引更多读者的兴趣，销量有保障，所以就像你说的，就出现了翻译和出版高峰。到 1986 年湖南出版社重印了 1936 年的查泰莱随后又被禁止公开销售，这反倒给劳伦斯热加了温，大家就更想读这个作家的其他作品，以全面了解这个文学奇才到底奇在什么地方。就这么阴差阳错，劳伦斯一直在中国很有读者缘分，作品全面得到译介，并得到大量的研究，论文数量在单个作家的论文中名列前茅，雪球就这样滚起来。这就是你不了解的 80 年代译介热的背景。如果没有那中断的 50 年的"堵塞"，劳伦斯就不会突然这么热，他会和别的作家如狄更斯一样享有正常的声望，大家不会趋之若鹜。但因为堵得太久，突然发现其实是个伟大的作家，等于在中国被耽误了半个世纪，他受到的礼遇和同情就更多，又因为有过在英国遭禁的历史，就吸引了文学界以外更广大的读者。所以一旦被肯定，就会出现突然的热潮，他等于是得益于更多的"反作用力"的推动，所以说他最不幸但有最幸运，是"50 年媳妇熬成婆"。

我那天讲座里给劳伦斯的写作概括了好几个 c，这种类似"五讲四美""三大纪律八项注意"的总结法估计适合中国学生做研究用，其实就是关键词，只不过我选的所有关键词都以 c 结尾，算是中国特色的总结法，备不住哪天讲给英国学生也能让他们感到受用。

其中一面 PPT 是这样说的：

All is not sex

小说（《查泰莱夫人的情人》）都写了半本了还没看到什么情色描写，如果他真是黄色作家，怎么会这样从容不迫地铺陈，东写西写而不进入主题？说明这个作家是严肃的，是有情怀的，立意是高远的，情色不过是小说的自然组成部分，即使后半部里浓墨重彩的几段写得比较震撼，但也还是自然的、美的，并非撩拨感官的那种小说做法，仅仅因为这么几段就被冠之以黄色确实有失公允。这样的比列正如同一个人的一生，有事业的奋斗，有柴米油盐，有人际交往，有求爱求欢做爱，有各种际遇，各种体味杂陈，才是完整的生活。只是有人的情色生活更为丰富甚至翻江倒海，有人平平淡淡。所以写小说有人会在某一部小说中注重情色，有人会注重别的，还有人会写得更全面。不过如此。你看那些真正立住脚的作家哪个是只写某一个主题的？

那个时候我开始翻译他的《虹》和《菊香》、《英格兰，我的英格兰》，所以就一直是整体地把握劳伦斯的创作的，从来没有侧重 Eros and sex。用劳伦斯自己的话说他自己"我是一个人！"人就是一个整体，是多面的，Eros and sex 自然是其生命的底色，没有这个，就没有人类的繁衍传承，没有激情的审美，但不能成为一部小说的唯一。但如果有人特别关注劳伦斯文学中的这一面，作为翻译者和非常知道分子，我想我有责任去专题地谈谈的。

其创作应该主要是四 c：realistic，prophetic，apocalyptic，erotic，这样形容才全面些。除此之外还有几个 c 可以用来总结他的创作特点 eccentric，mystic，puritanic，misanthropic，didactic，socialistic，他还是一个 critic，最终整体的构架应该归结为 poetic and novelistic。单纯的 eroticism 其实写不出什么意义来。一部作品成功的综合指数是多重的，其意蕴、共鸣应该是无限丰富的。

他的情色书写并不比别的作家多，但有他人难以匹敌之特色，正因为他前三个特色是别人无法比拟的，所以他的第四个特色就因此得到烘托和强化，反倒因此意蕴深远，经得住历史的沉淀，流传甚广，可谓"居高声自远，非是藉秋风"，这似乎可归入传播学的范畴进行研究。

答《深圳晚报》记者问

（晚报记者本来想通过电话采访他来记录，我担心口头发言难以准确表达，就提出书面回答）

1. 劳伦斯一直是一个颇具争议性的作家，在上个世纪80年代，您是如何开始关注他的？

我是在1981年读本科时在新来的美国教师开的英国文学课上接触到劳伦斯作品的，当时国内还没有公开介绍他。我发现他写的是矿工和小镇人的生活，应该与我们提倡的"无产阶级文学"有共通之处。我读了小说《菊香》，被这个仍然被大学教材《英国文学史》称为是"颓废资产阶级作家"的清新文风所触动。同样是写我稔熟的劳动人民生活，劳伦斯小说和我们从小读的《红旗谱》、《桐柏英雄》等等实在是大相径庭，他写的是那些下里巴人的心理活动。这样的作家太值得我们重新发现和研究了，而且我们应该为他"平反昭雪"，在中国普及这样的优秀作家（那个时候哪里知道，劳伦斯早就被国际学界认定是二十世纪最伟大的作家之一了）。毕业时上了研究生，选定硕士论文方向时自然地选择了劳伦斯。我是国内第一个研究劳伦斯获硕士学位的。是劳伦斯这个跨越写实、现代和后现代三阶段的作家让我找到了文学研究的支点，找到了一根最适合我的文学支柱。他被称为是颓废作家，我们国家也不介绍他。我认为那肯定是个历史的误解，是文学观念的问题，随着历史的进步，这种情势一定能改变的。

2. 您认为劳伦斯在英国文学乃至世界文学中处于一个什么样的地位？

我想我们可以引用英国诺贝尔文学奖得主多丽丝·莱辛的话："他是一个天才，居于英国文学的中心，在世界文学中也有他稳定的位置。"

其他英国作家和学者的评论也可参考：

E.M.福斯特："他是侪辈最富想象力的作家。"

弗吉尼亚·伍尔夫："劳伦斯那种清晰流畅、从容不迫、强劲有力的笔调，一语中的随即适可而止，表明他心智不凡、洞幽烛微。"

阿尔都斯·赫胥黎："对抽象知识和纯粹心智的厌恶导致他成为某种神秘物质主义者。"

奥威尔："他有能力理解或者说似乎能理解与他完全不同的人，如农夫、猎场看守，牧师，还可以加上矿工……他的故事是某种抒情诗，他之所以写得出这样的作品，靠的仅仅是观察某些陌生莫测的人时自己的内在生命忽然间经受的一段强烈想象。"

F.R.利维斯："他仍然是我们这个文明阶段的大家。"

可以说现代英国文学如果没有劳伦斯会逊色很多，他被世界文学的关注度在英国文坛里可能仅次于莎士比亚，但争议性则最大。他去世80年后，讣告还一直被改写，难以定论，就说明了这个问题。

3. 提到劳伦斯，人们无可避免地联系到"性"，有段时间，人们甚至把他的作品等同于"色情小说"，福特·M·休弗评价劳伦斯是"浸透情欲的天才"。您如何看待劳伦斯小说中的性描写，这些描写都是必要的吗？

这是一个复杂的问题，也容易引起误解。他的绝大部分作品里几乎看不到表层的性描述。即使是在《查泰莱夫人的情人》中，其性描述也不是表象的，更不是停留在感官层面。性的概念与表达是多重的。劳伦斯的作品注重的是性心理和性的哲学，是性与文明的关系问题，更是形而上的文化诉求。我们说"形而上者谓之道"，劳伦斯探索的是这个"道"的理念，是对表象的升华。

比如《查泰莱夫人的情人》，英国文化研究大师霍加特告诉我们：我们应该读整本的书而非片段，那样我们就会觉得书中的性描述段落是整本书的有机组成部分，它们的意义就在于此，是整体的部分，而不能与整体割裂，更不能断章取义。这本书讲的是如何克服困难建立起人与人之间诚实和健全的关系（relations of integrity and wholeness），与我们休戚相关的人之间的关系意味着不仅是精神关系，还有肉体关系（in body as well as in mind）。你说他的性描述是不是必要的？当然是了，而且是有机的整体的部分。

（事后我查明，有关浸透情欲的天才之说不是休弗的话，是劳伦斯逝世后有的小报编辑话。）

4. 在所有劳伦斯的作品中，您最喜欢哪一部？为什么？您认为他最重要的作品是不是《查泰莱夫人的情人》？请简单说明原因。

劳伦斯是文学大师，对这样罕见的大师，作为研究者的我不可能只喜欢或最喜欢其某一部作品。他一直在探索，每一部作品都有创新，难能可贵。但最重要的长篇小说代表作应该说是《儿子与情人》，《虹》，《恋爱中的女人》和《查泰莱夫人的情人》。这其中，《虹》和《恋》被认为是英国文学史上的双峰，纯文学品质最高，我认可。《儿》最朴实也最感人，会看得人落泪，是真正的"底层人文学"和弗洛伊德主义最完美的结合；《查》则最唯美，最有诗意（劳伦斯自己首先是一个优秀诗人，诗人的小说自然有诗的意境），最具有先知者的风范，也最具有后现代文化先锋的意义。

从阅读的角度说，《查》最重要，因为他是"大雅大俗"之作，是那种"清者阅之以成圣，浊者阅之以为淫"的经典，它考验的是读者的智性，是对读者的挑战，看你何以阅之成圣而非成浊，是我们如何智慧地读一本智慧之书的能力。用文化研究大师霍加特的话说：如果我们试图将其当成淫秽作品，那我们不是在玷污劳伦斯，我们是在玷污我们自己。

5. 据出版社介绍，这次《查泰莱夫人的情人》的新译本，《查泰莱夫人的情人》在国内已经有过几种译本，这次的新译本和过去的版本主要有何不同？《虹》和《恋爱中的女人》也经过修订和注释，修订的主要是哪些地方？出于什么考虑？

别的译本我都拒绝读，我只在学生时代读过1934年的饶述一前辈的译本，很受沾溉，他的现代汉语十分纯熟。但翻译时我是不再看这个本子的，免得被直接左右了。我是小说作家，我应该创造出更符合当代人汉语表现力的译本，让读者感到是当下一个中国人写英国生活的小说，越少翻译腔越好。我希望以我的小说写作经验和在英国生活的体验及对劳伦斯文体多年的揣摩，实现了我的这个追求。饶先生的译本启蒙了我们好几代人，功勋卓著。但因为时代的局限，那个时候没有注解本，所以，饶译就没有注解，有些地方中国读者是读不懂的。我根据的英文本是剑桥的最新版本，有详尽的注解，我意译了其中一些，还以"译注"的名义写了些注解，是针对中国读者写的，来自我在英国生活的经验和我对英国文化的研究，算我独特的贡献吧。

《恋》和《虹》都是20年前首版的，其后多次再版，每次再版我都要修改，润色。最早的译本注解是我自己做的，有的是根据俄文本翻译的注解。后来英国出了注解本后，我又重新增加修改注解。翻译文学，语言通达之后，注解对读者最重要，没注解的本子基本上可以不读。

6. 当年《查泰莱夫人的情人》在中国出版立即遭禁，很多人是抱着猎奇的心态寻找劳伦斯的作品阅读。二十多年过去，您认为这次的再版会有市场吗？

那个时候我们刚刚改革开放，人们对外来文化都抱着猎奇心态，是不成熟的心态，而且多为"形而下"的心态，那种封闭多年后对外来文化的焦渴是可以理解的，因为那30年我们过于闭塞了。也因此那个时候对劳伦斯是误读的。即使在那个年代，胡乔木看到禁书展里有这本书，也劝有关方面拿掉。说明他没有误读，那个举动是体现了一个高级知识分子良知的，否则劳伦斯会被外行更严重地误解。又过了 30 年，中国在文化观念上已经与世界接轨，不可能再做贻笑大方的禁劳伦斯之事了。大家都有分清"道"和"器"的智慧了，对这本 50 年前英国开禁的书早就抱以平常心，大家是把它当成现代经典来接受的，通过读它并了解它在英国禁与开禁的历程来学习文明的进程，反省人类历史上的狭隘、武断和极端，我们会变得更宽容，更智慧，更文明，人类生活则会更和谐，这其实正是劳伦斯文学作品所追求的终极目标，他在 1910 年代文化环境极端恶劣的情势下以敏感智慧之心十分超前地追求人类宽容、和谐与生态环保，在后现代的今天他的诉求与我们的诉求共鸣，我们是拿他当成我们的同时代先锋作家来读的，所以他的作品肯定有很大的文学和文化研究市场，但绝不是那种流行文化的大市场，他成不了"最畅销榜"上的前茅，但会是长销书，他的市场是由高端读众组成的。

（2010 年 7 月 4 日《深圳晚报》）

答《东方壹周》记者问

1. 请问：一开始翻译，是出于什么情况？

很简单是出自对文学的热爱。我读本科期间就发表了自己的小说，研究生读的又是英国现代文学，一边研究就一边翻译起自己研究的作品来。既然立志要当作家，现在又学了外语，研究了外国文学，选择当翻译家也就是自然而然的事。热爱和知识决定了我必须做文学翻译。

2. 请问：手里曾翻译过的作品，以什么类型居多？文学？商务？或者其他？

都是英国作家劳伦斯的小说和散文，如《虹》，《查泰莱夫人的情人》等，有 300 万字左右。因为我硕士三年中的最后二年论文阶段研究的是这个作家，研究进去后发现这是个非凡的文艺通才，作品卷帙浩繁，1980 年代前劳伦斯一直被当成资产阶级颓废作家不让出版，改革开放后可以出版了，我等于赶上了一个在这个领域的创业阶段，就一直业余时间断断续续翻译他的作品。

3. 请问：近几年国内读者对翻译作品的需求，那种类型居多？（选项同上）

这我不太清楚，应该是十分多元化的，但应该是以大文化类和财经类为主吧，信息和互联网通讯类的也很重要，因为大家都要跟上时代步伐嘛。

4. 请问：是否能举例一个翻译轶事？比如自己二次翻译的作品，可能前译者有处理得不够精准的地方，自己给改过来了？

我翻译时不看前边别人的译本，都是重新开张，因为我确信我是专业的劳伦斯研究出身，有自信。但我 1980 年代中期开始翻译，那时年轻，水平肯定有限，因此以后再版作品我都会润色。是自己改正自己。

5. 请问：目前，自己主要工作和翻译工作，在一天中所占时间比重为？

还好，我的职业也是翻译，但是翻译电视解说词之类的，是中译英，这对我的文学翻译很有帮助，词汇上能得到提高，还能与外国专家说英文，口语上功夫还没有废，因此应该说和我的文学翻译互相渗透，很难说上班时间就耽误了我的文学翻译。我们现在一年的假期算起来很多，双休日有 100 天，节假日和带薪休假加起来也有 30 来天。我的业余时间多一半在翻译和重新润色旧译本上，另外的时间进行文学创作。三种活动互相有促进。

6. 请问：翻译过程中，有没有抓狂的时刻？是什么事？

最抓狂的应该是所谓"一名之立，月旬踟蹰"的时刻，怎么找到最好的中文对应词或句子，经常令人抓耳挠腮而不得，就先用个近似的，什么时候想起来好的再替换。

7. 请问：亲友知道自己在做翻译这件事吗？亲友中是否有主动提醒、督促自己翻译新作品或重译名著的事？

最初翻译是瞒着所有人的，包括写小说。等出版社开始出版我的作品了，就不瞒了。但现在大多亲友关心的并不是你翻译了什么，而是你是不是当了官或挣了大钱，房子车子票子，子女工作如何之类特别实际的问题。如果你在那些方面没有出人头地，人家自然不会关心你文学做的如何。所以我们是生活在这些俗事中的，和他们从来不谈文学翻译，那样会显得很书呆子，也是对牛弹琴。真正可以聊的反倒是同好们和有关的出版、媒体人士。做文学翻译，你必须要承受得住实际生活中亲友和故交及进取的同事们对你的忽略甚至轻蔑，因为你在生活中很木讷，仙风道骨的不可理喻，也不能帮人家什么忙如给人家孩子找工作和上好学校，帮人家企业公关或偷税漏税等。但你自己要自觉，别太强调自己的翻译家形象，人家说你没混好也别受伤，那样反倒格格不入。但自己内心要坚持自己的文化身份，坚持自己的梦想，没有白日梦的人是可怜的人，据说白日冥想还能治狂躁症，益寿延年。

8. 请问：目前为止，所看过的翻译作品中，最佩服的作品是？

老一辈翻译家的作品很多令我敬佩，在英国文学这个专业上说，应该是杨必先生翻译的《名利场》，据说有其姊姊杨绛先生的指点，本科期间我把这书读了无数遍，对着英文读，十分佩服。另外我的老师劳陇先生的译文令我受益匪浅，至今都是我难以望其项背的高品质译文，我们这一代是赶不上了，教育背景不同，出身不同嘛，文字上永远也没有劳师的古雅，他是饱读古典文学的大家，我们想赶上人家是徒劳的。

9. 请问：前几天采访叶廷芳老先生，他说一部三百多页的作品最少需要一年的时间翻译、校对。现在市场给文学作品预留的翻译时间其实是多长？

我想如果是名著，叶先生的话没错。这个一年并非真正的 365 天，要刨掉很多无效时间，然后剩下的也只有二百来天了。作为名著，不能只是文字转换，要研究，要看有关评论资料，要查有关资料，如鸟类和植物类词典，总不能把植物的名称都翻译成学名如"××属类"，要查出中文的通俗名字来才好，如白屈菜，大家会以为是蔬菜，但其俗名是地黄连，中国人听着就亲切了。翻开字典是什么就抄下来，是草率行为。

现在的市场行为很令人发指，经常让你几个月出一本名著，简直是疯了。多人合译，连主角的名字前后都不一致。很多大学教师就加入到这样的挣外快行列里来，丧尽天良。倒霉的是读者。但这种本子早晚会被淘汰，成为速朽物。

10. 请问：选择一部作品来翻译的标准是什么？

因人而异。我选的肯定是名家名著。但多数人没这个机会和势能，只能在符合自己口味的前提下挑选，或者只能拿到什么合同翻译什么，一开始大家都是被动的。最幸运和幸福的是我这样的翻译，翻译的是自己研究和喜欢的作家，感觉受到了他的指引，点亮了我内里的一丝光。

11. 请问：刚才所讨论的有关翻译整部作品时长的问题，过去科技没今天丰富，翻译手段基本手工，查阅资料也是手工；而面对诸多翻译软件、工具，现在翻译，会用到这些吗？但目前似乎还没有一款真正能提供完整释义的外语软件，都是很机械的，一个单词对应一个中文词的解释。这样说来，即便利用软件也不见得省时？

现在好多了，都用电脑了，作品大多有电子版，翻译起来顺溜多了，也不用手工翻字典，电脑里就有字典，速度快了，还可以上网查作品的背景和内文的疑难词汇。但翻译还是要自己一对一地翻，因为很多内涵是无法自动转换的。翻译是个手工活，如同绣花一样的，必定要有译者的个人色彩。否则就没了文学。因此说文学和翻译都是最心灵的创造工作，任何现代机械都代替不了的，慢慢成了奢侈品如手绘瓷瓶。

12. 请问：是否想过将来的、可能出现的新翻译方式？

最好是有个软件，打个宏命令就转换成中文。但估计难，因为文学的文字都是个性化的，很难这么机械地转换。我试过这种软件，结果一塌糊涂。我有试图将中文转换成英文，结果是把我的小说《混在北京》给转换成了"mixed up in Beijing"，把我的笔名黑马弄成了 black horse。语句颠三倒四，像神经病。但西方同语系之间的语言转换还凑合，如德文与英文之间互转，能基本成功，但这只限于新闻报刊语言，文学的复杂语言还是表达不出来的。我不懂德文，德国人对我小说的评价我基本是用软件转换成英文看，能明白大概意思，但绝对不是文学语言，是那种小学级别的英语。但德文转成中文就连意思都看不出来了，如同醉汉乱写的中文。看来翻译软件目前是没指望的。

我能想的未来是"读脑器"和视觉字典，这机器能读出你脑海里出现的词并反射到电脑上，随脑电波自动修改，能看到生字就自动出现中文，那就快了。但估计很难。或者靠声音指挥电脑输入也行。即便如此，还需要有人对照原文润色。谁解决了这个，谁就该得诺贝尔发明大奖。

13. 请问：现在是不是对成为"翻译大师、大家"已经没有兴趣？不渴望特别成就？

现在别奢望成所谓翻译大家了，大家外语水平都提高了，普及了，真正读译文的是外语不好的人，他们看的大多是热闹，只有少数人真欣赏翻译水平如何。因此，好好做自己的工作，对得起自己和你翻译的作家就好。除非你翻译的是众多人欣赏的作品，而且人家还在意是谁翻译的，你才有可能成大腕，但大师估计不靠谱，大师还应该是思想家和大作家和理论家。别想做翻译成大师，那很滑稽，Don't even dream of it。

14. 请问：如何看待早期国家学院和研究所里工作的翻译前辈们所取得的成就？他们所带来的影响，有关注过吗？

岂止是关注，简直就是我文学生涯里的灯塔。计划经济体制内运作方式下，出了很多人才的，1950~1980年代，他们奠定了中国翻译文学的基础，功不可没。我们读的都是他们翻译的好作品，我由衷地热爱这些人，把他们看作是我文学上的指路灯，是精神父母一样的人，能认识他们都感到三生有幸。为此还写过很多采访录在《文汇读书周报》和《文艺报》上发表，后编入一本书《文学第一线》，我采访了几十位老翻译家，与他们对谈，其实是以记者的身份讨教翻译艺术的真谛，如果仅仅是个学生上门去，可能被拒之门外的哈。这批人确实是精英。但那个体制下肯定埋没了很多也想做专业文学的人才，他们没有进到体制内，就难以有机会通过竞争成名成家，有点"一将功成万骨枯"的惨烈感。没办法，计划经济就是这样会埋没人才的。

我在学生时代和工作后极力效仿他们。复制他们的成功之路。比如我就是看到社科院和北大、北外的名师们基本上是一对一翻译和研究外国文学，我也亦步亦趋跟着学，所以才专门翻译和研究劳伦斯的。社科院里李文俊先生专翻译福克纳，董衡巽先生专研究海明威，宗璞先生专门研究曼斯菲尔德，还有上海的草婴大师专门翻译托尔斯泰，等等，都是我的榜样。我幸运地复制了这个模式并靠自己的努力自己把自己"专门"了，但是业余专门。其实我也想过进社科院外文所当职业研究和翻译家，但1990年代他们说要收的是博士，让我去念个博士再去。董衡巽先生很好，说要不你去《世界文学》当编辑吧，那里也是外文所，一样的。但有领导说那也要我先读博士，其实是借口，估计就是看我不顺眼，后来去《世界文学》的好多都不是博士。我才不干呢，考博读博要花去我好几年时间，可我已经读了三年硕士了，居然那时中国硕士要读三年，是当专门人才来培养的，我已经很专业了，要知道英国硕士读一年，博士三年，不过比我多一年，而我在硕士后在文学翻译圈有了自己的 market niche，就不想为读博士而考博士，何况我还不见得能考上，那就更浪费时间。文学本身很高雅，但做起来常常有个俗气的市场问题在里面，能有自己的 market niche，也是做下去的前提啊，丢了这个 niche，除非你很有钱，自己自费出版去或像某些当了官的人用公费出版从来出版不了的作品混迹于文学场里。于是我就准备永远业余了，宁可不图社科院的名分。干这个，其实很简单，只要你有天分和文学修养，一要自己能养活自己别吃软饭，二把业余时间好好利用起来，就别想什么升官发财的事了（这方面咱要示弱），你就有时间了。

15. 请问：什么样的翻译人才是优秀的、符合现代标准的？

我不懂。但至少应该是有高度的文学修养，至少中文写作要达到作家标准，而且最好会方言俚语，所学外文知识扎实甚至精通，对网络的使用要在行，电脑操作要熟练，对世界大事要关注，对其他艺术门类要多涉猎，是个杂家，最好能会第二甚至第三外语，等等。

16. 请问：你个人的翻译方法是？逐字逐句？整段理解再翻译？或其他？

我是整本著作先摸透，然后是整段理解再翻译。

17. 请问：国内院校翻译人才有关注过吗？

据说很多大学办翻译学院，科技翻译和新闻翻译等可以这样，但文学翻译这么批量培养如养鸡场就比较滑稽。翻译如同演戏和运动比赛，教书的首先要是好演员和好运动员，然后心手相传，很古典的那种师徒型手艺和艺术。大工业化培养出来的只能是普通翻译，不是艺术。我不赞成翻译学院遍地开花，那会误人子弟。翻译人才的培养应该是交叉学科，还是在外语学院和文学院里设边缘专业，由好老师开必修或选修课，当修养和爱好培养，喜欢的慢慢就会自己做起来。如我们当年，劳陇师开翻译课，天马行空地讲，连中国古诗一起讲，很多人不喜欢，都被他的无锡话讲得昏昏欲睡，因为人家对文学和翻译都没兴趣，但作为一门课，学了考过了就行了。但无心插柳，他吸引了我等少数人，慢慢就听懂他的无锡普通话了，后来自觉研习，就自然做起来了。没这爱好，你揠苗助长甚至用工作机会吸引他，他会误入歧途。所以那些野草一样的翻译学院赶紧下马吧，别误人子弟了，这不是培养电脑打字员的地方。找几个高明的翻译教师开个翻译课程就很好了，愿意学的外文系或中文系的学生自然会投其门下。

18. 请问：通常在什么时间、环境里翻译作品？为什么？

要安静，静心，不要有打扰。

19. 请问：翻译其实是具有一定历史意义的作品。假如100年以后，后人可能会找到某本书，说这是谁翻译的版本，如同我们现在看前辈们的作品一样，有些用来考证查证，有些又被找出不妥之处，让它更好。

但愿如此。那是研究家和教书先生的事。我们当下的事是把自己做好，做最好的自己，让同时代人喜欢读你的译文。现在每五年就有一代新的读者出现，我们要争取 hold 住新的读者和出版人，让自己的中文有质感，随读者的水准提高而提高自己。一本书几年前翻译出来的如果再版一定要润色一遍，除了改错，还有文字感的改进，更洗练地道，更信更达，需要雅的地方则要更雅，就是你的译文要随着你的成长而成长，记录下你的心智变化轨迹，简单重印就对不起新读者，新读者也会抛弃你。至于有多少能流传下去，看你的水准，还要看被翻译的作家到那时还有没有人关注。

我在回答刊物的问题时表示机器自动翻译在今后 20 年内估计没有希望，尤其文学翻译没戏。就用自动翻译软件试验了一次，有的地方很搞笑。这是新闻语言，应该还不太搞笑，如果换成我们的什么双关语和网络语言或脑筋急转弯的词汇和句子，估计就成外星语言了。我选择的是一段德国报刊上对我和我的小说《混在北京》的简介，因为我不懂德文，就全靠翻译软件翻译成英语来了解人家说我什么了。德文和英文是一个语系，应该说转换出来的意思最接近，能明白在说什么，语法还整齐，请看：

德文简介：Hei Ma ist das Pseudonym eines bekannten chinesischen Autors, Jahrgang 1960. Ohne ein Blatt vor den Mund zu nehmen, schildert er auf ironische Weise das Pekinger Alltagsleben, angesiedelt zwischen ökonomischem Aufbruch und uralten Kulturtraditionen. Im Mittelpunkt stehen acht Familien und ihre Probleme：mit dem Wasser, den Kindermädchen, der Karriere, den Intrigen untereinander, dem Kampf um ein größeres Zimmer, der Zuzugsgenehmigung für die Ehefrau, mit alten und neuen Seilschaften am Arbeitsplatz und Verunsicherung durch wirtschaftliche Reformen

自动翻译出来的英文是这样的：

Hey Ma is the pseudonym of a famous Chinese author, Born in 1960. Without taking a hand over her mouth, in an ironic way, he describes the everyday life of Beijing, located between economic awakening and ancient cultural traditions. It focuses on eight families and their problems with the water, the nurse, the career, the intrigues among themselves, struggling for a bigger room, the immigration approval for the wife, with old and new cliques at work and uncertainty caused by economic reforms

可德文自动转换成中文就比较搞笑：

嘿马是中国著名作家，1960 年出生，笔名。如果不采取从他的嘴里一片树叶，他讽刺地描绘了北京日常生活中，与经济的觉醒和古代文化传统中。它着重在八个家庭和水，保姆，职业，相互之间的尔虞我诈，一个大房间的斗争中，为他们的妻子入境许可证的问题，与在工作和不确定性造成的新老派系

　　再用转换后的英文转换成中文也很搞笑：

　　嘿马是一个著名的中国作家，生于 1960 年，的化名。在一个具有讽刺意味的方式，如果不采取一只手捂住她的嘴，他介绍了北京的日常生活，位于经济的觉醒和古老的文化传统之间。8 个家庭和他们的问题，它侧重于水，护士，职业生涯，他们之间的尔虞我诈，争取更大的空间，为妻子的移民批准，在工作和经济改革所造成的不确定性和新老派系

　　不知道什么时候能出来西方语言转换成中文的高级点的软件，那样我们的很多信息类翻译就快多了，改改就能上报纸刊登，省不少事。

（见《东方壹周》2011 年 11 月 15 日）

答《晶报——人文正刊》记者问

1. 最近，人民文学出版社推出了由您主编、主译的十卷本《劳伦斯文集》，能否介绍下这套文集的翻译过程、作品选择标准、最大亮点以及在当下推出的最大意义？据您所知，在劳伦斯逝世85周年的当下，国内出版界有哪些值得关注的大动作？

这十卷本里长篇小说《儿子与情人》选用的是老翻译家陈良廷和刘文澜夫妇的译本，《虹》是我和另一译者的合译本，中短篇小说里有三篇别人的译文，其余都是拙译。说过程，基本是我三十年翻译劳伦斯作品的积累（曾出过一些单行本，30年中不断修改修订过）。本来中短篇小说集拟定了更多人的译文，但都因为各种原因拿不到授权，最终基本也成了我个人的译文集。所以说选择，只能说选了陈、刘的老译本，这个译本是目前来说最好的。五个长篇里包含了劳伦斯的四大小说名著（《儿子与情人》、《虹》、《恋爱中的女人》和《查泰莱夫人的情人》），四本是拙译，也就不存在选择的问题了，出版社的意图也是以拙译为主体。最大亮点应该是四大名著这个必备的硬件和足够的优秀中短篇小说证明劳伦斯是"英语文学中最伟大的创作天才之一"，并第一次将劳伦斯的散文随笔科学地分成了散文随笔卷和文论卷，突出了劳伦斯同时还是"他那个时代最优秀的批评家"的地位（均为F.R.利维斯语）。此外还第一次收入了劳伦斯绘画和画论集，展示劳伦斯独特的绘画天赋和先锋的绘画批评家风范。

这套书在 2014~2015 之交推出，应该是劳伦斯离世 85 周年纪念日之际华文世界里劳伦斯作品出版的最大动作了。

2. 我们知道，您在 1981 年读本科的时候就接触劳伦斯，研究生毕业论文还是以劳伦斯为方向，是国内第一个研究劳伦斯获硕士学位的人，那么，您最初是如何对劳伦斯产生浓厚兴趣的？一路走来这 30 年，您对劳伦斯的研究与认识发生了哪些变化？

1981 年我读英语专业大三时，国内尚没有劳伦斯作品出版，我们甚至没有听说过劳伦斯的名字。只是改革开放后中国大学开始聘请外教，我们的美国教师开设现代文学选修课时教材里出现了一篇劳伦斯的短篇小说，我才去查 50 年代翻译过来的苏联版教科书《英国文学史纲》，里面简单提到劳伦斯，稍有肯定，但定义是颓废作家。里面提到《贾特累夫人的情人》我们更是一无所知。自然我想看美国教授怎么讲授颓废作家。就那一篇小说《菊香》令我折服，丝毫不觉得劳伦斯颓废，甚至觉得这个作家太优秀，不懂这样的工人阶级出身、写工人生活的优秀作家何以被贬斥为颓废作家。我的参照系是从小就熟读的中国现实主义文学，特别是那些歌颂革命斗争和底层人民群众的作品如《红旗谱》《桐柏英雄》《野火春风斗古城》以及浩然的一系列农村题材小说。同样是写底层人民的命运和抗争，劳伦斯笔下的英国普通工人家庭生活的呈现完全不同于我们的现实主义小说写法，他注重最卑微的底层人也有的细腻悲剧的心灵，写他们日常生活琐碎中深含着的心灵的悲剧。于是我就想知道为什么底层生活还可以这样写，我们的文学是刻意塑造高大全的劳动人民形象，但劳伦斯没有这样做，他遵从了生活的逻辑和真实。因为我从小生活在北方小城市大杂院里，周围都是拉车的、卖菜的、修理工、建筑工人，他们的日常生活在大杂院里尽收眼底，他们的喜怒哀乐和家庭悲喜剧更接近劳伦斯笔下的小镇矿工家庭生活而不是在中国文坛占主流地位的那些作品里的遍地英雄。所以我似乎觉得劳伦斯的写实主义更亲切可信些。于是我明白，塑造英雄没有错，是宣传的需要，但我们大杂院的普通人也应该成为文学的主角，当我在我们的文学里看不到我的邻居时，我在劳伦斯的作品里看到了，而且他们的心理活动得到了细腻的呈现，这就更是别致。出于对这篇小说的喜爱，我冲动之下还偷偷翻译成了中文，投给刊物后就石沉大海了。

两年后我毕业上了研究生，定选题时本来是要定我喜欢的也容易被导师组接受的萨克雷的作品，因为我本科的毕业论文写的就是萨克雷。但阴差阳错，报小说研究的人超额了，导师组决定分流，让我去研究非虚构文学，我就不能研究小说了。而萨克雷的非虚构作品很少，我得换研究方向。自然想起劳伦斯，就找他的非虚构作品，一找发现劳伦斯的非虚构作品几乎和虚构作品等量。恰好这个人是我曾狂热地翻译过的，我就报了劳伦斯的非虚构作品为我的研究方向，获得了同意。他的非虚构作品包括很多文艺批评文章和专著，研究这些又必须反过来读他的虚构作品即小说，看他的小说理论与他的创作之间的关系才能吃透他的文艺理论。这样我等于是从非虚构入手，最终连小说也研究了。俗话叫"搂草打兔子"。

那三年的苦读确实收获很大，让我初步全面地接触了劳伦斯的多种作品，发现这个只有二十多年写作生涯的英年早逝作家真是拼命三郎，写出卷帙浩繁的作品，而且一个人能有四大名著赫然立足于英国现代文学史，相互不能替代，是真正的文学天才和文艺通才，完全因为其反传统的写作而不见容于后维多利亚时期的文化保守主义而惨遭否定甚至作家本人也遭到迫害远走他乡并客死异乡，其命运多舛、文运多蹇是现代英国文学史上罕见的。我应该通过我的论文让更多的读者认识这个作家的真相。于是我就把我的英文论文中的一部分翻译重写成中文论文投给《外国文学研究》得到了认可发表了。这让我感到我有能力从事文学研究和批评的事业。

由于劳伦斯的作品在我研究生毕业时仍然几乎没有译本，所以我要做的是放下研究，先做翻译，推出自己的译本。翻译本身也是研究的过程，而且出自"出成果"的冲动，多出译本才会有成就感，所以我就长时间以翻译为主了。这样的逐字逐句转换如同一种超越时空的交流，翻译得越多感性认识就越深，从最初高山仰止的学生式敬佩，逐渐到深刻理解其作品的要义，进入了这个作家的完整世界，发现劳伦斯之所以是文学的常青树，就是因为他在那个年代揭示的文明病恰好在我们的后工业时代更加凸显了出来，特别是人的异化，人对不可再生的自然资源的掠夺，人类面临的环境危机等等，这些恰恰是我们当下最敏感和焦虑的话题。所以读劳伦斯，不仅是审美的历程，也是对当下文明危机的一种透视，令我感到劳伦斯就在我们身边。

这样的认识过程就是：简单的写实主义——文艺美学上的鉴赏——思想性的探索——后现代语境下的审视。

3. 我们知道，1925 年，诗人徐志摩首次在《晨报·文学旬刊》上发表他翻译的劳伦斯随笔《论做人》，至今刚好 90 年，那么，就您的梳理与研究，劳伦斯进入中国的这些年内，发生了怎样的过程，中国读者的接受度是如何一点一点发生改变的？不同时代，人们对劳伦斯的态度有什么不同？

三十年代我们的研究基本与世界同步，有林语堂、郁达夫和章益（原复旦校长）等名人推动，还有邵洵美等文艺出版名家的助推，对劳伦斯的认识是正面的。可惜兵燹战火多年，国人顾不上文学了。1949 年后，劳伦斯被苏联教科书划入颓废，我们自然没人研究翻译他了，就耽误到了改革开放的八十年代中期才开始。我想大家都是从生活真实的角度看待劳伦斯的写实作品，和我一样看到了他作品里普通人的亮点，又看到了他颇具现代意识的呈现形式，很容易接受了并高度嘉许。他的所有作品翻译，除了《查泰莱夫人的情人》受到过阻碍，都很顺利并受到读者喜爱。1980 年代中期湖南再版 1936 年老版本的《查》时正赶上"反精神污染"运动，因为里面的性描写内容，被错当成"黄色"遭到了查办。但根据宋木文同志最近的回顾文章看，并没有因此否定这部作品，而且还定向内部销售了库存书。当时有个淫秽书籍批评展览，里面有这书，胡乔木同志看到后要求取下，认为不合适。经过这段时间的沉寂和沉淀，中国的社会发展很迅速，到 21 世纪，随着我们对这本爱情小说名著在世界上的显著地位的全面了解，随着中国与世界文化在深层次上的全面接触，我们发现其实这本书在欧美世界已经成了经典的爱情小说，而且是很理想主义的爱情，接近成人的童话，很美，很浪漫，甚至很脱离"实际"，过于唯美。就发现以前的限制是出自与外界的信息不通甚至是自我文化封闭。事实上，国内文学创作在爱情作品中情色表现上的创新已经大大超越了劳伦斯这部作品，所以劳伦斯成了老经典，可以通过了解这样的作品曾经被禁的遭遇了解文明进程的坎坷曲折，而不重蹈覆辙。在"向钱看"的社会氛围内，这样的跨越阶级的爱情可能遭到的是不屑，也会有人认为是人性的真善美艺术呈现，是后现代社会的爱情新话题了，不会再涉嫌颓废。半个世纪前这本书在英国开禁，与其说是文学的胜利，不如说是英国的社会文明发展到人们完全理解和同情这样的跨阶级爱情的程度了，自然而然就解禁了，大家甚至认为还要法庭辩论审判，此举都成了"光荣的喜剧"（霍加特语）。

我想我们现在的态度比英国的 1960 年代应该是更宽容和同情了。所以这本书在中国出版后，报界评论是"波澜不惊"，和我预想的一样。大家把它当经典买去随便看看，笑谈一下历史，把它当成人类保守与固执阶段的受害者好好回顾，再欣赏作品的美，这样是一个正常文化发展阶段的正常心态。我为此感到欣慰。

4. 作为劳伦斯的学者与翻译者，您个人在翻译他的作品时有哪些值得分享的故事？据说为了翻译《查泰莱夫人的情人》这本名作，您特意在劳伦斯的故乡学习并居住了一年，甚至沿着他的足迹去了澳洲、德国意大利等国家，能否介绍下这一年的生活，这种生活对您翻译其作品最具体的帮助是什么呢？

估计"为翻译查泰莱而特意去英国学习"是误读。我是为彻底研究劳伦斯并与世界上唯一的劳伦斯学教授沃森接触才去的英国，也是在我很了解劳伦斯以后才去，这样我在他的硕士、博士辅导课上作为一个中国学者才有发言权，才能平等与母语英国的学者们对话，当然更多的还是学习吸收更新的知识。后来有机会出国我就去劳伦斯居住过的地方实地体验他当时的写作感受，是很好的学习方式，恰好在我都走了一遍后我才接到出版社的邀请翻译查泰莱这本小说，这是天时地利人和的结果。如果不去，也能翻译得不错，因为原文有很好的注解本。但因为我统统走过了，再翻译更有真情实感，还可以根据中国读者的情况增加我自己的注解。

在诺丁汉大学英语系劳伦斯研究中心的一年当然是受益匪浅，能聆听最优秀的劳伦斯专家的教诲，与他们的学者一起上课讨论是非常专业的行为，与自己在中国独自读他写的书当然不同。但我是有准备去的，去之前我已经翻译了二百万字的作品，所以再去巩固夯实自己的知识并学到更新的知识，能收到耳提面命的点播，自然结果大不相同。尤其是能听他们用母语表述自己的观点，语气的丝毫变化之间感情的细微变化，是在中国独自读书所不能收获的最大的交流的心得。有了这样的母语体验，再翻译，自我感觉更有底气，气场自然也就不同。译者的细腻之处能给中文读者带来更好的阅读感受吧。所以去过没去过，有没有当地的体验应该对我的翻译产生截然不同的影响。

5. 您个人阅读劳伦斯不同作品的私人体验是怎样的？能否分别说下您对他的《虹》《恋爱中的女人》《查泰莱夫人的情人》《儿子与情人》《白孔雀》等代表作的个人阅读体会与评价？以普通读者和译者两种不同身份看同一部作品，心态会有哪些不同之处？

我前面说过，我是感性地进入劳伦斯作品的，完全以自己在中国的小城劳动人民大杂院的青少年生活为底本来对照学习劳伦斯同类作品的，受到了启迪，认为文学先生发自生活会更有力量。而劳伦斯的作品恰恰是这种接地气甚至接人气的作品。劳伦斯青少年生活在杂乱的小镇上，生活在为每顿饭发愁的日子里，后来读了大专，当了老师，这样的生活成了他表达自己的理念的基础，因此这样的文字是异常真切生动的，读了都能感同身受。但如果是生活在钟鸣鼎食之家的孩子，可能就会觉得无法很有共鸣，这也是可以理解的。如同我们现在看《平凡的世界》，大都市的孩子应该是抱着好奇的态度而不是感同身受的震撼去看的。这就是《儿子与情人》和《白孔雀》，包括《虹》。

而劳伦斯成为知识分子后，又能运笔自如地表现英国文化阶层的生活，这就是《恋爱中的女人》和《查泰莱夫人的情人》，这样的作家是全能型的。而不像很多中国作家，一写都市就全看着像都市里的乡村。都市作家根本就写不了乡村。

应该说我只有读大学时算劳伦斯的普通读者，但很快就不是了，22 岁就进入了专业状态，这之后的表述就不能是一个普通读者的表述，但感受一直还是有 21 岁时初读劳伦斯时的感受，那就是这个作家我能很懂，因为我们有大致相似的童年，更像利维斯为劳伦斯辩护时所说的："我是劳伦斯的一国同胞"，以此来反驳艾略特等文化巨擘对劳伦斯的误解，意思是说艾略特很晚才归化英国，不可能真正在感情上懂得纯英国人的劳伦斯。

6.关于《查泰莱夫人的情人》这部名作，在国内外引起的争议非常大，在英国与中国都被禁过，英国著名书评家福特·M·休弗曾评价劳伦斯是"浸透情欲的天才"。如今，时代发生了改变，人们对其中呈现的最为赤裸的"性"的描写也不再仅仅停留在猎奇上。那么，您对这种争议有什么样的观察？您认为这部作品最大的文学价值与思想价值是什么？

"浸透情欲的天才"是休弗在劳伦斯未成熟时说的话，那时他以劳伦斯的导师自居，可以随便开玩笑或批评他。（此文发表后我查证休弗只说过劳伦斯是"天才"，"浸透情欲"是劳伦斯逝世后黄色报纸的编辑的调侃语，但流传甚广，以讹传讹，被说成了休弗之语，在此订正。）

前面我似乎已经说了很多了。查泰莱这本书现在已经成了毫无猎奇基础的经典爱情小说了，因为社会的"情势"已经完全超越了这本书在性主题呈现上的程度了，都不足为奇了。而性的内容似乎只占这书的百分之十。我曾说过，因为我是专业读者，所以我是最早开始把视线转移到另外9成内容上的人。后现代社会的发展，让那些争议都成了过去，甚至是"光荣的喜剧"。哲人说，人类历史的最后发展阶段是喜剧。

所以我们认识这书，简单地说，一是成人的爱情浪漫童话，美丽超脱，很有理想主义的灿烂光环，是劳伦斯继承浪漫主义传统并推陈出新的大作，唯美到了"令人发指"的程度。这种唯美其实是人性的自然表达。二就是我说的在后现代社会里读劳伦斯对彼时英国"现代化"阶段表现出来的文明病的彻底批判，这又是他继承英国批判现实主义文学传统的一面，又做到了极致，以至于我们现在看甚至觉得就是在批判当下。人们说他是预言家，其实说的是他的"当下"意义，因为在他去世后，每个时代的阅读都能从中发掘出"当下"意义来，而"过时"的作家未必是作品本身不好，而是"话题感"已经没了当下感而已。

7. 能否具体谈谈，劳伦斯成长的家庭氛围以及日后颇为复杂的情感经历，对其创作发生了怎样的影响？

这个可以省略了吧。大家都很了解了。如果确实需要告诉我，我可以写，但属于重复。

8. 关于劳伦斯在世界文学中的地位，包括福斯特、奥威尔、伍尔夫等都给予极高的评价，就您个人这么多年的研究与翻译，您最愿意用什么样的话来评价他？

就是利维斯那句话"仍然是我们这个文明阶段的大家"，别的那些评价也很好，但更注重文学性和技术性。这些都是被广泛引用的。

9. 2014年是您研究劳伦斯硕士毕业30年，这么多年来，您是如何做到对劳伦斯这个作家保持持续不断的研究热情的？会经常冒出哪些新发现与新思考？有过厌倦的时候吗？他的哪部作品，您读的次数最多？

热情肯定被坚持所代替。坚持来自出版界对我的强力支持和期待。我们这种小城底层青年，其实很容易就一条路走到黑，就是有人鼓励你，期待你在某一方面出成果，还能实在地帮助你给你出书，夫复何求？大家认可我的翻译本子，我很受宠（若惊），有成就感，还正好是我的专业，两者结合得非常好，自然就做了下来。厌倦的时候是修改少作的时候，那时暴虎冯河，翻译得快，也就有错误，现在做修订本，自己改自己的过去，就很烦，但一想到是为自己完善，不至于被读者骂，还是要好好做，烦也要做，有时真是对上一段就要起来活动。谁让自己开始得太早，太受出版社的鼓励呢，现在就得改正润色完善才对得起自己和别人，否则真是于心不忍。

因为要修订，哪部都得重读重来。但回答读者问题，四大名著还是读得最多的，因为我得负责任，不能说话没根据。读者在微博上发问，我就得找出原文来证明我的话，否则就成了凭印象的乱发一通议论了。

还要感谢《晶报》这样的很多媒体，一直在鼓励我。谢谢。

（见《晶报》2015 年 3 月 10 日）

答《晶报深港书评》记者问

1. 今年适逢《查泰莱夫人的情人》作者劳伦斯诞辰130周年与逝世85周年。我得知,由人民文学出版社推出的十卷本《劳伦斯文集》以及《劳伦斯读本》即将与读者见面,作为这两套书的主译,能否谈一谈出版缘起?

在出版时间上与这两个日子是巧合。2013年初我就提出我可以编选翻译一本《劳伦斯读本》加入人文社的"外国文学大师读本"系列,选题获得了通过,但令我意外和惊喜的是人文社的编辑考察了我这些年翻译的各类劳伦斯作品,提出在这个基础上加入少量别人的译本出版一个多卷本的《劳伦斯文集》,成规模展示劳伦斯这些年在中国的译介成就。这真是可遇不可求的机会。劳伦斯作品的中文翻译从1930年代刚刚开始就在兵燹战乱中中断,解放后一方面受翻译成中文当教科书的苏联版《英国文学史》的影响,一方面出自文化上的封闭保守和后来的一波波运动影响,劳伦斯被看作颓废作家一直被冷落,直到1980年代改革开放几年后才随着对西方当代文学的译介渐渐获得被译介的机会,到2013年有三十年的历程了。作为最早的研究者,由我来编一套文选,我为此感到荣幸。到2015年初的全国图书订货会上推出来的。

2. 据您自己介绍,您在大学时代(1981年)接触劳伦斯的作品,研究生阶段最早是研读他的非虚构类作品包括很多文艺批评文章,而后才研读他的小说。过去,一般读者多关注劳伦斯在小说方面的成就,您能不能为我们谈谈劳伦斯在文艺评论以及其他方面的成就?

劳伦斯的非虚构是我的硕士论文方向，这方面他很有成就，出过很多本文学、哲学和史学的散文随笔与游记，如《美国经典文学论》和评论当时欧美文学家的批评文章，被利维斯称作同样是他那个时代的"优秀批评家"。他的批评笔力雄健，辛辣俏皮，对传统的英国文人随笔风格颇有继承，又很有自己天马行空的个性。他对美国经典作品的研究系列作品被称为美国文化的"独立宣言"，比美国人研究自己的作品还要更早形成了规模。而美国的大学开设美国文学课程则是几年后的事情了。他对当时在欧洲文坛上占统治地位的高尔斯华绥、威尔斯、托马斯·曼的批评都是十分尖刻的，体现了一个新锐作家的真诚与洞见，非常难得。他尤其对弗洛伊德的精神分析理论提出了挑战和激烈的批评，这更是难能可贵。所以这次的文集里我专门选了一本文论集，这样的选本在英语世界里至今也没有，他们仅仅是把劳伦斯的非虚构作品放在年代全本里出版。

3. 做英语文学翻译，需要在两种语言之间频繁转换，更要适应两种语言的思维方式，您能不能和我们分享一下其中的趣事与洞见？

翻译界流行的口头语是翻译是原作锦绣的背面，就是说你翻译得再好也难以完全再现原作的风貌，因此是一种永远在自我折磨的工作，所谓"一名之立，月句踟蹰"，翻译好的作品隔段时间浏览一遍，总还是有不满意之处，因此译文只要有机会再版，都要修订完善，也体现了译者自己的进步。杨绛先生说得更形象：翻译是一仆二主，意思是我们侍奉的是原作者，也是目的语的自己的华文读者，既要把原文的意思和风貌尽量好地呈现出来，又要让我们的母语读者读起来顺畅甚至有读母语写作的感觉才好。我记得我大学时研究萨克雷的《名利场》，其译者是杨绛的胞妹杨必，我就觉得是在读中国人写的英国人生活的小说，就想将来我要翻译英文小说，也要翻译成那样。我翻译劳伦斯作品，肯定是先逐字逐句粗翻译出来，再在意思不落的基础上"顺"成地道的中文，尽量少用"的"字过多的欧化句子，拆成短句为好，实在原文的本土文化指向和双关语过于复杂时，就直译后加注解。如很多类似"向谁谁扔谷子皮儿"这样的纯英语成语，如果直译出来加注解，就比直接翻译成"引人上当"更形象，还能让读者了解英语里还有这么土的说法。

4. 我总觉得，劳伦斯的作品既有传统手法又有现代主义小说的元素，在现代小说的灿烂星河中，劳伦斯处于什么位置？

是的，劳伦斯的写作起步于后维多利亚时期，最早的作品多以英国小镇百姓生活为素材，故事多有真实的原形，应该说是靠"写实"起家的。但在风格上似乎更靠近哈代，很有抒情诗的风范。但同时他又处在英国的文学艺术开始接受欧陆现代主义的影响时期，这种影响首先是来自欧洲大陆的绘画。劳伦斯从小练习绘画，先是临摹传统英伦风格的风景和人物，后来到伦敦后接触了光怪陆离的欧陆现代主义绘画，受到塞尚、梵高等各种流派的影响，他自己也开始画现代派风格的画。从而他的小说渐渐开始注重色彩和光线，注重意象和象征，逐渐趋向表现主义。这种表现手法与他对人物心理活动的重视和对潜意识甚至无意识的揭示相结合，是现代派绘画与心理分析在文学中的嫁接，这种杂交对他的现实主义表达是一个有力的补充和提升，从而超越了写实主义，既有写实的可读性和对现实的关注，手法又新颖，对新旧过渡时期的文学读者来说是很合适的。

但终归劳伦斯对现实的关怀和批判是其文学的主流，因此在形式上他并没有完全成为一个乔伊斯或伍尔夫夫人那样的现代主义作家，他最终是有主义而"无派"的，在文学史上他不属于任何一派但又不可替代，已经毋庸置疑地成为现代英国小说的四大家之一（其余三个是乔伊斯、伍尔夫夫人和福斯特），严格说福斯特也是无派的。

5. 阅读您翻译的劳伦斯，我头脑中总是冒出一个问题：劳伦斯写女性的心理活动为什么写得这么好？他为什么如此了解女性心理？他的材料从何而来呢？

这个我想应该和劳伦斯从小在强烈的母爱环境中长大有关，这还包括他的姐妹对他的宠爱。他是和母亲和姐妹站在一起反对没有文化的父亲的。他对女性的了解肯定超过一般人，思维方式上也肯定受到她们的强烈影响。另外这似乎应该涉及 gender study（性别学）的问题。比如有批评家就公然指出，《虹》这部小说从性别学上研究，布朗温家的男人在意识和思维上是女性化的，而布朗温家的女性则是男性思维。劳伦斯自己在写作《哈代论》时也揭示了这样的文学创作原理：每个作家在写作时都经历着内里两性的冲突，其"男性"代表着理性、意识，决定着作品的形而上的理念形成，而其"女性"则代表着无意识的情感思维，决定着作品的艺术流向。只有这种"两性"的冲突和互动才能催生出优秀的艺术作品，只有当这两性的冲突和斗争达到某种和谐状态时，作品才能成为真正的艺术品。劳伦斯的这个理念与后现代理论对于"性别学"（gender study）的痴迷关注是一致的。

6. 以前，我们总是关注劳伦斯对性事的大胆描写以及帮助当代人从虚伪的道学羁绊中解脱出来的努力，而我们却很少谈及劳伦斯与女权主义之间的关系？劳伦斯是否可以算是一个女性主义、女权主义的先驱呢？

这个问题据我关注恰恰是很有争议的。有人认为劳伦斯很多小说人物的表现上有男权至上的嫌疑，如《查泰莱夫人的情人》，麦勒斯尽管对康妮百般温柔，但归根结底是他的意识占了主导地位，在两人的交往中似乎还是麦勒斯在引导康妮。因此就有普遍的认识说这是男权至上。可他的大部分作品里如《虹》里的厄秀拉和《恋爱中的女人》里布朗温家两姐妹的婚恋生活中，又似乎是女权主义在无往而不胜，尤其是《虹》中的厄秀拉，完全被当成现代英国女性觉醒的先锋了。这两部作品被认为是英国文学史里最早的女权主义作品。追溯到《儿子与情人》，小说里的母亲形象也是英国文学中罕见的，只不过因为她是个矿工的妻子，"人微言轻"，开始并没有引起人们这方面的关注而已。但里面有女性参选的内容。

7. 劳伦斯那一代作家明显受到弗洛伊德临床心理分析理论的深刻影响，当然我知道劳伦斯还是从他的德国妻子弗里达那里得知弗洛伊德理论的。但，我不妨问一下：在劳伦斯作品中，是否存在一种"泛性主义"的预设呢？

劳伦斯简单来说在遇上弗里达之前是处在青春期延滞状态中的懵懂与饥渴的焦灼状态中的，所以他写的小说包括《儿子与情人》都表现了这种肉体冲动与抑制的矛盾，不是"预设"，是"真实"的自然驱动所致。他认为社会生活中家庭因素更为重要，而母爱的过分强烈确实窒息了很多青年的自然冲动，所以他说他的《儿子与情人》是为"一代英国男子发声"。弗里达满足了他在性爱上的所有幻想即母爱与放荡的结合体。这之后他似乎是完全释然了，认为性爱是生命的源泉。这不是预设，是他长期被压抑的天性的解放所致，他母亲占主导地位的家庭生活是某种清教主义的生活。而他听弗里达说起弗洛伊德时，他已经完成了《儿子与情人》，弗里达唯一的贡献是帮他认识到了小说的俄狄浦斯情结的意义，帮他改成了现在这个书名，原本叫《保罗·莫雷尔》。

8. 无论是在《查泰莱夫人的情人》、《儿子与情人》还是《恋爱中的女人》中，性爱常常被劳伦斯处理为工业文明的对立面，甚至成了反叛工业文明的象征。这种"二元对立"是如何在劳伦斯的作品中建立起来的，传达出劳伦斯对现代社会的何种洞见？

我倒不认为是刻意的"处理"，而是劳伦斯对个性解放的追求与对工业文明的丑陋的憎恨恰好并置。他从小生长在肮脏污染的煤矿镇与自然美丽的旧英格兰乡村交界之地，这让他成为一个用19世纪的自然姿态审视工业文明弊端的作家。而工业文明高歌猛进的初期社会的道德规范却还是极端保守刻板的，英国社会的等级分明严格，任何跨阶层的爱情都是异端，任何女性的解放也是异端。这样劳伦斯的作品在表象上似乎就被认为是以性的自由来反抗工业文明，尽管不无道理，但我认为绝不是刻意的"处理"，本质上还是彼时社会、伦理、风俗和道德羁绊对人的束缚与工业文明的弊端过于重合，成了对人性的巨大压迫力量，造成了人性的自然反抗，从根本上说还是一种"写实主义"。

9. 与同时代的一些伟大作家类似，劳伦斯小说中的人物对话都是围绕一些时髦而宏大的社会话题而展开。我们是不是可以将劳伦斯的小说归入那个时代的"知识分子小说"或"精英小说"之列？

我觉得是，因为劳伦斯的时代正是各种现代学说流行起来的时候，如达尔文主义，马克思主义，弗洛伊德主义，叔本华和尼采的学说，还有后来的弗雷泽的神话学说等，劳伦斯的小说人物都在谈论这些。但劳伦斯的小说又明显与普鲁斯特、乔伊斯和伍尔夫夫人的那类探索意识活动的知识分子小说拉开了距离，后三位才是阁楼知识精英小说，劳伦斯的作品在接受度上更靠近广大的普通知识分子，因为他的小说总是有明显的社会背景，常关注深刻的社会问题，如劳资关系，反战，权力的行使，性与性别角色等，这些在后现代社会里成为焦点，而他一百年前就为此焦虑了，说明他的直觉悟性很是超前。

10. 同样是热衷于表现性主题的作家：乔伊斯、劳伦斯、纳博科夫、亨利·米勒以及渡边淳一，您能否为我们分析一下这些作家异同？

我的阅读体验和知识谱系似乎还无法让我做这样的比较，否则就是肤浅甚至可能是误读的。但我了解到的普遍说法是，在英语世界里，挚爱乔伊斯的就肯定不喜欢劳伦斯或相反。还有我知道的是米勒很推崇劳伦斯，专门写过一本书，书名是《激情鉴赏劳伦斯》，上学时读过一点，开头就是"劳伦斯，我要为你哭泣"，因为他很同情劳伦斯的遭遇。纳博科夫和渡边我基本上谈不出什么。

11. 在小说《查泰莱夫人的情人》中，劳伦斯在故事中塑造了一个理想型人格，作为反思整个西方文化、现代工业文明的女性视角：康妮。我想知道，为什么劳伦斯选择康妮的视角，而不是选择康妮的丈夫克里福德的视角，这是否透露了劳伦斯本人性格的秘密或道德上的立场？

前面我们说过麦勒斯被普遍认为是男权至上的，小说中这个"情人"占了主导地位，而"查泰莱"的夫人完全与麦勒斯达成了灵肉一体的和谐，彻底背离了有产阶级的价值，最终被抛弃的是这个姓"查泰莱"的克里福德男爵。这就是这本书名里的三个人的关系，人物的重要性是顺书名倒着数的。这本书在很多英国人眼里甚至被认为是"劳动阶级"价值观的胜利。实则我们会注意到，劳伦斯在此表现的是有产者与无产者之间的"第三种力量"的胜利，麦勒斯是普通人出身，但他受过大学教育，当过军官，但最终选择背离那个"文明世界"但又没有回到他的出身阶层中，在那本书里矿工们也痛恨他。这应该是表明了劳伦斯的一贯立场，当然在阶级社会里这种立场是乌托邦，但很浪漫唯美，因此我说劳伦斯才是资本主义时代的真正抒情诗人。

12. 举凡伟大的作家，无不有一种极为恢弘的心灵幅度，更不用说像劳伦斯这样的天才。再加上我对劳伦斯文字的阅读与了解，得出一种认识：劳伦斯绝不是为了表现"性"而写性，亦不是为了批判工业文明而创作，他对人类普遍命运的关切与同情才是题中之义。不知我的看法是否成立？

我完全同意你的观点，我们是一致的。劳伦斯的关怀是终极关怀。但任何关切都是受制于作者生长于斯的环境中的，不能是空穴来风般的关怀，因此劳伦斯的终极关怀表现在小说中必须通过人物的命运和人物的遭遇，在特定阶段的历史舞台上呈现，于是性与工业文明等就不可避免地成为他小说的背景、道具等一切的"器"，表现其"道"之关切。我们可以说劳伦斯的小说就是这种形而下与形而上的奇特结合之作。姑且说是"清者阅之以成圣，浊者阅之以为淫"的那种文本。

13. 劳伦斯无疑是二十世纪上半叶英国文坛的奇才，记得钱钟书曾说："假如你吃个鸡蛋觉得味道不错，又何必认识那个下蛋的母鸡呢？"可是自从这位天才作家谢世多年之后，批评家和读者还在通过阅读他的作品推测他的生活真相，并乐此不疲。作为国内最为著名的劳伦斯研究者与翻译家之一，您有没有计划写一部关于劳伦斯的传记？劳伦斯的生平还有哪些未解之谜？

我一直推崇劳伦斯学的奠基人利维斯的很多观点，其中之一就是他在《小说家劳伦斯》序言里开宗明义指出的：劳伦斯的作品与艺术固然重要，但离开对这个作者生动的感知、不触及他的历史事实，对其作品和艺术的研究就全无可能。因为在劳伦斯的世界里，形而上深深地扎根于他的形而下，其美丽的清水芙蓉与根部泥土是一体的。为了解那个根和泥，我去了他的故乡考察，结合作品写了《心灵的故乡》，叙述他离开家乡之前的生活与以后的作品之间的虚实关系，是图文评传。但更大规模的传记我就不准备写了，因为到目前为止剑桥版的三卷《劳伦斯传》已经基本做到了全面，后来我在诺丁汉时期的导师（我的身份是访问学者，但基本只跟听他一个人的博士和硕士课程，因此也称他为导师）沃森教授又出版了一个单卷本《劳伦斯的一生》，里面又披露了一些新的资料如劳伦斯写过的德文信札。作为外国人，我们无论如何是写不出超越他们的传记的，最多是综合资料形成自己的叙述视角而已，我发明了一个词叫"叙论"，我的一本书就叫《劳伦斯叙论集》，还是翻译作品成优质的中文版是正事，所以我基本以翻译为己任。

　　（见《晶报》2015 年 3 月 20 日）

答《礼志》杂志记者问

栏　　目：文艺志·客厅

标　　题：劳伦斯的情感与悲剧

主持人：朴鸢儿（《礼志》杂志高级编辑，以下简称"朴"）

嘉　　宾：毕冰宾（翻译，作家，以下简称"毕"）

　　　　　王鸿博（北方工业大学博士，以下简称"王"）

地　　点：人民文学出版社

戴维·赫伯特·劳伦斯（1885~1930）是20世纪英国现代文学中最重要的作家之一，也是最具争议性的一位作家。因为在作品中毫无隐讳地描写人类的性爱和性心理，他曾受到过猛烈的抨击和批评。这个出身寒微的作家，为何能写出反映一代英国青年男子困惑的作品来？他为什么会有俄狄浦斯式的悲剧心理？他那场离经叛道的婚姻对他的作品和人生造成了怎样的影响？《礼志》特别邀请《劳伦斯文集》的主编、翻译毕冰宾老师和北方工业大学的王鸿博老师，来谈一谈关于劳伦斯的作品、情感及他与众不同的人生。

朴：毕老师，您是劳伦斯作品的资深译者，已经翻译了他十余部著作，还担任了这套十卷本《劳伦斯文集》主编。您能说一说是怎样和他的作品结缘的吗？

毕：我是77级大学生，就是"文革"后恢复高考的第一届，我上学时，劳伦斯的作品在国内根本没有人翻译，也没有人研究。从1980年以后，国内大专院校的外语系开始聘请外教讲课。我们的美国外教给我们开了一门英国现代文学的选修课，选了几个作家来讲，其中就有劳伦斯。外教用"新批评"的方式给我们讲解课文，分析小说的结构、用词对提升主题的作用等。当时讲了他的一篇作品《菊香》，作品中总是提到菊花，后来我们才知道，在西方，菊花只有在办丧事时才会出现，他的小说一开始，女主人公在院子里走的时候，菊花就别在胸口上了，这就是一种暗示，后面引出了她的丈夫是个矿工，因为坍塌事故身亡的情节。这种方式对我们这些中国学生来说很新颖。我当时就对劳伦斯产生了好奇：他作为一个矿工的儿子，读了一个大专文凭，当过小学教师，可以称得上是真正的无产阶级出身，写的作品又是反映英国矿工的生活，为什么会被无产阶级政权的苏联评价为"颓废的资产阶级作家"？我们用了苏联教科书，也就认定他颓废。我就觉得这个作家我要好好研究一下。我读了英文原著，发现劳伦斯笔下的矿工生活非常真实，他既不把他们当英雄，也不当成低贱的人，而是忠实地刻画矿工家庭的悲喜剧，他很注重对人物心理的分析，连他们家里的陈设都写得很细，这样的表现手法有很强的生命力。就这样，我很偶然地研究了一个当时国内没有人研究的作家，这对我是很有意义的。

朴：两位对劳伦斯的作品整体是一个什么样的评价呢？

王：我今天来就特别想跟毕老师探讨一个问题，劳伦斯在文学上有成就的代表作，是在长篇上看得更高一点，还是中短篇上看得更高一点？国外有的研究者认为，他的长篇虽然在两性关系的描写上能反映他技巧上的一些特点，但是在结构上相对的散漫、随意也是影响他长篇小说质量的一个缺陷。相对来说，因为中短篇小说篇幅有限，结构上浓缩，某种程度上更能代表他的风格。很多人把长篇小说作为劳伦斯的代表作，但其实不见得是这样的，这个前提可能需要辩驳一下。

毕：基本所有人看劳伦斯都是把他当作一个novelist，就是纯粹的长篇小说作家；但是作为 writer，写作的范围就宽泛了很多，包括长篇小说、中短篇小说、散文等，这是 writer 的成就。劳伦斯的中短篇小说、诗歌和散文还是很厉害的，这套文集里都收录了。另外还推出一个文论作品集，这连国外的其选本都没有这么做，因为劳伦斯还是一个文论家。劳伦斯不是一个纯粹的 novelist，而是一个艺术家。

朴：劳伦斯的作品中因为有性爱描写，导致他被批判了很多年。那么作为一个文学家，他作品的价值表现在哪里？

毕：关于性爱描写，在劳伦斯最早的小说里已经有这个倾向了。他从一开始就写家庭关系，这肯定会涉及夫妻关系、恋爱关系。他的前两部作品都没有引起关注，直到《儿子与情人》出版后才声名鹊起。《儿子与情人》描写了矿工家庭的子女在父母很紧张的夫妻关系中心理畸形地成长起来，儿子对母亲的依恋很重的，和父亲关系又很紧张，父亲一般都是比较简单粗暴的，所以把孩子推向母亲这一边，加上母亲对儿子本身就有这种爱和依恋，这样母子之间就形成了非常强烈的相互依恋的感情了。前两天我在翻译劳伦斯的诗歌时，正好翻译到了一篇劳伦斯讲母爱的诗，诗里讲得很清楚：其实爱是一种潜在的索取。在诗里，他看到母亲从年轻到头发花白，经常用一种很哀怨的眼神看着他，在对他抱以期望、期待，这不光是对儿子前程的期待，还有对感情的期待。他说我怎么才能满足母亲这么强烈的期待，真怕自己回报不了能让母亲满意的感情。这是他年轻时写的诗，在那样的年龄，一般的男孩子不会有这么细腻的感情，但是劳伦斯已经感觉出来了，他母亲对他的爱已经让他快窒息了。这是一种变态的爱，很影响他和别的女孩子谈恋爱。劳伦斯在跟他出版商写信时说，你不要以为我写的是自己家的生活，我写的是整个一代英国青年男子的生活和困惑。这些青年男子大多是在这种很畸形的家庭关系中成长起来的，他们的恋母情结是非常重的。但他们的内心也在挣扎，在他们成年以后和别的女孩子谈恋爱时，这种母子关系就形成了一种很强的障碍。

王：劳伦斯是一位非常真诚的作家。我们的思维往往有一种惯性，这个作家喜欢描写情色，是不是他的私德会有一些问题啊？但是劳伦斯的人生相对来说还是比较平稳的。当然平稳之余也有离经叛道的部分，比如和他相伴终生的夫人弗里达，俩人是私奔后结婚的。弗里达比他大六岁，俩人相识时，她还是劳伦斯要求职的那个学校的德国教授的夫人。并且弗里达成为了他很多作品中模特和原型。另外，在劳伦斯的文论里，他作为一个出身布衣的作家，本身在文学界的起点并不高，他能去批评同时代的像高尔斯华绥这样的文坛大师，这可是需要一点勇气的。像他评价高尔斯华绥，认为后者笔下的人物不是活生生的人，而是社会生物，这些社会生物如果有性关系，就像狗们做的事……这个批评在我们今天来看是一种酷评，但当时的劳伦斯只是一个文坛新秀，敢于这样评价一个文坛大佬是很不容易的。而他这么做并不是为了博出位，而是出于对文学的一种真诚态度。

朴：劳伦斯的母亲对他的影响，除了体现在《儿子与情人》中，在其他作品中也有体现吗？当他的母亲去世之后，这种影响有没有慢慢消失？

毕：劳伦斯的母亲是在他当小学教师时去世的，但那个时候，劳伦斯在生理和心理上都已发育成熟，这种积淀根本无法抹去了。刚才鸿博讲劳伦斯与比他大六岁的弗里达私奔，这个选择跟他的恋母情结还是有很大关系的，他一定要找比他年龄大的、成熟的女性。另外，劳伦斯的母亲在家里是一种有知识、有文化的形象，当劳伦斯遇到弗里达时，这个有着德国贵族背景的教授夫人的谈吐、举止比他的母亲当然出众得多，当劳伦斯看到一个比他的母亲精神上还强大的女性时，自然就会被打动。当然，弗里达对劳伦斯也是有各种暗示的。年轻时的劳伦斯可以说是一表人才，当他轻快走进弗里达的家时，弗里达也是怦然心动。两个人基本上是一见钟情。劳伦斯需要一个有知识又美丽的女性替代他的母亲，而弗里达正好厌倦了丈夫的冷落，需要有人充实她的精神生活，所以他们的诉求正好契合。如果劳伦斯是正常家庭出来的，可能就是崇拜一下这位夫人就算了，绝不会想到私奔；就是因为他的恋母情结太重了，而这种情结一定要具象化，所以才会和弗里达一拍即合，这个选择可以说是二次恋母。所以说，他母亲对他的影响并没有在她去世之后就消失。

王：英国贵族和平民之间的差距，比我们想象的还要大，可能是楚河汉界。劳伦斯笔下的理想人物，是既能突破出身的界限，又有高贵的教养的一种人。比如说《查泰莱夫人的情人》的男主人公麦勒斯，出身和劳伦斯是差不多的，但他读过大学，文化水平非常高，恰恰是这一点，才让他对女主人公康妮有所吸引。劳伦斯还有一部中短篇小说《太阳》，写的是一个贵妇人到西西里海边去晒日光浴时，对西西里农民的那种幻想。那个农民身体强壮，但是在精神层面几乎没有什么交流。麦勒斯显然是这种类型人物的深化和发展，和查泰莱夫人能够在精神上交流，并不是纯粹的男女之间的肉体吸引。劳伦斯写男女关系是非常严肃和真诚的，而且逻辑上也很合理。

朴：劳伦斯和弗里达的婚姻是怎么样的呢？有人说《查泰莱夫人的情人》是劳伦斯生病之后，弗里达在外面找了情人，刺激劳伦斯写出来的作品。这个说法是准确的吗？

毕：在劳伦斯没有生病时，弗里达就已经出轨过。弗里达的情人很多，在没认识劳伦斯之前，她就有过很多情人，这些情人都是比较有成就的男性，像其中有一个心理学家是荣格的学生。要知道，德国的妇女解放是全世界最早的，弗里达出生在那个年代，又是德国贵族家庭出身，家庭成员都是知识分子，所以她的思想是比较开放的。弗里达家有三姐妹，她的姐姐是德国第一个经济学女博士，是马克斯·韦伯的情人，很有意思的是，她跟韦伯的太太相处得非常好，俩人分工合作，韦伯的太太负责打理韦伯所有的版权；弗里达的姐姐不仅在知识上能给韦伯做助手，在爱情上还是有力补充。德国的妇女解放可以说是很彻底的。在那个环境里弗里达的出轨也不能说是不道德，只能说是更注重情感的真实吧，据说算"非道德"。他们夫妻的感情还是很好的，劳伦斯生病时，弗里达一直伴在他身边照顾，一直到劳伦斯去世。弗里达在回忆录《不是我，而是风》里写劳伦斯去世时，说我的手攥着他的脚踝，感受他脚踝部位血脉的跳动，直到血脉不再跳动为止。劳伦斯曾写诗说：把我的脚放在月亮上，我就像一个神一样，在月光下走过，走向死亡。弗里达捏住劳伦斯的左脚，朗诵劳伦斯写的祈祷、超度的一首诗，这种爱情不论如何，结局还是很美好很浪漫。

王：我认为，不管劳伦斯和弗里达的感情关系如何，读者都没必要过度阅读或过度想象，把作者恋爱的事实在作品中找一个影子，对号入座是徒劳的，也没有意义的，这不是文学阅读的一种有效的方式。

朴：劳伦斯的朋友关系是怎样的呢？罗素为什么说他是法西斯主义？

毕：罗素和劳伦斯有段时候是莫逆之交，谁都无法想象劳伦斯这样一个工人家庭出身的作家，居然被罗素这样的一位剑桥大学三一学院的高级讲师赏识。罗素一眼就发现劳伦斯是一个天才，劳伦斯写出来的作品是罗素永远都达不到的。罗素是循规蹈矩的家庭出来的、研究领域很深刻的人，突然发现有这么一位作家，对他就很有吸引力。两个人有段时间还要联合搞讲座，因为他们都是反战人士，但在为了讲座沟通的过程中两个人闹翻了，因为他们发现彼此的观点和目标都不相同。这两个人都是个性很强的人，决裂之后还给对方非常差的评价。罗素说劳伦斯思想中有种法西斯倾向。劳伦斯到后来相信绝对的权威，觉得英国已经烂透了，需要有个人魅力的人来拯救。罗素肯定接受不了这种观点，他是自由主义的代表，所以即使劳伦斯后来去世了，罗素还是骂他，到他80多岁的时候还在骂。罗素这个人也是比较刻薄。但像福斯特就不一样。福斯特跟劳伦斯也莫逆之交过一段时间，最后也是因为思想上的分歧决裂了，但是福斯特人比较和善，决裂了以后没怎么骂劳伦斯。在劳伦斯死后，福斯特第一个站出来称赞劳伦斯，说他是我们这一代人里最有想象力的作家。福斯特觉得劳伦斯可能为人处世有问题有缺陷，但是他的作品还是要肯定的。他能够把人和作品分开看。

　　王：从这个事可以看出，英国的知识阶层还是有一种真诚的态度，有什么不同意见都敢于表达出来，敢说真话。这一点是我们需要向劳伦斯那个时代学习的。

答网友问 1

常有网友提问，有所互动，有的问题回答后觉得可以扩充成一篇小博客文章，这是写博客的好处之一，大家互相启发，能激发我的文章。最近网友willie看了《混在北京》的电影，也看了部分评论，看完后觉得不像有评论像所说的"儒林外史""官场现形"或"围城"的 cynical 精神，而是读书人悲哀的情怀！

我先谢谢还有人看这个十几年前的"愤青"作品，可能这是改编成影视的好处之一。写《混在北京》时我正是而立之年，刚刚搬出筒子楼，想为这个具有中国特色的居住环境留下点纪念。从建国开始，一代代知识分子就混在筒子楼里生息，但一直就没人以筒子楼为背景写小说，可能大家都是把筒子楼当成自然而然的生存过渡，没当一回事。可我住了几年那种楼，不知怎么就是感觉很特别，搬出后觉得这种生活有"意义"，很伤感留恋，因为那是我混进北京后的第一个落脚点，在那里翻译了不少劳伦斯，有了孩子，有了人生的苦辣酸甜。但又觉得很受伤，因为那种生活状态很让人觉得没有做人的尊严。因为是身陷其中，五味杂陈，所以写得很本质朴素。其中有对自己的怜悯、讽刺，也有对别人五十步笑百步的怜悯与讽刺，往好里说，是块璞玉。这些对不同的人的刺激是不同的，怎么说我都不会特别说真对真不对。还有说十分庸俗的呢，似乎也对，因为我有时也很庸俗。

原著比较尖酸刻薄，但毕竟有感动与自怜与怜人的底子，也有自我的反省，这后一部分被导演何群挖掘得比较充分，所以真感动了些人，因此才得了百花奖，应该说是导演的功劳，你想一个片子在1996年叫《混在北京》，还能得奖，没点感动人之处行吗？我在这之前发表文章反对何群这么感动我们，等于给片子泼了冷水，可评奖是不管原作者的冷水的，人家只看是否感人，所以就得了奖。张国立就是靠那个片子里的文艺批评家角色得的影帝，其实原作中那个人就是个有良心、不趋炎附势的愤青，偶尔也风流婚外恋一下，但又喜新不厌旧，是个很真实的知识分子。如果照小说里演，国立肯定拿不到百花奖，他还得等别的机会拿百花奖。

网友小威还说不知怎么十几年前就对劳伦斯提不起兴趣，读过他的几篇随笔，"性与可爱"几篇有印象。他问："请教黑马，劳伦斯整体风格是怎样的呢？有什么独特之处呢？"

这问题别人也问过我，正好一起回答。我因为是以翻译为主，做研究是为了翻译得更准确，所以理论上很没有功底，说不上个子丑寅卯。我在诺丁汉跟着沃森大师研习劳伦斯，开宗明义就告诉他我是把翻译当成一门艺术来做的，我更喜欢"转换"的快乐，玩弄的是中文，英文不过是泥巴，中文才是我的雕塑，所以我来研究，目的是为了翻译出精品。这种态度令那里的英国人和其他外国人很都惊诧：还有做研究但不想当教授和学者的人。可我就是这样的人。

所以我应该没本事一下子总结劳伦斯的整体风格和特色。但凭我的小小研究，认为劳伦斯的东东很难说整体怎样，他一直在变，而且他就说生命的本质就是flux，不断地流变。所以他的文本可以从写实、现代到后现代理论视野中都能被发现新的解读方式。同样的物质是水，但一会儿是冰，一会儿是雾，一会儿又是蒸汽，还可以是霾或酸雨，依具体条件和环境的变化水的表现形式就不同。我经常说，劳伦斯很多英国题材，一到意大利就写出了彩，可能是英国粮食被意大利的水和发酵物酿在一起，就出了好酒。英国发酵不出劳伦斯酒，非意大利的酒缸不可，可又得发酵劳伦斯打英国带来的粮食才行。劳伦斯浪迹天涯，其不停的旅行为他提供了南欧、澳洲和美国—墨西哥的发酵条件，他得以到处发酵他的英国粮食，因此哪壶酒味道都不同，都是他在特定的地域文明（劳伦斯称之为"地之灵"）的语境中反思英国生活的文学表达，这就是一位学者在 *The Minoan Distance* 一书中所说的 the symbolism of travel in Lawrence，但从本质上说都是劳伦斯的特色，是任何别的作家无法替代的。有人可能喜欢他这一类的，而不喜欢另一类的，很多大师到现在也是这样，可以特别追捧早期写实主义色彩浓重的《儿子与情人》，又可以不喜欢后期的《查泰莱》；或者相反。所以读这样的作家是对自己的挑战。就像你十年前不喜欢，也许现在有些喜欢，或许再过些年更喜欢或更不喜欢，都很自然，拿是随着时光的斗转星移你的文学本质与劳伦斯的文学本质之间发生了不同的对应造成的，无所谓对与错，好与不好，喜欢与不喜欢都不必人云亦云，不必尊大和菲薄自己，你还是你，他还是他，只是你与劳伦斯之间的关系发生了改变。而我因为是译者，无论喜欢的或不喜欢的，都要尽力翻译对，然后再翻译好，再翻译优。可能你十年前看到的是我翻译"对"的本子，现在开始修改为"好"本子了呢——当年筒子楼里翻译的劳伦斯与现在花房里翻译和修改的劳伦斯因为水和空气不一样，味道可能也不一样。这个玩笑比较庸俗哈。

答网友问 2

——兼谈劳伦斯的诗歌翻译

上世纪 80 年代末中国成立了个劳伦斯研究会，声势还挺浩大，在上海，我还去参与了。后来就夭折了。带头大哥很能干，竟然邀请各国学者来上海开了国际研讨会，举办地点是上海的第二师范学院。他后来先是以会长的身份出国游学，在后来就留在国外了，下落不明。

欧美和日本等国有各自的劳伦斯研究会，都是大学教授们的同人学术组织，没有任何官方背景和赞助，自己凑钱开会，旅游，出书，悠闲而无功利。我在诺丁汉时，在劳伦斯家乡小镇图书馆每次讲座的茶钱都是听众凑的，一人一镑，也就一杯红茶，两块饼干，算茶歇。有时我们的教授会自掏腰包让我们白喝茶，但很少。会员也是如出席鸡尾酒会，想加入就加入，想离开就离开，而已。诺丁汉的劳伦斯研究会出会刊大家是要交会费的，没人白得刊物，因为编辑刊物的人本身就是义务编，完全是兴趣和爱好。我们参加劳伦斯电影节，都是自己买票，只不过会员和教授的学生可以打折而已。

而我们国家很少有某个作家的研究会，外国文学研究也是国家行为，基本上是由社科院统领，各大学加盟。各个省里也是省社科院或某大学牵头，各单位参加。一切都是靠公费进行。至于劳伦斯，似乎进入不了官办研究会的层次，所以至今没有这类组织。这样也很符合劳伦斯的性格，他一生浪迹，无党无派，捉襟见肘，直到晚年才有了积蓄，来不及享受就走了，遗产给了弗里达，更便宜了弗里达的第三任意大利丈夫，那人基本靠劳伦斯的文学遗产养活，那点遗产也不足以成立劳伦斯研究会，弗里达夫妇就拿着劳伦斯的钱安逸地生活在美国陶斯直至去世。

我业余的一半时间做劳伦斯翻译，应该说很不专业，也不想专业，有订货就做点，没有还照样上班挣生活，小说不写了就写散文随笔。否则也不会翻译得这么少，但真的是懒散。所以千万别认为关于劳伦斯我什么都知道，其实我基本上是票友，仅仅比多数票友知道的多点而已。

说到劳伦斯的那些墨西哥及意大利散文游记等，作品确实很好，但翻译起来确实困难。因为那涉及另两个国家文明的细节。细节是最麻烦的。英文我们本来就是外文，再读英文讲的其他文明的事，细节就更难把握。目前的译本确实很差，但不能说人家没下工夫，大家都不容易，初级阶段嘛。我翻译他的散文《新墨西哥》，给《世界文学》杂志，编辑说我翻译得很好，但很遗憾，几年前某教授已经翻译并出版了，拙译不是首译，就不用了。我赶紧找来那个云南大学英文教授的首译，一看，真的很差，连巴黎的布洛涅森林就只按法文翻译成"树林"，锡兰的佛牙节就按照发音翻译成佩拉赫拉节，仅仅是汉字拟音而已。因为想弄清那个节叫什么就得查很多斯里兰卡的历史才行，他懒得查，就拟音了。如此说来中国用英文可以叫 zhong guo，重阳节英文可以用拼音叫 chong yang jie，而且不加任何说明，呵呵。你说这算什么？我也是硕士毕业时年轻敢暴虎冯河，如果是现在猛然有人让我翻译劳伦斯，我都不敢做了，劳伦斯水太深。明白这点，所以我很少涉猎，偶涉猎一次就累得不行，汗颜。可能有地方要出版这几篇小译文了。等出来你看吧，真的很难，而且吃力不讨好。所以我就顺其自然了。

而劳伦斯诗歌在我看来更是难上加难。用英文读很好的诗歌，就是翻译成汉语后十分别扭，因为几乎不可译。当然我相信新一代学人学识渊博，诗歌功底好，也许会有好的译文，目前的那些简直就不叫诗歌，包括 ×× 名教授翻译的几首，呕心沥血，但劳伦斯的诗他真的没翻译得特别好。

说起来令人惭愧。说别人容易，自己其实更不敢做，因为眼高手低。所以我也不做诗歌这些年了。我希望的是，要做，就做好，做漂亮，一定要超越目前的这些平庸译本。否则倒不如直接研究英文原文诗歌的好。可以翻译出来放在注解里而已。我就嘲弄自己的翻译基本上是劳伦斯作品的中文注解，是锦绣的背面，疙里疙瘩，针脚杂乱。当然我期望有优秀的译文出来，但决不是一蹴而就，更不能有任何立竿见影的想法。劳伦斯的诗歌在翻译前要很好地声情并茂地朗诵上几遍，上口了，再翻译也不迟。他的很多散文有诗歌的节奏，我常打着拍子念，诗歌更应该这样才是。劳伦斯的诗歌绝对是小众精英作品，急不得。这是我的小小体会，更是我的胆怯体会。见笑。

　　附上前两天试图翻译的一首劳伦斯的诗歌，呕心沥血一番，却怎么看都离诗歌的要求差得很远，意思都翻译出来，但还是要加很多注解才行。这样富有地中海文明内涵的诗歌，如果不加注解，估计没有几个人能读懂。而作为诗歌，注解多了，读者就失去了读诗的快乐，就忘记了诗意的流动节奏。你说这样的诗歌翻译起来是不是很艰辛，甚至是做无用功？做参考吧：

Middle of the World

地中海

D. H. Lawrence

This sea will never die，neither will it grow old，

nor cease to be blue，nor in the dawn

cease to lift up its hills

and let the slim black ship of Dionysos come sailing in

with grape-vines up the mast，and dolphins leaping.

这海决不会死去，亦不会衰老，

也不会褪去湛蓝，不会不在黎明

耸起它的浪峰波岭

载着狄奥尼索斯❶黑色的扁舟

桅杆上缠绕着葡萄藤

伴着跳跃的海豚

航行。

What do I care if the smoking ships

of the P. & O. and the Orient Line and all the other stinkers

cross like clock-work the Minoan distance!

They only cross, the distance never changes.

无所谓，如果"半岛东方"和"东方"❷

黑烟滚滚的汽轮或任何这样的肮脏物件

徐徐横越这段米诺斯❸的距离！

那仅仅是横越，那距离依然。

And now that the moon who gives men glistening bodies

is in her exaltation, and can look down on the sun,

I see descending from the ships at dawn

---

❶ 希腊神话中的葡萄酒与狂欢之神。

❷ 这是英国当时最庞大的国际航运公司名称。

❸ "米诺斯文明"一名来自古希腊神话中之克里特贤王米诺斯。它是欧洲最早的古代文明，也是希腊古典文明的前驱，距今有三千多年。这里指航船驶过的表面距离是一千多公里，但古代米诺斯文明与欧洲现代文明的距离却是无法估量的。

slim naked men from Cnossos，smiling the archaic smile

of those that will without fail come back again，

and kindling little fires upon the shores

and crouching，and speaking the music of lost languages.

明月赋予男人闪光的身躯

它正兴高采烈，敢于蔑视太阳，

我看到黎明中那些船上

走下赤裸苗条的科诺索斯❶男人，面露古老的笑容

那些古人绝对会重返

在岸上点燃微火

蹲下，吐露富有乐感的逝去的语言。

And the Minoan Gods and the Gods of Tiryns

are heard softly laughing and chatting，as ever；

and Dionysos，young，and a stranger

leans listening on the gate，in all respect.

米诺斯诸神和悌林斯❷诸神

依旧在此窃笑絮语

狄奥尼索斯这个陌生的青年人

倚着大门，倾听，肃然起敬。

❶ 青铜时代克里特岛上的一座古城。

❷ 克里特文明向希腊扩张后的第一个殖民地。

答网友问 3

有网络是真方便，偶尔会有本科或硕士生甚至博士生与我探讨一些劳伦斯研究的论文问题，他们的问题很能启发我，激发我的灵感，我首先要感谢他们，因为我很多年不做论文了，只做翻译，翻译中有了难点会做点 research，读点国外的论文，因此从来不敢以研究者自居，反倒是很多学生很看重我来问我，等于催着我去读点论著学习新潮理论，这样的互动确实很好。

最近有个学生说准备研究劳伦斯文学中的性观念和道德观问题，并且试图从劳伦斯的 blood-consciousness 入手破题。我只能遗憾地说我还没思考过类似的论文。但我觉得劳伦斯注重 blood-consciousness，其实强调的是人的感性认识，强调肉体感觉的重要性，以此来对抗过于强大的现代社会的唯智主义，后者以机器文明为标志。性道德似乎又是另外一回事了。按说一个人的性冲动是天然的，无所谓道德与不道德，所谓道德是只你获取的方式与 social norms 之间的冲突。劳伦斯与有夫之妇私奔，后女方离婚，然后他们结婚，探讨这个基本没有意义。容易钻牛角尖，落入俗套。你可以说劳伦斯就是认为弗里达与她那个呆板的学究教授丈夫不配，应该由他来取而代之，弥补她没有真爱的生活，这才是道德的。可社会风俗不可能鼓励所有的人感到没有爱情就换配偶。因此这样讨论下去就变成了恶性循环，难以脱俗。而他小说里康妮与麦勒斯的私情，按社会标准肯定是不道德。在论文里探讨其道德与否似乎就没有必要。卡列宁娜与渥伦斯基的关系在社会伦理层面上看一言就可定性为不道德。一篇学士论文就很难探讨这个道德问题。每个人的读书结论和探索的角度都是不一样的。我就没有探究过这样的问题。我是以文艺的姿态研究劳伦斯和他的作品的，探讨的是艺术的真实与否，小说的道德讲的是作品的逻辑，是小说是否遵从生活的轨迹而非将作者的主观意图强加于小说。即便是《查泰莱夫人的情人》，我翻译了一遍，等于逐字逐句读了，感受了，但我关心的是小说对社会的批判，对劳动关系的揭示，是资本对自然资源的暴力掠夺问题，是劳资双方在对自然的掠夺中形成的对立统一关系，是人的彻底异化。所以我的序言里重点谈的是这些问题。而劳伦斯的小说是十分感性地触及这些问题的，而且似乎从来没有直接地触及，这就是其小说的魅力所在，尊重了小说的逻辑和小说的叙述道德，因为他讲的是故事，否则就成了论文或随笔。

我想性道德这样的问题是无法通过分析一部小说得到答案的。还是分析一下劳伦斯的小说是如何将感性、直觉的肉体意识付诸表达更容易一些。我不大做学问，基本上是靠译文立身，所以很难谈得深刻，但我希望本科生甚至硕士生的论文都不要过于探索与性密切相关的话题，不要将这个作为论文的焦点，正如劳伦斯所说，all is not sex。因为说俗点，你的论文要"通过"，要拿学位，还是要safe一点。毕业后你自由了，可以随便写什么。我1983年的硕士论文是冒着风险做的，因为那个时代劳伦斯还是被看作一个离经叛道的作家，要直接与普遍的偏见做斗争，非要直面问题，辩称劳伦斯不是"黄色作家"，等于以卵击石。所以我就没有纠结于他的性爱主题，而是研究他的思想，题目就是研究他的"神秘物质主义"，根本不理睬有关性主题的争论，其实就是隐含着他无罪这样的意思了，开篇就旁征博引国际重要学者的专著，把他定位为英国现代文学里最优秀作家之一，等于从前提上否定了所有贬低他的世俗定论。不容否认的是，任何讲故事的大作家其写作都主要是"身体写作"，那是他们表达的方式，但绝不是为了身体而写作，更不是仅仅写身体，他们都有更高远的信念，当然这种信念多是通过感性包括身体来体悟的。所以我们写论文还是应该揭示其升华的那些形而上的精华为好。

我在诺丁汉随沃森的博士班进行论文前的谈论时，就注意到这样的问题。几个博士生都跃跃欲试做点高大上的题目，但大家感到最 safe 的是某个比较劳伦斯与曼斯菲尔德短篇小说的论文，认为这样的论文相对容易通过拿学位。而有的如探索"劳伦斯与资本主义"之类的论文就要暂时搁浅，你写书写期刊论文可以，但作为博士论文最好不要冒太大的险。估计全世界的人都懂留得青山在，不怕没柴烧的道理。

与某学者信

谢谢你的来信。

你提到的劳伦斯的创作与故乡的深度纠结，这正是最触动我心弦的话题。这也应该是很多作家必须面对的问题。

劳伦斯几乎是流浪国外中写成了他最好的作品。《白》和《儿》，还有《迷途女》大致可归为你说的伊斯特伍德乡土小说，但私下以为也不是限于那个小镇，而是城乡对比、文明与野蛮对比中的诺丁汉矿乡。这一点我在我 1995 年的论文（即劳伦斯成长中的"第二自我"那篇）中有过详细的阐述，至今观点没有变。那是比故地小镇更广阔的空间，那一带现在被泛指为"劳伦斯心灵的故乡"。估计称作"心灵的乡土"小说更为贴切。

而《虹》、《恋》和《查泰莱》则背景更为宽广，从小镇走向伦敦，从英国走向了欧洲大陆，尽管其半径的中心支点还是这片矿乡，但视野和深度大为不同了，标志着劳伦斯是世界视野同时是足迹遍布世界的作家了。因此很难再把他的作品局限在故乡来谈。倒不妨研究故乡与世界中游移的劳伦斯视野的坐标，研究他走遍天涯，故乡似一根隐秘的根与线依旧未断，他在这之间获得了自己独特的视野和故事得以展开的一个舞台，故乡对他来说更是文学创作的一个坚实的根基，在此之上他游刃有余地虚构故乡从而获得了一个艺术真实的"故乡"，这个故乡与现实的故乡如影随形，若即若离。他之需要故乡，更是文学的需要，从而他的乡情超越了世俗的乡情。

这是我的一点点体会，供你参考。

关于他喜爱的动植物，这也是我关注的话题，我翻译中遇到了很多，你可以浏览他的作品，找到无数的名称，简直是英国野花的专家。他的诗集就有一部起名为《鸟兽花》，还自己画封面呢。可见他对自然生灵的热爱。他走到世界任何一个地方都会爱上那里的花草，我翻译的《袋鼠》中有他对澳洲花草的赞美，《花季托斯卡纳》干脆就是意大利花草的展示，美丽至极。你都可以参考哈。总之你研究劳伦斯的框架和角度很独特，很有的可研究。期待你早出成果。BBB

华中师范大学的两本杂志与我

我对华中师范大学素有好感，这来源于它 1980 年代的一本开创性的杂志《外国文学研究》（有网友帮我纠正，创刊期是 1978 年，谢谢！），那个时候它是国内唯一的一本这样的季刊，可以说是我们所有学习外国文学的学子包括那些著名的专家教授的必读刊物，比社科院外文所的《外国文学评论》办得早很多年，一个省师范大学办了这样的全国性大杂志，真是推动了"文化大革命"后外国文学的研究和普及，功勋卓著。

本来我只是个读者，从中吸取养分。但到大四时，发现我们学校中文系的一个才子居然成功地在上面发表了外国文学研究的论文，令我在羡慕之余也跃跃欲试，心想咱外文系的在这方面绝不能输给中文系的。所谓珠玉在侧，所谓近朱者赤也。

1984 年研究生论文的英文稿写完，就迫不及待将其中与劳伦斯的《虹》有关的一章翻译成中文投给了这个杂志，题目是《时代与〈虹〉》。没想到，答辩还没开始，杂志社就给我来信通知我拙文留用，请勿投其他刊物。这对一个青年学生来说是多大的鼓励啊！等我毕业参加了工作，杂志编辑的最终刊发通知也寄到了我的新单位，责任编辑的名字是奠自佳。随后杂志也寄来了，当然还有几十元稿费。后来在某地开会，报到时有一位衣着朴实的老师告诉我他就是奠自佳，令人敬仰。这个杂志办事公平，公事公办，对一个小研究生都如此，可见一斑。那时想在这家杂志上发文章的人该有多少！

二十多年过去，同样的华中师范大学的《文学教育》杂志，征稿告示里说明是要收作者版面费的，有些要靠在上面发文章凭职称的人估计就交钱发文章了。但它侵权转载我的文章，八个月都不理睬我，直到我找上门去，才说杂志不盈利，没稿费，但事实上我明白，他们是用我们的文章发头条二条，以此蒙蔽别的读者，让他们以为我们都是交了版面费才发表的，所以向他们收版面费也就顺理成章，此乃低劣到家的把戏。和奠自佳时期的杂志比，判若云泥，天壤之别，到了路人不齿的地步。

此华中师大非彼华中师大。此时代非彼时代也。

我与《悦读MOOK》

这本杂志书是国内第一本用MOOK命名的，大多数学英文的人都不知道MOOK这个词的意思，这就先声夺人，引领了时尚，把时尚与阅读巧妙地结合了起来。封面设计把悦读两个字放在两个O中，很形象地象征一双读书的眼睛，给人印象很深。自从看到这本杂志，我写书评时都不自觉地使用"悦读"二字，说某本书是劳伦斯研究的悦读文本，就是说这样的书不是那种佶屈聱牙、引经据典的学院式文笔，而是有美文韵致的文学研究文本。我相信这本身就是这本杂志对作者写作风格的要求吧。

因为我不在学界，没有每年必须写多少学术文章评职称晋升的压力，所以我自然愿意把劳伦斯研究与散文写作结合起来，以学术随笔的风格叙写劳伦斯的生平和文学历程，尽量少地直接引用名家观点，而是尽量把各家流派的研究成果化作自己的语言间接叙述出来。可能这种风格比较符合这本杂志的定位，我的写作得到了主编褚钰泉先生的支持和扶掖，在杂志上发了好几篇，自以为是悦读文本同时自己写得也很恣肆。褚老师办《文汇读书周报》时我是该报的作者，写过名人专访和书评，他办这个大杂志后又约我叙写劳伦斯，恰恰是我在叙写劳伦斯的过程中开始写长文的时候，就这样写了起来，这些长文成了我即将出版的《劳伦斯叙论集》中的重要篇目，整部集子里的文章大多是按照这种"悦读"的标准来写的，深入浅出，既给专业人士提供了重要的研究参考，也希望能给更多的文学青年和读者提供某种认识劳伦斯的启发。

褚老师还很注意关注我们这些作者的博客，居然偶然发现我为著名作家萧也牧的悲惨遭遇唏嘘感叹的一小篇博文，启发我好好利用自己在中青出版社曾经供职时的所见所闻，写一写这位文学前辈。于是我这个所谓的劳伦斯专业学者竟然一连数日埋头于萧也牧的生平历史中，写出了一篇长文，释放了心中长期的块垒。如果没有褚老师的鞭策，我估计是不会"跨界"到中国现代文学领域中来。这种跨界写作是我一个意外的收获。后来我也注意到杂志的作者中不少人都在进行跨界写作，这样的写作可能因为是"杂交"，读起来更有趣味，也算是悦读吧。

希望这本杂志越办越好，兼容并蓄，吸引更多领域的人进来进行跨界写作，以悦读心情写出悦读的文章来，即使是批评和批判，语言也要有趣、俏皮、机智，进行理性的讽刺和鞭挞，这是我们这个时代所需要的批评精神，从而成为我们读书界的一朵别样奇葩。

（《悦读MOOK》32卷）

劳伦斯的文论及其出版的因缘

"传统"的观念看一个译者的价值往往要看其"首译"的情形如何。就是在这个意义上，一位研究国内劳伦斯文学翻译传播的教授发给我一个他的书稿中对我的一个简介，问我史料上有无出入，这个简介中对我的"第一"的定义是"中国第一个译介劳伦斯随笔的传播者"。对此我毫无疑义。他的史料研究是很准确的。我翻译的那几本劳伦斯长篇，确实也只能放在"复译"中去考察。而成规模翻译其文论与随笔方面，我确实是首当其冲，也仅此而已。

当初刚刚以劳伦斯研究硕士名分毕业走出校门的我急需在本专业上有所作为，首要的是要出版一批劳伦斯作品的首译。但1980年代中期劳伦斯开始进入中国时人们关注的是他的小说，一时间争译抢译其小说的现象蔚为壮观，多人合译、复译者层出不穷，市场居然出现饱和状态，我翻译的劳伦斯长篇只好暂时束之高阁，等待时机。作为专业的研究者，彼时留给我的空间只有翻译别人不译的劳伦斯散文随笔，这一直被认为是劳伦斯创作的支流而遭到忽视。

在劳伦斯热的时候谁会出版他的支流作品呢？时机到来了：在厦门召开的全国美国文学研究会的年会上结识了山东大学郭继德教授后向郭教授所编辑的《美国文学》杂志提出了翻译这本书的选题，承蒙批准后开始翻译并在该杂志上连载一部分。这本侧重美国现当代文学研究的季刊能发表一个英国作家研究美国古典文学的非学院派的文章译文，不能不说既是对劳伦斯网开一面，也是对我这个执着的译者的扶掖，对此我仍然心怀感念。后来这个杂志在热烈的经济大潮席卷下因资金原因停刊了，好像劳伦斯的文章就刊登在倒数的几期上。

1988 年受《世界文学》杂志主编李文俊先生提携，参加了由漓江出版社在桂林召开的外国文学作品出版会议，认识了漓江的刘硕良副总编，虽然我仅仅想翻译劳伦斯，而不是翻译更为有号召力的诺贝尔丛书或更为通俗的艺苑人物传记，这就意味着我不雅不俗，不是他预想中的译者队伍中的一员。但老刘还是在关键时刻对我说：别人都弄劳伦斯的长篇小说，都滥了，你知道不知道他的散文随笔行不行，可以先试试这个。其实他不知道我在硕士阶段的专业就是劳伦斯的非小说，包括散文随笔，但八十年代大家都抢着翻译他的长篇小说，因为那最能体现劳伦斯的"主业"，同时也最能显示译者的实力。我虽然熟知他的随笔创作，但还是不能免俗，认为那是他的支流，因此还是想往小说翻译方面"挤"。出版市场彼时竟然出现了数人合译一本长篇小说的恶劣现象，所以老刘决定把我翻译的长篇晾起来，让我先做散文随笔。这不仅暗合了我的专业，也领跑了当时仅初见端倪的"随笔热"。就这样，我将《美国文学》上刊登的几篇译文提交审读通过后，将全书译出并汇入其他几篇劳伦斯的批评随笔编成一册交漓江出版。同时我还在进行着对未来漓江版的劳伦斯小说《虹》译文的修改工作。

1989 年的我尚未而立，但这本书作为漓江的约稿（还有将要在漓江出版的《虹》）让我有了而立的感觉。我很自信（部分缘自对刘硕良的相信）地在本书前言中写道："愿它从漓江扯起风帆，远航，远航。"后来的事实证明，这个选择率先开掘了劳伦斯作品的另一个宝库，拙译也就"自然而然"执其牛耳。具体到个体作家的作品翻译，往往"先来后到"颇为重要，只要译文品相居中上，就容易先来者居上。当然作为译者应该有自知之明，不以先到倨傲，自我批评意识要强，要不断努力，勤于修改早期的错误，每次再版都要有进步，才能不辜负"先来"的幸运。在这一点上，我一直加着小心，所幸没有辜负老刘当年的发掘。后来这部分随笔又在漓江出了扩充版，名为《劳伦斯文艺随笔》，应该是很多人研究劳伦斯文艺思想的重要参考书。随后时机成熟后拙译《虹》也在漓江出版了。这两本书应该说为我以后全面的劳伦斯翻译打下了厚实的基础。

这本随笔的出版果然使读者认识了一个疯狂自白的劳伦斯，得以欣赏劳伦斯的散文文体，领略了他的批评精神。以中国人对文人散文随笔的热爱传统，劳伦斯的散文随笔从此受到出版界和读者的青睐也就十分自然。这种青睐在英国的劳伦斯学者看来是"奇特"的现象。英国的劳伦斯博士生们几乎不读他的散文随笔，我估计是因为他们要集中精力研究他的小说尽快拿到博士学位的原因，偶尔为之也只是把这类作品看作研究劳伦斯文学的参考，在这方面劳伦斯的非虚构作品远不如劳伦斯的书信重要。我提到劳伦斯散文随笔在中国的畅销和我作为译者的自豪，他们往往报之以困惑不解的表情和皮里阳秋的祝贺。我用"种瓜得豆"的中国成语向他们解释劳伦斯在中国受到的这种礼遇并以我的经历告诫他们：忙着拿学位时可以不读或少读劳伦斯的随笔，但要吃透劳伦斯的精神，要获得阅读的享受，不可不读。

不难看出，当年的译者前言里"远航"的重复方式还是受了香港歌星张明敏的一首流行歌曲《爸爸的草鞋》的影响。可见那个时候我的举止做派包括行文方式都与自己的年龄很不相称，幼稚，但也很可爱。29岁做了父亲的人，还混在北京的一座肮脏筒子楼里不停地哼着流行歌曲自得其乐。那段岁月因为有了为这本书在寒冬和酷暑里的忙碌而变得十分充实快乐，它让我混在烟熏火燎的筒子楼里感到与现象的世界和人群保持着距离而毫无痛苦。也因为有了劳伦斯文学对我的支撑，我才能十分超脱地看待现实中的生活，并从这种世俗的生活与我的精神生活的巨大反差中提炼出了某种"意义"，这种感悟激发我写出了以我的生活环境为背景的长篇小说。

如果说劳伦斯文论在中国的出版有什么时代和个人的"烙印"，以上简述即是。我感谢那些在我几乎没有"空间"的时候给我提供了机遇的师友，他们扶助了我，也为我们的读者提供了较早接触到劳伦斯散文随笔的机会。当时正值弱冠，仅仅是暴虎冯河，看到劳伦斯血气方刚的批评文字就引为榜样。现在看来，我翻译的那批美国文学论，正是劳伦斯刚及而立之年的狂洋文字，由与他当年同样年纪的文学青年翻译应该是"绝配"。现在看当年的译文，虽有稚嫩和缺陷，但那样年轻的笔力却是难得宝贵，只有年轻的脉搏才能感应劳伦斯年轻的脉搏，才会有那样中文的遣词造句与之对应。二十年后我用学识和理性纠正当年的稚嫩，但颇为欣赏地保留了很多当年的句子，那是与青春和热情有关的肉身之道。在这一点上，翻译和创作有同工之妙。

以小说和诗歌风靡文坛的劳伦斯居然在而立之年前就开始了自己的文学批评写作。只因为他的小说家声誉隆盛，其批评才华被忽视很久，直到大约1960年代后期才逐渐被批评家发掘，承认他在文艺批评上的特殊禀赋，进而有了"批评家劳伦斯"的美誉。而我在1988年翻译其批评随笔时尚无深入研究，仅仅凭着血液的感知认同其汹涌奔放的风格和沦肌浃髓的狂论。以后的系统研读，才逐步发现了一条比较完整的脉络，在劳伦斯散文的翻译与研究上终得系统化。

"旧雨"变新知

前两天又有一场"旧雨"变新知的美谈，不得不感慨劳伦斯这条文学的生命之线会把三十年前可能经常擦肩而过的同校校友牵到一起的奇迹。

一个遥远的南国的电话打来告诉我他是我母校的文学教师，这些年一直致力于劳伦斯的研究，而且还在给本科生讲授劳伦斯课程。他说其实早就用我的劳伦斯译文做研究了，但没想到过这个"黑马"是他的老校友，我们是同一锅糙米粥喂出来的。

他是在浙江的一次会上遇到《世界文学》主编余中先先生，打听黑马何许人也，方知我竟然是他的同期校友。原来他那几年在中文系读本科，我则在外文系读研究生，我是三年制，比他晚半年入学，早半年毕业。那三年我也去过中文系听大课，我们的宿舍同在长安山的一面，只差几个台阶。师大人都是"山人"，葱茏的长安山依山而建好几级台地宿舍，晚上看上去漫山的窗口闪烁，如星汉灿烂，那是我最喜欢的景色：白天在山上眺望逶迤的闽江长练，夜里看山上的灯火明灭。每天早晚三顿饭的时候，我们楼下的马路上就会响起本科生们奔向饭堂山呼海啸的拖鞋声，我就知道我也该去打饭了。我们和本科生一起排队买饭，有时还乱成一团，买好的粥要高举在头顶上挤出队伍，有一次某个人的粥碗歪了，热粥洒到了几个人的头上。这个场景是我们新年晚会的小品保留节目。福州人习惯在粥碗里洒酱油，因此食堂里备有一个巨大的酱油盆，我们买了粥，再到盆里舀些酱油淋上。喝酱油粥的习惯我一直保持至今，可能是福州留给我的最明显的传统。

我在那个面朝闽江的山上的学校拿到了我有生以来的最高学位——硕士后就回了北方，与母校没有学术上的交流，因为我是在文学和学术圈子外做文学，而且不做纯学术研究，是文学小贩，因此也就没有交流的价值。我唯一能为母校做的一点事是以一个毕业校友的名义给校图书馆送了一批我的书，为那里可能喜欢劳伦斯的学生提供一些相对上乘的素材。现在忽然出现这样一个校友，如此专业地研究劳伦斯，让我惊讶之余也感到惊喜，如果我的译文和对劳伦斯的叙写能对他们的研究有所助动，那就算我对母校的回报吧。

令我感慨的是，我们相识居然还是通过《世界文学》主编余中先，他把我的联系方式给了那个校友。而我对余老师是会时不时以余哥相称的，偶尔也见面，博客上也留言调侃，可他为我们牵线后也没告诉我，直到今日我才知道这些。因此除了感慨，还是感慨。

全世界劳伦斯粉丝联合起来

我愿意把世界上的劳伦斯作品粉丝称作"劳力"。这些业余的读者沉溺于此，个个都成了专家，其热情不亚于当年的京剧票友。这不，雅虎上专门开了一个用劳伦斯早期的理想国"拉纳尼姆"为名称的通讯组，"劳力"们纷纷把自己的读书感想和考证发在上面，相互启迪。这些"劳力"可真叫专业，比专业的专家还细致。今天收到一封通信，称很快就到 6 月了，那将是劳伦斯的《菊香》发表 100 周年的日子。这有什么可纪念的呢，一个不错的短篇小说而已。可在"劳力"们看来这可非同小可。人家考证出来了：这是劳伦斯的无数个"第一次"之一。于是我赶紧查劳伦斯的发表史，看个究竟：

第一次发表作品是《序曲》，1907 年，在《诺丁汉卫报》上，因为是征文，劳伦斯 22 岁，少年气盛，想在三个类别里都得奖，就把自己的三个作品用自己和两个女友的名字发了过去，结果用杰茜的名字投的稿得了奖，其实那是他自己的短篇小说。

第一次发表诗歌，是杰茜发现他的诗才了得，鼓励他给杂志投稿，但劳伦斯胆小，怕退稿没面子，于是茜姑娘毅然自己抄了他的诗邮寄给了当时的新潮杂志《英国评论》，结果一投而中，主编因此发现了这个煤矿工人的儿子是个文学天才，简直就是黑人种植园里出了一个白人绅士一样，从此扶植劳伦斯的文学创作。

第一次在《英国评论》上发表小说是《鹅市》（诺丁汉当年的"大集

称为鹅市），但这小说是劳伦斯和女友露易合写的，不能完全算他自己的作品，虽然用他的名字发表。"劳力"们不承认这是劳伦斯的作品。

第一次出版长篇小说是《白孔雀》，24岁写完，不断修改后26岁出版，一炮而红。

真正第一次独立发表的短篇小说才是《菊香》。

于是有的"劳力"就认为值得好好纪念。这篇小说被他们认为是劳伦斯短篇小说创作的真正起点，算滥觞，由此可引发一系列的关于英国中部劳动阶级生活、文化的话题，能考查小说的方言价值，小说的象征主义意义等等。

因为这篇东东，我发现诺丁汉大学专门开办了一个用这小说命名的网站，对其研究和探讨可谓无所不包，图文并茂。原因很简单，这是劳伦斯真正文学的滥觞之作，是他的文学之根，值得如此开掘。

还好，巧合的是我的英汉对照新书《英格兰，我的英格兰》收入的第一篇小说就是《菊香》，对这小说很是推崇备至一番，当然多为鹦鹉学舌。而且这篇东东是我20岁上第一次接触到的劳伦斯作品，那时根本不知道这个作家在英国文学史上的地位如何，只觉得好。后来就偷着翻译了出来。这也是我的第一篇翻译作品，虽然不是第一个发表的，这一点与原文的遭遇一样哈。

《菊香》是劳伦斯在《英国评论》上的发轫之作，他以此跻身文坛。作品描写一位矿工的妻子在等待迟归的丈夫时审视他们肌肤相亲但心灵相异的婚姻生活，揭示女主人公凄苦的心境。丈夫在井下窒息而死，妻子为死去的丈夫擦身时，她熟悉的躯体却恍若陌路。小说以强烈的心理震撼见长。有评论家甚至指出这篇小说简直如一幅油画，画的中心是一个悲伤的妻子在为死去的丈夫清洗身体，生死相对时，这位新寡产生"顿悟"。"顿悟"的写法据说是现代派小说的重要特点（以乔伊斯和普鲁斯特的作品为代表），凸现的是人物的心理风景。从《菊香》开始，劳伦斯的小说就在传统的写实与现代派的写意与表现之间营造新的气场，他无法丢弃现实生活，因为现实是他必须依傍的背景，而他又不甘心仅仅成为一支描绘现实的画笔。于是他有意无意之间借助陌生化、表现主义和象征主义的手段重构现实，甚至不惜放弃叙事的严谨，淡化情节，突出主题。其结果就是小说叙事的张力得到强化。这样的写法从技巧上论应该与劳伦斯从小练习绘画和写诗有很大的关系，我们读到的是一个画家和诗人笔下的小说，其文字怎能不是浓墨重彩、紧张而凝练？有人称这样的写法是"戏剧诗"。劳伦斯根据同样的情节创作的话剧剧本《霍家新寡》（The Widowing of Mrs. Holroyd）则在这方面体现了劳伦斯的用心，这个剧本后来又被拍成了电影。大段的独白和新寡为亡夫擦身的聚光镜头完全表现出了前面所说的那种油画质感。

至于小说中被认为无处不在的象征、意象、暗示，我认为，青年劳伦斯可能不是刻意为之，而是一种不自觉的非理性写法，与现代主义方法高度契合，在后人看来颇具现代派的风范。如小说伊始，一个妇人走在火车和篱笆之间，被解释为象征着故事中死去的矿工丈夫夹在生活的困境中，暗示着他"窒息"而死的结局。菊花本身就是死亡的象征，一开始就给读者不祥的预兆。小说开头的那一段火车头"came clanking, stumbling down from Selston with seven full wagons"这一句里很多单词都是压头韵的，这种拟声的写法被看作是对矿区残酷压抑背景的揭示，是对工业主义的抗议，等等。这样一来，一个简单的故事，却在不简单的叙事中获得了多重的解读，读者在陌生化的叙事和强化的人物内心与外部风景的氛围营造中获得了全新的阅读体验，这是对传统小说的继承和超越。

为小善也难

还记得前两年美国金融危机时我曾经客居的纽约某写作坊向我们这些前坊友征集捐款的事，征款信发来我才发现，这种捐款并非一定要你是大款，人家也不狮子大开口让你多捐，最高限额是 5000 美元，最低可以是 100 美元，让大家量力而行。这才明白捐款也可以是为一"小善"，普通人也能做。为了回报当年人家的扶助，我量力了一下，捐了一个 100~500 之间的数目。觉得没有增加负担，还表达了自己的感激之情，在人家关键的艰难时刻表达了一下。这种小捐款类的回报让我感到自在。

去年收到两本劳伦斯译文小册子的稿费，应该说是旧文重编，没费什么力气的，就想到当年在出版社当编辑时自己选编了一本美国小说选，选了一些大翻译家的短篇小说译文，但不知道这些人的地址，无法联系他们，要打很多电话问才行。一次开会见到北外的周珏良教授，正是译者之一，我正在打听他的地址给他寄稿费。于是赶紧向他要电话地址。记得周珏良高兴地对赵萝蕤等人说：真没想到，这不等于白捡嘛，回去我请客。1986 年我们工资只有 60 多元，周教授估计工资有 200 元，这 200 多元的稿费比他工资还高，他就能请客花掉，真是大气，估计因为是"白捡"。

我这笔稿费也应该算"白捡"，捐出去也应该不算损失什么。于是就想捐给劳伦斯家乡 Eastwood 小镇子上的劳伦斯故居纪念馆和镇图书馆。这两处地方我 10 年前曾经多次造访，前一个有劳伦斯生平的展览和劳家居住环境的完全复原，后一个里有劳伦斯全部作品版本的收藏，而且我和诺丁汉大学的同事们常在那里开讨论会。这两个地方对我研究翻译劳伦斯都有很大的影响，但它们都是属于公费拨款的那种小文化场馆，经费应该是不宽裕的。每次我们开会的茶点都是个人掏腰包，每人一镑，所谓茶点就是茶歇时喝杯奶茶，吃两块饼干，其实没有也行，喝点热水也能对付，但英国人没有这一顿是不行的，这是传统。但图书馆又没有足够的经费给这么多人提供一次茶点，所以就个人掏腰包解决。劳伦斯故居前些日子宣布收到一笔捐款，可以把维多利亚风格的壁纸换一遍。我想如果我捐点款解决他们几次茶歇、换几平米的壁纸也很好。雪中送炭做不到，锦上添花还行，也不是见锦就能添花的，添花也要有选择，也没本事动辄就添，所以要添到点上，这就是小民的小善行为，或者叫伪善行为也行。

于是我就给管理这两个地方的机构发了电子邮件，希望能为这两块锦添几朵苦菜花儿：我很想向伊斯特伍德镇劳伦斯纪念馆捐献一小笔钱。我可以发电子邮件授权并把握的维萨信用卡号发给你们由你们从中扣款吗？这是我习惯的最简单的捐款方式。

信发出去半年多了，没退回，但也没见回信，我几乎忘了这事。

昨天翻译劳伦斯一篇讲他当年为一小笔可怜的稿费望眼欲穿小文章时，心生恻隐，为这个大天才当年的捉襟见肘穷日子叹息，随之蓦然想起我那封没有回音的捐款信，便感到不可思议和气愤，那感觉简直如同劳伦斯收不到稿费一样。我想估计是我信里说的那个 some little money 令他们不齿吧，也许是我要通过信用卡捐款的方式他们无法接受。但无论如何你该回信呢。"勿以善小而不为"，这话对我们双方都有用，我要为，他们不能看不上这几朵蔫巴的苦菜花，不是为他们，而是为我们都热爱的劳伦斯文学和光大我们偶像的人格。于是我一定要弄个究竟，发了信过去：您好，我去年 6 月给你们写了下面这封信但从来没有收到回信。我对这种"没有回音"的状况感到十分难过。希望这不是你们的错，或许你们没有收到信。如果你们看到了这封信，请告诉我怎么向镇图书馆和劳伦斯纪念馆捐款。如果信用卡的方式不行，或许您可以给我一个银行的捐款账号，我汇款过去。

不知什么原因，这次回信速度很快，几个小时后就回了。也没解释原来为什么没回，我猜是查信件的当时的某个工作人员没拿我的信当一回事，不是嫌钱少，就是嫌信用卡扣款麻烦以为我是在开国际玩笑。但这次查信件的人认真了，给了我回音。谢过我的善意之后，信里说您可以寄支票吗？我们肯定可以用这笔钱来把场馆的说明书翻译成中文，从而方便更多的中国游客享受我们的服务。最近我们这里确实来了一些中国客人，他们英语会的不多，但仍然喜欢来这里。请告诉我这样是否可行，并告知我大概您准备捐多少，我可以据此安排怎样使用这笔捐款。

他们真拿这当回事了就会很认真，特别说让我告诉他们一个数目，他们好告诉我怎么用这一小笔捐款，最好是用这小钱来翻译印刷场馆的说明书，从此那里也就有了中文的说明书了，因为这些年那里的中国游客多了。这主意当然好，我愿意。

为小善可不比为大善容易。我想如果我一下子捐上万英镑，估计即使是个恶作剧的信也会马上收到回音的。偏偏我是为小善，反倒过程挺艰辛的。越想越可乐。

这是联系过程很曲折。接下来就是联系上之后的过程了，记下来也是一番苦乐：

对方说支票最方便，可我们中国普通人是没权利拥有支票的，所以我赶紧解释一番，请他们提供一个银行账号。折腾得人家找了上级部门才拿到了他们区政府的银行账号发给我。我就立马行动，周六下午赶到中国银行去。结果下午4点以后该行就关门了。回府。周日我又去了，进门后人家告诉我对不起，国际汇款只能在1~5办，周末总行不办公的。我说这不是要占用我上班时间吗？

回答：你可以利用午休时间来啊。

　　周一我又去，银行办事员很认真，说要在柜台外替我打印好单子再送窗口办理，那样省时间。我就同他核对一切地址账号等数据，打印好单子开始办理汇款，结果营业员小姐说我少填了一个IBAN（国际银行账号），我说只填英国国内的账号不可以吗？说肯定不可以。以前是可以的，现在不可以了。得，白排队了半天，回府，找那个国际账号去吧。

　　周二我利用开会前的时间赶到最近的另一个营业点办理，没想到，同是中国银行，点跟点不一样。这里没人替我打单子，我要全部用手填。我的天，我要填那么多的字母，一笔一画地填。终于填好了，然后排队。这个银行的窗口叫号很特别，三个窗口里有两个是VIP窗口，只有一个是普通窗口，普通窗口的人肯定要排长队。等了很久排到我，把单子交给柜台小姐，结果小姐说她要按照我手工填的重新敲进电脑里去。我立即惊讶地说：昨天那个营业点比你们先进，人家是柜台外有人填英文汇款单，核准了，联网发给柜台，柜台就省大事了。小姐说：我们这里没那么多人手儿，更没那么多会英文的。我开玩笑：来汇款的都会英文，我们可以自己打单子。小姐对我的建议表示有趣，但说不可以那么做。我其实也是开玩笑缓解气氛，因为排队太久，烦了。于是她开始一边敲一边念着字母与我核对，因为是通过扩音器讲话，外边的人都能听见我们在念英文字母，后边几个要赶在3点外汇买卖停止前卖澳元的人急得直跺脚，催我你们快点啊，马上就停了，3点停。我就不高兴：我这是填英文单子呢，大妈，填错了字母就打回来了，我还得再来一趟。你总不能让我停下来先让你卖澳元吧，我好不容易排到的呢，您先忍忍吧。

　　这一通折腾，估计有二十分钟的样子。总算弄完了。大堂经理大姐还大声提醒里面的小姐说：别忘了盖那个公安防诈骗的章。于是里面的小姐一番忙乱，找那个章，说是就是找不到。我就惊诧：防诈骗，谁诈骗啊，是防我吗？这笔英镑是从我账号上划走的，要诈骗也是你们诈骗我啊，怎么成了我是诈骗嫌疑了？那大姐笑说：反正得走这么个手续，就算咱们谁也没诈骗谁行了吧？不盖这个章，你就汇不成款。说完，我们都大笑。后面等着卖澳元的就喊别笑了，快点吧。

然后大姐就赶紧让小姐去吃午饭，让别人替她。"我们容易吗，到现在还没时间吃午饭呢。"我看她挺富态的，就笑："少吃点还减肥呢。"她就笑："别提减肥啊，我倒想减，可到饭点儿就饿。"我说你就少吃干的，多喝粥，带一罐米汤，饿了就喝。她说："那不行，两天不沾荤的就打晃儿。"我大笑，那还减什么呀，咱就敞口吃红烧肉得了。

逗着闷子，总算把这笔捐款汇走了。真不容易啊。谁说"一个人做点好事并不难"？我做点好事就这么难。谁说"难得是一辈子做好事"？确实，做一件都这么难，一辈子都做好事还不得难死？我要改这句话为："一个人做一点好事都挺难，那就别做太多，千万不能一辈子都做好事。"

（本文部分发表于《新华日报》2011 年 3 月 25 日）

因为劳伦斯与老友江湖重逢

　　离开诺丁汉九年多了，我当年的导师也早就退休离开了他创建的劳伦斯研究中心去云游世界，但那个铁打的营盘还在，流水的兵还是一茬接一茬，更为重要的是与劳伦斯有关的一切仍然在那里受到呵护，欧盟援建的劳伦斯艺术中心就矗立在大学校园里，成了诺丁汉的一个重要艺术场馆。所以我们这些Lawrentians 总要时常关注那里发生的一切，似乎那里成了一个小小的寄托。

　　没有想到的是，在网上查阅诺大的信息时，发现当地中国学联的网页上有一则有意思的消息（当年我们都注册参加这个网页，经常在上面发消息租房子，买卖二手商品，寻找旅游资讯），有个学生在祝贺某人荣升化学系教授，称他是少有的当上教授的中国人。这个名字居然和我 27 年前在福建师大读研时化学系的一个同学名字一样。我和这个朋友已经整整 27 年没见过了。我在网上键入他的名字，果然查到这个新任教授就是那个同学，就给他发了信，很快就联系上了。光阴就是这么飞快地流逝的。我受到提醒，我们毕业整整 27 年了，大家都像独行侠一样相忘于江湖，很多人都没了音讯，如果不是网络，如果不是因为我研究劳伦斯与诺丁汉形成的关系，估计这辈子就真的相忘于大江大海了。

　　同学小 C 即现在的 C 教授当年从庐山下的师专考进来，来后据说首先要补两门大本的课程，估计比其他同学压力都大，但他很快乐，似乎没什么压力，还时常吹吹口琴，各种娱乐活动都很积极，看来是很聪明的，如果是我，光这个补课就会让我崩溃，还怎么跟得上班？可小 C 就是若无其事地轻松过关了。同样师专考出来的另一个师弟也是很聪明过人，比我们这些本科四年混出来的都厉害，现在已经是国内屈指可数的文艺理论家之一了。

每天晚上大家从图书馆和实验室回来的那段时间最为快乐，因为我们研究生楼是单体板楼，整条走廊也是阳台，就像一条甲板，晚上的时光大家都聚在阳台上，聊天，下棋，各个房间出来进去串门，不同系的同学都像一个班的人一样。因为我和小 C 年纪最小，都是中学—大学—研究生的单纯经历，与那些农村工厂等社会上混了多年的师兄们比要小 4~8 岁，所以我们经常悲叹怎么看问题总是那么天真，怎么能像那些师兄一样尽快成熟起来。那个年龄差距是不可逾越的，看着"老奸巨猾"的师兄，我们望洋兴叹。

毕业后大家就各奔东西了，连留在母校的那些都鸟兽散了，大多去了美国发展。这孩子自己回了故乡江西，后来就音讯全无。这些年中偶然遇到些老同学，都说不知他下落，好像他没去美国，不知云游到何方。我感觉他是特立独行的，说不定去了世界上哪个角落，仍然在吹着口琴快乐地生活。今天居然这么偶然地发现他居然从 80 年代末开始就一直在英国，走过了从学生到正教授的全过程，中间那些步骤我也不懂都是什么，如博士后以后的那些 research fellow，research associate，reader，似乎相当于讲师到准教授的几个阶梯，反正最终是成了正果，当了正教授，从 24 岁毕业到他拿了正教授一晃就是又一个 24 年，有了地位，有了儿女，在英国混得像模像样，有滋有味。我在英国的那年两次去过他当时工作的剑桥旅游，居然与他失之交臂，估计我是在康桥康河里流连，他在实验室里做实验，那时他还仅仅是 research associate，正努力上升着，即使我们在剑桥的街上走个对面，也不会注意对方，他在想自己的实验，我在想找好的景点拍照。

诺丁汉这个铁打营盘里多了一个我当年的同窗，这是多么令人惊讶和快乐的事。原以为我的导师走了，那里我就谁也不认识了呢。还有当年在诺丁汉英语系时还偶然发现了我研究生时的一个师兄在那里读了三年博士的踪迹，但去了哪里下落不明，多少年后因为我们都在译林出版社出书，才由那里的编辑朋友把我们重新联络上。这么一算，我们当初两届学生也就 30 来人，居然有 3 个人与诺丁汉前前后后有这么大的关系。看来世界还是太小了。说不定哪天我又会发现有哪个老同学坐镇诺丁汉的某个学院，我们还不算老，还有很多时间，还会有很多奇迹发生，如美国诗人弗罗斯特所说：

But I have promises to keep,

And miles to go before I sleep,

And miles to go before I sleep.

我们都是世界的过客，都是某些铁打营盘里的流水兵，只要我们牢记自己的诺言，为自己的理想努力，不停地走下去，只需不停地走，相忘于江湖的人就会在江湖上不期而遇，miles to go，miles to go。偶然的江湖相遇是十分快乐的事。

小文发在博客上后有网友提醒老杜的两句诗可以状此景，录下：

人生不相见，动若参与商。

今夕复何夕，共此灯烛光。

解读诺丁汉

　　英国诺丁汉大学在新世纪采取的第一个重大举措是聘请中国人当她的名誉校长。读到这条消息时，我正坐在诺丁汉大学湖光山色中的图书馆电脑室里。立时，那碧水天鹅和绿茵古宅在我眼中都变得别样亲切，似乎我是置身一座中国南方的大学里一般——这里冬天的气候实在与闽赣一带相似，时而淫雨绵绵，偶尔雾雪一色，忽然又阳光明媚。

　　诺丁汉位于号称英国心脏的中原地区，是英国最古老的城镇之一，城区内依旧一派古色古香；英国的绿林好汉罗宾汉就在这一带杀富济贫，闻名世界；它是大作家 D.H. 劳伦斯的故乡，当地对其故居和与其作品有关的纪念景点的保护与开发力度之强，似乎可与莎士比亚故居媲美；大诗人拜伦曾在这里生活，他的心脏从希腊运回就葬在这里；药业大王布特勋爵在此地发家并走向世界，而诺丁汉大学这林木葱茏、水波潋滟的 300 多英亩校园就是布特勋爵所捐赠；现在又有了一位中国校长在那钟楼里坐镇……这一连串毫无内在联系的外在符号，令这座城显得扑朔迷离，难以解读。借用劳伦斯的话说，这里的"地之灵"何在？

　　诺丁汉知名于世不能不归功于劳伦斯的文学创作。而诺丁汉的繁荣不能不归功于布特勋爵等工业巨子打下的坚实基础。人文精神与产业文明，这似乎是我解读这座城市的两个关键词。有趣的是，劳伦斯曾与布特势不两立，著文冷嘲热讽；受惠于布特捐赠的大学教授们对布特勋爵皮里阳秋者大有人在，语体学教授们甚至就在这座钟楼的教室里嘲弄其"段落"位置与整座校园如何不成比例，败坏了诺大这篇散文诗的起承转合。

从劳伦斯的《恋爱中的女人》和《虹》里可以读到，90年前的诺丁汉是一个有电车穿行其间的古雅小城市，有一两条繁华的主街道，商贾云集。有庄重的旧大学，壁垒森严如同教堂。山坡上有高档的洋房住宅。有火车通往伦敦，有大运河通往附近的矿乡，河面上汽笛长鸣，一派繁忙。还有灰暗的窄街，光洁的石子路，世俗嘈杂的集市。《虹》里那个牛市至今还在，改成了旧货市场，那种农民进城的狂欢场景让劳伦斯写得活灵活现。这座城是工业文明与农业文明的交汇点。今天的市中心仍然保留了19世纪的风貌，让人常常产生是走在某个影视基地搭建的景物中的感觉。这种如梦如幻的恍惚感，真是醉人。

劳伦斯所著《虹》，《恋爱中的女人》，《儿子与情人》，《白孔雀》和《查泰莱夫人的情人》这五本以诺丁汉一带城乡为背景的小说气势恢宏，熨帖入微，是这一带城乡人民生活和心灵的忠实记录。这座古城竟因了这个矿工的儿子名扬世界。

但这个城市的中产阶级氛围和资本主义文明对一个穷作家来说是异己的，这里没有他的位置！20年代布特捐赠了诺丁汉大学新校园，校长办公室所在的主楼竣工，全城为之沸腾。但劳伦斯对此很是愤愤不平，写诗嘲弄一番，认为那是资本家在作秀、立牌坊，花的是劳动人民的买药钱，其中就有他的零钱。他悲叹："文化的根是深深扎在 / 金钱的粪堆里。"

但布特的公司是诺丁汉也是英国的支柱产业，诺丁汉的发展很是得益于布特等几大工商界巨子（大学里的几座主要建筑均为实业家所捐赠，当然分别冠之以施主的大名）。布特后来晋爵，用的是滋润诺丁汉的特伦特河的名字——特伦特勋爵，意蕴颇雅。虽然在世界范围内他的名气最终无法同劳伦斯比肩，但他，是诺丁汉人的铁饭碗，而劳伦斯则是饭后的清茶咖啡和客厅里的水彩画。对一座名城来说，两者缺一不可。两人的铜像都矗立在大学里。两种精神的制衡似乎让这城和这校园显得和谐无比，教人读得心旷神怡。

诺丁汉，钟灵毓秀，人杰地灵。而我则有幸在布特勋爵捐赠的园林大学里研究劳伦斯文学和这个地区的人文历史，我所在的劳伦斯研究中心恰恰与校长办公室在这同一座大钟楼里，在此可俯瞰诺丁汉城乡气象万千的景色！历史与现实竟是如此奇妙地交叉叠印着，那地之灵就在我身边徘徊。

（《文汇报》2001 年 2 月 22 日）

诺丁汉三记

一

翻译到劳伦斯《儿子与情人》的一段，觉得里面写诺丁汉城里的地方似曾相识，至少那个圣玛利亚大教堂我去过，印象很深，那是当年年轻的劳伦斯流连忘返的地方。然后看到故事里的人物从唯一神教派教堂出来，到了霍洛斯通街，上车向河边行驶，那些地名和建筑完全是真实的，而且方向绝对准确。看来劳伦斯是喜欢这条路和这个方向的，他当年在城里打工时肯定是工余时间穿过运河和特伦特河观光过，小说主人公保罗赞叹诺丁汉的运河景色"简直就是威尼斯"。相信那也是少年劳伦斯初到诺丁汉的感受。诺丁汉是这个小镇青年开眼开窍的地方，是他通往世界的跳板。他在城南体验过真是的诺丁汉城市生活，在城北接受了从中学到读大学的教育，还和城北大别墅里的教授夫人成了情人，在皇家剧院里出双入对。可以说诺丁汉的高大上和俗众生活他都有了体验。于是他在小说中也对得起诺丁汉，时不时真实地将主人公置身于真实的街道和景物中。现在的诺丁汉人看看一百多年前的地名和建筑，这些在劳伦斯的小说里都有记录，关键是这些街名还依旧，那些建筑还在，教堂还是教堂，森林公园还是森林公园，没有被城市改造强拆盖大楼赚房地产钱，这简直在我们看来是神话。

在车上他们基本无话。特伦特河桥下黑流滚滚，水涨得很高。通往克尔威克的路上一片漆黑。他住在霍尔姆路尽头，那里是城市的荒凉边缘，隔河与施耐顿修道院和陡峭的克尔威克森林前面的大草坪相望。洪水漫出了河堤，他们的左边就是寂静的水，那边一片漆黑。他们几乎吓坏了，慌忙顺着街边的房屋前行。

劳伦斯在此忠实地描述了从城里到城南的路径，所有地名都是真实的。男女主人公从乘车向南，穿过运河和特伦特河上的几座桥，到了河南岸沿河的霍尔姆路。河北岸的修道院和森林都是真实的，现在依然是修道院和森林公园。

二

翻译《儿子与情人》过程中发现英国老百姓家里当年有一个 penny-in-the-slot metre，查字典说是"自动售卖机"，觉得不靠谱，为什么故事里说屋里停电，这东西咔嚓一声响，跟自动售卖机有什么关系呢？

到谷歌一查，才知道，原来这是英国上世纪初百姓家里的煤气表，但需要投硬币启动，而且煤气管线顺房子的墙和屋顶布线，通向每间房，房顶上装个吊灯，燃料是煤气，当时这玩意儿很是摩登了很多年，比油灯先进多了，也亮多了。最好玩的是投硬币让煤气表工作，硬币掉光了，煤气就断了。据说煤气公司整天有人拎着桶到各家的煤气表里去掏硬币，真是个力气活儿呢。不翻译还不知道英国有这么一段历史。而且这东西居然传到中国上海，上海的路灯和很多公司舞厅也是烧煤气的。后来才换成电灯。但不知道上海当年是否也用这种投币煤气表？估计老年人还有记得的吧。由此可见上海那个年代绝对时髦。北京没有经过煤气灯这个阶段，而直接从油灯进入电灯时代。那之前的路灯是煤油灯，每天有工人爬高去一盏盏点亮，清晨再一个个熄灭，真是麻烦呢，但也让人看着很温馨，觉得这世界有盼头儿。据说煤气路灯也是这样需要工人一盏一盏地点亮。有了电灯，那些点灯的就失业了估计。于是我就给这个词做了这么个注解：

19世纪末英国开始使用煤气灯，城市住户里安装煤气表同时为煤气灶和煤气灯供应煤气。这种煤气表采用投币方式，硬币消耗光后就自动断气断电。这些硬币由煤气公司的人专门开箱收缴。这种煤气灯很快就传到了上海，代替了油灯，上海的路灯和公共场合在电灯之前曾经是煤气灯。

<h2 style="text-align:center">三</h2>

旅居诺丁汉一年，回国也有十几年。当初因为还是用胶卷相机，很吝啬，拍得照片不多，对自己的旧居竟然一张照片没拍，就是觉得那是很普通的英国联排房，普通到不值得记住。可这几年一想起那年的生活，什么白金汉宫，什么滑铁卢大桥，什么大学，最想念的还是我住的那间老屋的三层和那条老街。前两年用谷歌地图的功能竟然搜出那座房的外观，这已经是奇迹了。但就是心里憋着念想儿，看谁去诺丁汉时帮我把那条街拍下来。今年复活节画家和作家怀存女士专程从伦敦去劳伦斯故乡游览，而且是自驾车游，我就托她进诺城时沿阿尔弗里顿大街找到我住的那条温彭街和房子，帮我把旧居拍下几张，留作纪念。感谢怀存同学，善莫大焉。Alfreton Road是劳伦斯进诺丁汉的必经之路，有时赶不上车就走九英里回家。这条老街依旧百年风貌，真是难得。从我住的地方出去不远就是著名的诺丁汉体育场和劳伦斯的中学和大学，再远处就是弗里达与威克利的山顶别墅。找房子时居然找到了这个位置上的房子，真是幸运。

上传了几张，供朋友们浏览，英国小城市就是这么朴素安静，也干净，还是那么可爱。我一定会再去的。

街两边都是这样的房子。一家一栋。楼下一厅，一个厨房兼餐厅，二楼两间卧室，三楼一间卧室加平台。出租的话客厅就改成卧室了。临街的玻璃窗都没有防盗铁栏杆，说明治安好。如果在国内，这样的临街房还不得全装满铁栏杆呀？

阿尔弗里顿大街，一边连着劳伦斯故乡，一边连着诺丁汉老城。是劳伦斯进出诺丁汉的必经之路。而我则多次从这里走过去阿斯达超市买吃喝用品，吃了一年阿斯达99便士一公斤的面包。有这些超市的食物滋养，我在诺丁汉期间写了两本关于诺丁汉和英国的书，一本是游记《心灵的故乡》，主要是劳伦斯故乡，只有一小部分写诺丁汉。另一本则是我的英国见闻录《情系英伦》，写的是整个英国和英国生活。我把书寄给诺丁汉大学英语系，证明我没有白当这个访问学者。他们很是赞叹我短短一年里写了这么多作品，但他们也不清楚我的定位：一个劳伦斯学者怎么会写英国见闻录，怎么会写诺丁汉游记。所以他们也只是惊叹而已，并没有或者说也不能把我的书当成本系的学术成果标榜一番，仅仅是留个纪念罢了。

宁波的诺丁汉大学

2001 年在诺丁汉时看它那个要向远东扩展的架势，就在一篇文章里断言它会在中国建分校，当初猜想它的合作伙伴可能是复旦，因为杨福家校监是复旦的前校长。估计会在浦东或江湾新城那边开辟校园。不出几年工夫，果然中国分校开张，却是在宁波，杨教授的家乡，合作伙伴是当地的一个民办学院。这一方面说明浙商厉害，一个小地方的民办学院能和世界排名前 100 的诺丁汉合作办中国第一个中外合资大学；另一方面也说明了诺丁汉的实际，为了在远东创个第一，能如此放下身段。国际教育，开先河之举，创业初期，能办成，本身就是创举，就是胜利。

看到校园照片了，果然主楼是模仿母校的主楼风格建的，就感到亲切。虽然那个英国的母校不是我的母校，但我在那里连玩带学出没了一年，没读学位，就当是我的一个姨母校吧，因了这点勉强的亲情，到了宁波我是无论如何要去看看它的姿容的。

因为公务排不开时间，我只能在下午 5 点散会后匆匆打车从城里赶过去，宁波的诺丁汉位于很远的郊外。出乎意料的是，我在市中心拦了几辆车，司机都说不去，还有的说不知道。我一头雾水：难道这个大学在什么见不得人的地方？

好容易打到一辆车，我把疑惑一说，那司机哈哈一笑道：你是初来宁波吧？我们这里下午 5 点是出租车司机换班时间，一般都不载客的。哦，两个司机开一辆车，下午 5 点换班，眼看着很多空车飞驰，就是不拉客，偶尔也有司机问你去哪里，如果顺路，他才拉你，不顺，就算了。我还是头一次见到这样的城市。给我一个下马威。

出租车果然开到了一片风景秀丽的地段，那里是宁波的大学区，一座座漂亮的校园接连出现，让我感到这个新的大学区如同世外桃源，没有喧嚣，没有车流人流，真是读书的好地方。这让我对宁波刮目相看：一个非省会的城市，居然有这样规模和气象的大学区，确实不简单。宁波人在教育上的投入的确很见成效。

宁波的诺丁汉应该算这个区域里绮丽之最，感觉完全是英国的一座新校园，从建筑到园林，一派英式风格，不过因为其簇新，反倒让我感到隔阂。那座克隆的诺丁汉标志建筑乍看上去似乎比母校的老楼还要堂皇，但近看就发现这样簇新的水泥建筑与母校 1920 年代的老楼相比缺少了历史感和文化韵味，楼下的人工湖景色与老校的比，没有那种深幽，更没有周边高大的林地风光。总之，与老校比，这里的一切都显得朝气蓬勃，但明显得要浅薄许多，我想了半天，终于想出一个时髦的词来形容它：高科产业孵化园！

与老校比，我当然更喜欢那个原汁原味的老校啦，这个克隆的肯定让我不那么热爱。但我相信，随着时光的变迁，这些新的也就成了古典，照样会让人喜欢。尤其是在宁波这样的所谓二线城市，而且是迅速发展的浙江富裕城市里，能有这样一个克隆的文化景点，确实给宁波的文化氛围的营造带来裨益。但愿对提升宁波的文化品位，使宁波进入一线城市能起到强有力的助推作用。

无论如何，我要祝福这个中国的诺丁汉。

从英国的诺丁汉到中国的诺丁汉

　　诺丁汉中国校区即宁波诺丁汉大学的中文校刊《诺言诺影》编辑发现了《译林》杂志上刊登过的拙文《诺丁汉大学城》，就征求我的同意在校刊上又发了一遍。写于英国的诺丁汉，现在又发表在中国的诺丁汉，委实有趣。

　　此文最早写于10年前，记录了我初到诺丁汉时的一些思绪，先在《文汇报》，后在《中国青年报》和《大学生》杂志上发了一些短文，后来出版《情系英伦》一书时就大致汇总润色一番，用劳伦斯的一个诗的标题做了这文章的标题《"诺丁汉的新大学"——城市与大学》，作为专文收了进去。后来几经修改发在了《译林》杂志上，后又收入我的散文集《写在水上的诺贝尔》。这文章真是久经考验了。这还不算，还有些报刊未经知会我就选载，直至前年的《四川文学》杂志上有人原封不动地从网上下载后换了作者名字发表了。杂志社好一番寻找，发现那冒名者居然是某个本科学生为挣外快而为，同样的文章还被他冒名发在北京的一个小杂志《百姓》上，据作者交待他还发到了天津一个小杂志上。事发后《四川文学》还专门发了这学生的检讨，真是闹剧。最有趣的是我给《四川文学》打电话举报这件事时，开始那边的领导还把我当成投机者，让我把译林的文章复印给他们，我说就是《译林》的某一期，但他们说四川作协资料室没有《译林》，意思是如果我不复印邮寄给他们，他们就不理会这个剽窃案子。然后还要我拿出证明来证明原作者黑马就是我毕冰宾。我对他们的专业法律态度感到十分无奈，即使不相信我是黑马，至少也该调查那个剽窃者的真相吧？

作协没《译林》，但我告诉你网上有译林的全文，你总可以对一下吧？或者可以给《译林》打个电话对一下吧。不，他们以为我是坏人。一定要我举出全部的证据才开始追查那个剽窃者。我只能告诉他们这文章最早发表在四川人民出版社出版的《情系英伦》里，那出版社也在成都，在他们家门口，可以找编辑某某对证。这下对方才相信我是原作者，才开始查冒牌作者的真实身份。这文章的经历真够复杂的。但有一点可以肯定的是，杂志们都喜欢它。

全国转了这么一大圈，这文章终于回到了它的发源地诺丁汉大学，这一圈一转就是 10 年，实在有趣。特记。

不是我，是风

2012年的三月是值得我们77级人扎扎实实纪念的，是我们本科毕业后的"而立之年"。看到很多人在很隆重地纪念，很有感触。但大家都特别清楚，这种隆重纪念往往是一场全国范围内的隆重消费。好在每个年级里都有混得高级公职或成了私企老板的，会有人买单，不用大家凑钱。我们这号没有公权力替大家买单，没有成为大款能捐赠一笔的，也就自觉地在自己内心隆重纪念一下而已，该怎样工作和学习一切照常，安静地过这个而立的生日而已。本科时的不少人现在都在大洋彼岸，据说要在那里举行聚会，接到通知，自惭形秽，知道自己还不至于为这样的聚会花掉自己的血汗工资，尽管去美利坚旅游一趟也还游得起。

但想起自己这二十多年几百万字的堆积，也心里动过一闪念，毕竟是三十年前的这个时候开始读硕士并做起劳伦斯论文来的，觉得应该在毕业三十年这个年份里"策划"个什么出版项目，小小给自己一个生日蛋糕，自己闷骚一下。但绝不能过于矫情，还是平平淡淡为好，要符合自己这个文学票友的定位。于是我就想了一个最可行而且是最有个人意义的小选题，即把我这些年翻译的几百万字劳伦斯作品做一个撷英版，选些小说和散文代表作及长篇小说经典章节，再附上几篇我解读劳伦斯的论文和学术随笔，这样一本精选集是很有特色的。随之我向一个虽没名气但对我的三十年成长最有意义的大学的出版社报了选题，仅仅因为那是我的一个母校的出版社。

这样一本书投资不会大，也不会给出版社赔钱，我完全是以一个毕业校友的姿态用电子邮件发过去的，先是发给了他们的来稿信箱，过了一阵发现没有任何回应，就冒昧发到了社长信箱。结果就是没有任何结果，连表示收到但不予采纳的通知也没有。我想我没有必要自作多情地打电话过去问个明白，只当是这个出版社的那两个邮箱都形同虚设，没有人真正查邮件吧。也许真的是虚设的，既然无缘，不必再费神相与谋，还是相信成事在天吧。

但一个人的运和气确实是在随风转动，像《圣经》里所说："风随自己的意吹动"，我就成了这风中的种子，不为自己的意而落地，而是随风吹落。不出一个月，南北各地的几张合同就随风而至，这些可爱的出版人，我简直爱死你们了，你们不知道今年给我的合同对我有着怎样特殊的意义，你们无意中送给了我美丽的生日玫瑰，那余香定会常留你们手中。当然我一介布衣心里更明白，那风是顺着劳伦斯的意吹动着我的，我得其沾溉，得以落地开花。于是这个时候我心中自然响起劳伦斯不朽的诗句：

不是我，不是我，是这风穿透了我！

柔风送爽，吹动着时光的新方向。

（Not I，not I，but the wind that blows through me！

A fine wind is blowing the new direction of Time.）

当年听劳伦斯专家萨加先生在上海动情地朗诵这首诗，抑扬顿挫，声声入心，就牢牢地记住了。说到风，这声音就随风吹过耳畔。这是多么柔美的三月风，风中还绽放着玫瑰，但愿是劳伦斯诗歌里歌颂的那种茶香月季—Gloire de Dijon。我相信这风吹绽的几本书定会像那重瓣芬芳的月季给被同样的风吹动的读者带来享受。

顺便告诉爱花的人，这种茶香月季的法文名字直译是"第戎荣耀花"，产自法国的第戎，传遍世界，第戎人自然为其骄傲。但我还是喜欢翻译成茶香月季，中文读者听着更亲切些。这个词我在翻译《查泰莱夫人的情人》时没翻译准确，仅仅根据颜色和形状翻译成了粉白的蔷薇花，惭愧。那是麦勒斯看到康妮玉体时的感受，当然也是劳伦斯最早看到弗里达晨起时在阳光中丰腴的侧影的感受，就为她写下了同名诗歌《茶香月季花》。

后记：在这个毕业的而立之年出版了四本劳伦斯作品，算是我英文系毕业三十年后的美好纪念，我要衷心地感谢这几位出版人，他们不知道我要纪念什么，我也没声称要纪念什么，仅仅是在心中祈祷了，他们客观上与我心中的祈祷呼应了，这是最好的缘分。劳伦斯曾有类似呼唤与回应的感发小诗，翻译在此：

> 你来呼唤我来应，
>
> 你来祈愿我玉成……
>
> （You are the call and I am the answer,
>
> You are the wish，and I the fulfillment…）

这四本玉成之愿的书是：

《劳伦斯中短篇小说选》，漓江版

《劳伦斯传》，金城版

《牧师的女儿们》，中英对照劳伦斯小说选，中国致公版

《鸟语啁啾》，中英对照劳伦斯散文选，中国致公版

后来我就又翻译了一些，于 2013 年年中把那个精选集的选题报给了人民文学出版社，作为我对自己翻译劳伦斯三十年的小结，它们正好一直在出版经典作家的单卷本精选集，就慨然接受了我做的《劳伦斯读本》。如此精致典雅的一本大师选本，本来我是想当成礼物送给我的母校的，可惜我这美好愿景落空了。一朵花应该开在什么地方是要随天意的，一粒种子随风吹送，只为找到合适它的土壤才发芽开花。这花还是要开在北京朝内大街 166 号才对。

我是文学场上的散兵游勇

前几日收到某大学的一位博士研究生发给我的微博私信，说他的博士论文准备做劳伦斯，希望我能有所建议。我不在学界，对大学一无所知，先前只知道不少人步不才之后尘在做劳伦斯的硕士论文，孤陋寡闻，才知道已经有博士做劳伦斯了。对此甚感欣慰。但也有点小小担心。这点担心来自我在诺丁汉大学从事劳伦斯研究的经验。当初我在那里听劳伦斯学教授沃森的课，发现他的博士生坐了半屋子，好像有八个男女，个个才华出众。论文题目很广，但几乎都不是纯劳伦斯研究了，如："劳伦斯与资本主义"，"劳伦斯与曼斯菲尔德的女性小说比较"，"劳伦斯与早期意大利法西斯主义"等等，是比较文学和跨学科的研究。每次参加博士论文的 work in process 审听，我都感到很受启发，导师和学生济济一堂，辩论声不绝于耳，确实富有浓郁的学术气氛，令人怀念。但这不过是过眼烟云。当时沃森教授就警告大家，他是英国第一个也是最后一个专门的劳伦斯学教授，用中国话说是空前绝后，他退休后这个教席将不复存在。他在接受我的访谈时调侃说：如果你是一个专门的劳伦斯教授，就代表着你 finished，因为学术界会认为你除了劳伦斯，什么都不懂。他说他幸亏早年在各个大学教英国文学，还出版过湖畔派诗人三家论，别人还不敢看不起他，算多能且一专的那种，否则就会落个"不全能"的名声。然后他在审听会上一边鼓励这些孩子们学术上进取，一边警告他们：靠劳伦斯研究的博士学位估计很难找到理想的大学教职，因为大学里不需要这种过于专门的人。

从此我开始注意到，英美大学里著名的劳伦斯著作都出自那些"全能"的教授，他们全能多年，然后拿出一段时间专一于劳伦斯，但基本还是什么都能讲授和理论的全能教授。仅仅是一个专门的劳伦斯博士估计连自己都会感到势单力薄。我所熟知的几个英国劳伦斯专家，其中剑桥的博顿教授是全能多年的文学教授，后期专门于劳伦斯研究，他的地位没有谁能撼动，所以就有了闻名世界的剑桥劳伦斯文选，他是主编，沃森等加盟。但其余几个劳伦斯专家多是在成人教育学院里任职的，靠教授基础的文学养家糊口，业余专注于劳伦斯，如萨迦、普里斯顿（诺丁汉劳伦斯中心的创办人）和波普洛斯基等。他们的业余专业精神很令我感动，而且大家的生存方式都是这么雷同，这就是专业与职业之间的微妙关系，是真的出自热爱。因为他们做劳伦斯对他们升职谋取名利没有任何关系，而若要想获得英语学院的文学教授头衔则必须放弃专门的劳伦斯研究四面出击方可，两者之间他们选择了后者，选择了热爱，他们最多也就是当到高级讲师而已，没有一个成为教授。不知道有多少人一生为了某种热爱只甘心停留在讲师位子上。

　　不知道国内有几个博士在做劳伦斯，也不知道有没有在国外做劳伦斯得了博士回国的，总之望这个小小范围内的博士们好自为之，在职业与热爱之间掂量斟酌平衡好关系，学术热爱与生活之间的关系真的很微妙莫测，或许是要影响你的存在方式的，有不同的方程式，导向不同的方向，劳伦斯或许仅仅是其中一个常项而已。如果仅仅停留在讲师位子上，估计过几年就会被解职吧？

　　与英国那几个劳伦斯专家相比，我和他们算是殊途同归。这很有趣。不是我在学习谁的榜样，而是我们在东西方各自走了一条大致相似的路，导致了共同的生存方式。我是到英国后才发现这个有趣的雷同现象的。

　　我在 1984 年获得的硕士学位是我们国家第一个以专门劳伦斯研究获得的硕士学位。但那并不说明我是专业的劳伦斯学硕士。那个年代外文系的硕士论文基本上都是写一个作家，但学位统称为"英语语言文学硕士"。这个学位仅仅是走进社会工作的敲门砖，很少有人工作后还继续从事硕士阶段的研究，大都从事英语语言和文学的教学工作，也有从事其他工作的。一般转行的都飞黄腾达了，尤其是从事外事、旅游、外贸工作的，官至部级甚至更高者有之，发大财者有之，在高校和研究单位成为名教授者更不鲜见。

但我是个例外，近三十年下来，不仅没有放弃硕士阶段的研究，还变本加厉地深入了进去，翻译了很多劳伦斯作品，同时也做些基本的研究工作。这也就是说，我把翻译劳伦斯定位为我的主业了。不了解情况的读者大多以为我是在大学或研究所从事专业的劳伦斯翻译和研究，其实不然，我仅仅是文学圈外的散兵游勇，我赖以生存的"事由"先是出版社的编辑，后是事业单位的英文翻译，依旧是布衣平民。至于"翻译家"和"作家"的称号，也是出版社出版我的作品时写简介时写上去的，因为不赠给我这样的雅号我就一无是处。我是靠几百万字的作品堆出来的翻译家和作家，我想就说自己是个"劳伦斯译者"和"写手"，但这称号不登大雅，也影响作品销路，就恬不知耻地接受了"家"的称号。这个家在英文里不过表示从事某种事由之人的那个小后缀如 -er，-or，在中文语境里就是"者"，要由者成"家"是需要有质有量的作品支撑的，但谁都愿意买一个"家"的书，而不买"者"的书。其实我这个"家"甚至没有去申请参加翻译家协会和作家协会，我"不在"任何组织，没有任何社会身份，仅仅是个文学的自然人而已。我的这种劳伦斯票友之路是不是与英国那几个劳伦斯专家很相似？当然不同的是，他们是从事劳伦斯的研究，我主要是翻译，以翻译代研究，这个是我的"特色"吧。

这个特色取决于我自己的境遇和价值观，取决于自己与现实的妥协与平衡。也就是爱好与谋生之间的平衡。我读过的两个大学即河北大学和福建师范大学都不是重点大学，如果我要在学术研究方面有所斩获，我必须考取一个博士学位，当然最好是重点大学的博士学位，让自己"脱颖"，然后再谈其他。但我应该是不具备读博士和从事专业文学研究资质的人，因为我从小的志向是从事文学创作。考大学时我的第一志愿是中文系,以为上了那个系就能当专业作家了。但落榜后接住我的是英语专业(1977年外语专业成绩是单列的,如果同时报考其他专业,录取时外语成绩不被计入总分,因为其他专业考生都不考外语)。这之后我发现能把创作和外语结合起来的最佳途径是从事文学翻译。于是我自然地选择了文学翻译,而且因为我幸运地在硕士阶段研究了劳伦斯,自以为找到了我最欣赏的一个作家,日后翻译劳伦斯也就是水到渠成的事了。我在出版社当编辑时就幻想着自己就是巴金,一边写《家》和翻译屠尔岑,一边给文学青年萧乾们当伯乐。结果当然是自己成不了巴金,更发现不了萧乾,写了本《混在北京》就落荒而逃,离开被人们以为是小说原型的那家出版社,干起中译英来,有个踏实的饭碗,业余圆自己的巴金之梦吧。

    我的文学专长当然还是硕士阶段研究的劳伦斯作品,那时我已经一边写论文一边翻译他的巨制《虹》了。我庆幸自己误打误撞在茫茫如海的世界名家中遇上了我最钟情的一个英国作家,翻译他的作品不是为稻粱谋,而是出于热爱,但最终又歪打正着在出版方面获得了自己的market niche(中文叫市场份额,听着俗,就喜欢用英文,因为不是母语,俗也不觉得俗了)。最早接触到劳伦斯还是在1981年大三的时候。那个时候劳伦斯在中国的大学教材里(苏联人编的英国文学史)还是个"颓废"的资产阶级作家,仅仅在教材的末尾几笔带过。但时代进步了,国家开始"改革开放"了,开放的结果之一是各个大学外语系直接聘了英美大学的人来讲课。就在那年,河北大学外文系来了一个普林斯顿刚毕业的博士,给我们开的课程是现代英国文学选读。他自编的油印教材里只选了四个英国现代作家,伍尔夫夫人、乔伊斯、曼斯菲尔德和劳伦斯,选的劳伦斯的作品就是《菊香》。他对劳伦斯的诠释立即推翻了这之前我们所读到一切将他贬低为颓废作家的谬论,而且我发现他是矿工之子,是劳动人民出身,根本不是"资产阶级作家"。与劳伦斯作品的相遇,现在想起来简直就如同一场艳遇。我在纪念恢复高考三十年的一篇读书回忆文章里写道:"我读了劳伦斯小说《菊香》，被这个仍然被国内理论界称为是'颓废资产阶级'的作家的清新文风所触动。同样是写我稔熟的劳动人民生活，劳伦斯小说和我们从小读的《红旗谱》、《桐柏英雄》等等实在是大相径庭。这样的作家太值得我们重新发现和研究了，而且我们应该为他'平反昭雪'，在中国普及这样的优秀作家（那个时候哪里知道，劳伦斯早就被国际学界认定是二十世纪最伟大的作家之一了）。毕业时上了研究生，选定硕士论文方向时自然地选择了劳伦斯。是劳伦斯这个跨越写实、现代和后现代三阶段的作家让我找到了文学研究的支点，找到了一根最适合我的文学支柱，让我得以一边翻译，一边研究，一边从事自己的小说写作，不时地与新潮理论相切，感到自己在'与时俱进'，同时依然在内心深处恪守着一份淳厚的写实主义文学传统。"

于是研究生毕业后这 28 年我就是为了自己的爱好忙碌着，我称之为我的"这口大烟"。而且在劳伦斯翻译方面越陷越深，因为任何个体作家研究都是要靠对原文的"细读"作基础的，我的翻译和为了翻译而做的研究性文献搜索就为我在劳伦斯研究方面获得了某些话语权，被一些同行当成了"专家"，其实仅仅是资料积累的多而已，有时一个最新的资料能推翻某个人论文中的论点，所谓专家就是这样炼成。但真正的专家应该是有自己的理论体系的人，这方面我自惭形秽，因此是只专不家。我在 1993 年出版的《混在北京》里早就借小说人物之口自我讽刺了一番："这种专家不难当，只要有恒心，搭日子就成。"我并不想也做不到呕心沥血建立自己的研究体系和框架，我的乐趣在于语言的把玩，"一名之立，月旬踟蹰"，用最好的中文体现劳伦斯的作品风韵，这个体现过程也揉进我的创作激情，为我的写作打着最扎实的语言基础。

说到此，我想我似乎将自己的选择解释清楚了。我的选择完全是我为自己量身定制的，一点不值得骄傲和效仿，仅仅是一个非重点大学的小硕士生、一个狂热的文学青年为自己的文学激情找到了适合自己生存的文学空间而已。但这个选择是要付出现实利益代价的，如我在接受杂志采访时所说的："现在大多亲友关心的并不是你翻译了什么，而是你是不是当了官或挣了大钱，房子车子票子，子女工作如何之类特别实际的问题。如果你在那些方面没有出人头地，人家自然不会关心你文学做的如何。所以我是生活在这些俗事中的，和他们从来不谈文学翻译，那样会显得很书呆子，也是对牛弹琴。真正可以聊的反倒是同好们和有关的出版、媒体人士。做文学翻译，你必须要承受得住实际生活中亲友和故交及进取的同事们对你的忽略甚至轻蔑，因为你在生活中很木讷，仙风道骨的不可理喻，也不能帮人家什么忙如给人家孩子找工作和上好学校，帮人家企业公关或偷税漏税等。但你自己要自觉，别太强调自己的翻译家形象，人家说你没混好也别受伤，那样反倒格格不入。但自己内心要坚持自己的文化身份，坚持自己的梦想，没有白日梦的人是可怜的人，据说白日冥想还能治狂躁症，益寿延年。"我也想过进研究机构当专业研究人员，但此事因为我没有博士学位又不敢人到中年去考博士而告终。后来别人告诉我，即使我进了大学或研究机构，我也不可能专业做劳伦斯，如前所说，我必须做"全能"的事情，劳伦斯仅仅是研究内容之一。既然如此，我就靠从事基本的英文翻译养活自己进而去"养"我的爱好，何必人到中年了为个正规学术身份伤筋动骨呢？我为什么不能一介布衣地做文学呢？

在学术圈子外做学问，在文学圈子外写作文学作品，我选择了一条孤独、自我放逐的路，但我自由，我不用仅仅为升迁而做不喜欢做的论文，不用为名利写不是发自本能而写的小说散文作品。比如，我在英国一年，回来写的却是一本劳伦斯故乡行的散文和一本英伦印象随笔。我深陷劳伦斯作品中，但我谢绝写一本劳伦斯评传的学术专著，却要写一本《劳伦斯作品花语考》。这样的自由必然伴随的是孤独，是局外人的孤独，但我既然选择到了今日，也就没有必要再改变，每当我孤独时，我就想想英国那几个劳伦斯专家，读读他们的作品，觉得路上还有伴，虽然远在英伦小岛上。当然更重要的是，我有不少国内喜爱劳伦斯作品的同胞在关注我，鼓励我，他们是我的知音，我可以骄傲地告诉英国的劳伦斯研究者们，我翻译的劳伦斯作品在不断地出版、修订再版，还在出中英对照版和台湾繁体字版。我相信我和我的同胞在做世界各地的劳伦斯研究翻译者无法做到的事情，因为中国读者众多，华文读者遍布世界，而在华文世界里劳伦斯尚在朝阳期，这个时候让我赶上了，仅仅由于当年没考上中文系而被外文系接住，仅仅出于对文学的热爱和偶然与劳伦斯作品相遇。因此我快乐。

（本文收入《译者的尴尬》，金城出版社 2013 年版。）

我译劳伦斯三十年

自 1984 年因研究劳伦斯获得硕士学位至今已有三十年。对我来说光阴并不荏苒，也无白驹过隙之感，因为这三十年我过得颇为充实，大部分业余时间都在翻译劳伦斯的作品中度过，每一篇和每一部作品的翻译过程都历历在目，其间经历了从笔耕到电脑的工作模式的转换。

我从大学四年级开始接触到劳伦斯的作品，上研究生后有了机会和时间对此进行研究，工作后以翻译代（带）研究，自然而然专事劳伦斯作品的翻译，断断续续积累了四部长篇小说、一部传记、一部画论、大量的散文随笔和中短篇小说的译文，共三百多万字，占我出版的各类作品的一半字数以上，也因此我以翻译劳伦斯而知名——这缘于我的不懈努力，亦是出版者和读者对我的扶掖和鼓励的结果。这些作品最初以我的本名毕冰宾出版，一九九三年我以黑马的笔名出版了小说《混在北京》后基本上统一用黑马的笔名出版译文和创作作品。此次为纪念我与劳伦斯作品的缘分，使用本名出版《劳伦斯读本》。

中国文化讲究"三十而立"，而我在学术和文学上的"而立"之年就应该是 2014 年了，我是把 1984 年的毕业之日看作是我在文学上的出生日，这之前的小学到研究生阶段的十五年寒窗则是一个漫长的孕育期。

三年的硕士研究本属学历教育，但这个历程竟然被我又延续了三十年甚至可能还会延续下去，这既说明我懒惰也说明我执着，在继续自学自教并不断与读者分享我的学习成绩。而能一直走下来也自然有其道理，这里面有个人的文学追求因素，也有出版环境和读者需求的因素使然。总之，我取得的成就无论多么微不足道，集中在一人身上，就构成了一个文学翻译和研究者三十年生命的主流，因此值得回味和纪念。为此我编选了这部《劳伦斯读本》，以飨读者，也纪念自己的过往。这个读本最大的特色是，它是一个中国人翻译一个英国人的作品专辑。人们曾评价劳伦斯文学研究的奠基人和开拓者利维斯教授是自命的劳伦斯侍僧（self-appointed acolyte），那我们这些自觉翻译和研究劳伦斯文学的人呢，也算自命的劳伦斯牧师（self-appointed priest of Lawrence）吧。

我是在1977年高考时考了俄文而偶然被英语专业录取上大学的，那次高考和奇妙的录取似乎是命运之神的显灵，决定了我以后的生存方式，或许这是我应该获得的最佳生存方式也未可知。那时学俄文，似乎是为了长大后有机会去解放"苏修"统治下的苏联人民，信奉的是"外国语是人生斗争的一种武器"。结果我却因此上大学念了英文并以此谋生，而非以此为"人生斗争的武器"，这是时代的进步使然；甚至进入了一个小城后街书生从来不敢奢望的英国文学研究和翻译领域。记得当时很多人都鼓励我放弃那次录取，争取来年考取一个一流大学。但我的懒惰和胆怯让他们失望了，我顺从了命运的那次安排，读了一个普通大学的英语专业，因为我不敢想如果我再次参加高考的结果会比这第一次更好，我相信那是命。

这就是我的命运，我让这部《劳伦斯读本》展示我的生命轨迹，也是回馈那次命运的安排：我对得起那次偶然中的录取。为此我在内心中默默地把这本书作为礼物献给我求学的各个阶段的母校，同时献给劳伦斯的故乡诺丁汉郡的伊斯特伍德镇，因为沉溺于劳伦斯作品的研读，我与这个小镇如影随形长达三十多年，在诺丁汉访学的一年中多次流连其间，我视其为我"心灵的故乡"之一。

英语和翻译给了我这么多，此时此刻我感到的是英语和翻译带给我的幸福，我对此感恩不尽。是为后记。

（此为2015年人民文学出版社《劳伦斯读本》译者后记）

版本的无奈

看到某个教授和学生联名发表的有关"劳伦斯研究在中国"的论文，里面提到劳伦斯随笔版本与版本之间篇目的重复率问题，看后感到这是学院派研究与现实脱离的明显例子，值得一说，对许多涉足出版的青年译者是个启发。

一个作家的散文随笔一般来说就那么多，总量如此。但其版本形态却是多样的，这是版权问题。作为作者和译者当然希望这些散文随笔都能在一家出版社出版，能缺货后就再版，这样很简单明了，大家要看一个作家或一个译者翻译的同一个作家的全部散文随笔就只认一个出版社，目标很明确。

但现实中这样是做不到的。

1. 出版社总在换人，换领导，换责编，版权到期后他不再续签了，你的版本就得换东家，历史性地遗留下许多不同出版社出版的同样的版本。

2. 各个出版社对散文随笔要求内容不同，你就得按照要求出选本，不可能出个全集厚厚的让所有人都买这本全集，那样书价也过于高，普通读者不做研究，只是要读闲书而已。而不同主题的选本之间肯定会有篇目上的重复，但一般来说按照行规在1/3甚至1/2弱都是可以忍受的，就算一个新版本了。如果一个作家的散文随笔总量大，就可以按照不同出版社的选题要求组合出篇目部分重合的几个新版本来。

3. 即使同样的本子，还有中文单行本与双语本的区别，当然不希望三语本的出现，但这也不是不可能，时代在变呢，说不定哪天就有人想出一本汉、英、法三语本劳伦斯散文呢。

4.同样的本子还可有缩编本、节选本等等。衍生产品也是不同的版权内容。如此等等。

作为学院派批评，要求整齐划一是对的，要求一个作家的选本单一也是对的。但版权的形态差异是客观存在的。出版社的变化也是客观存在的。这就是理想与现实的差异。

具体到拙译劳伦斯的散文随笔甚至小说，都有这样的问题或不是问题的问题。如果大家感兴趣，可看一下不同版本的区别，也好有选择：

1.人文版《劳伦斯散文》，侧重纯散文。

2.中国国际广播版《纯净集》侧重点一样，于是与1.有1/2弱的重复，这是两家合同里规范了的，因此没有版权冲突。他们都不想出22万字以上的厚本子，都要精巧灵秀些，于是30多万字就得出两个20万字的本子。

3.金城版《书之孽》侧重劳伦斯的读书随笔，与前两者都有少量重复，也是允许的。

4.上海三联的《劳伦斯论美国名著》是一个单独的随笔集，但其单独篇目可收入任何劳伦斯随笔集。但如果你只想读劳伦斯论美国文学部分，买这个就合算，因为是个小册子，便宜。

5.团结版《劳伦斯论文艺》是双语版，与漓江的《劳伦斯文艺随笔》重复率很高，但属于不同语种版权。

6.同样致公版《鸟语啁啾》是双语版，与人文版的中文单行本版权无冲突，即使全部中文重复。

7.中国国际广播版《夜莺》也是双语版，与《啁啾》可以有个别重复。

8.漓江版《劳伦斯中短篇小说选》是中文单行本，其中的篇目分别收入了两个双语版，并行不悖。

9.《查泰莱夫人的情人》就有译林的双语版与中央编译的中文单行本并行

不悖，中央编译版版权期满后译林又出了一个中文单行本纪念版。

另外还有单行本与文集、合集、选集版权之分，很复杂。

作为译者，谁不希望自己的作品完全由一家出版社"包养"并养得好，一直再版呢？但现实是复杂的，这是不可能的。所以就出现了如此众多的纯学者看起来不顺眼的重合。事实上，只要各个出版社之间的版权归属不冲突，任何篇目和品种的重复都是合理合法的。这样对读者的选择当然带来了困难。但读者随着年龄段的变化在变化，需求在变化，应该没有问题。

致黑马（毕冰宾）版
劳伦斯作品比较者

时不时收到消息和"通知"说有的研究生或有的文学导师的研究生在用拙译写硕士论文，似乎多是比较翻译方面的。我就忐忑。而且网上也能看到百度文库里有类似比较的文章试读部分（但我没读具体文章，说要花几元钱才能读下载全文，还要网上支付，挺麻烦，就没买来读），说明人家也没搭理我就自己比较了。因此我就更忐忑。

毕竟我是弱冠之年开始翻译出版劳伦斯作品的，那时绝对是暴虎冯河，加上是手写和铅排，错误不少。以后改成电脑排版后出版社又发给我电脑版校样，但校对大多仅限于校对中文字面。以后我抓紧时间不断一篇篇对照英文修改，开始出双语版，这对拙译的全面校对是个促进，开始有比较满意的不惑版和知天命版。所以，如果有研究生或研究生导师通过博客和微博找到我通知我想作比较研究，我除了感谢，还希望他们有质疑处可直接质疑我，另外就是给出适当的版本建议，区别对待之：

1. 如果是比较我的后期与早期版本，看我怎么自查自纠，自然要知道哪个版本都做了哪些改动才好，过程很重要。

2. 如果是做中英文对照，最好使用最新的版本，特别是做劳伦斯研究时引用译文的更应该如此，那样也会给你的论文增色。

3. 最麻烦的会是将拙译与其他人的版本对照，那应该选我们大概同时期出版的首译本或修订本，不要选简单的重印本，那样就失去了比较的基础。如某人的首译出版于 2000 年，我的重印本虽然也出版于 2000 年，可其实那是 1988 年版本的简单重印，两者就不可比。当然我发现有一些版本是抄袭和"改编"我的，换成他们自己的名字出版的，有的已经经过交涉做了"私了"赔付，如四川、吉林、哈尔滨等地的某些版本，但肯定还有我没发现的。如果发现晚于我的版本特别像我的笔法，那肯定是抄袭和改编，这样就失去了比较基础，除非是比较抄袭，这也可以成为一种比较，比较的是自私下作的知识分子恶行，不过这也属于 literature in context 这类的学问，应该受到鼓励。

总之，本着对论者和读者负责的目的，我希望欲比较和研究者及他们的导师能联系我一下，我会详细地根据具体情况提供我的版本历史信息。如果懒得搭理我，也有简单的办法，那就是看我博客右边"我的书"栏目，我详细列出了每个版本的出版和再版时间和出版社名称，但具体改动的情况在那个表里无法列出，那个表是有字数限制的。

还要特别提醒大家，我 1993 年前的出版物基本用本名，之后基本用黑马的笔名，因为我出版了《混在北京》的小说后调动工作，不想让新单位了解我的文学活动。但后来又有个别出版社因为就是不喜欢黑马的笔名强行用我本名毕冰宾出版的，我也不抗议，反正都是我，多出一本没坏处，何况也许人家就是喜欢我的本名也未可知。还有的是确实认为毕冰宾的真名有学术品质的保证，而黑马笔名过于文艺范儿，用在翻译上不够学术，这样的爱护我也感激，也顺从。所以说拙译版本很复杂，欲比较研究者如果不清楚，别怕麻烦，请垂询，我仅仅提供版本信息而已，为了你们的论文准确无误着想。谢谢并祝节日快乐。

附录

黑马的劳伦斯书志

毕冰宾（1993 年后使用笔名黑马）之劳伦斯翻译 / 研究作品专业年表

毕冰宾

1985 年　　4/1985《外国文学研究》，论文《时代与〈虹〉》

1986 年　　5/1986《名作欣赏》，《英格兰，我的英格兰》

1987 年

　　　　　1/1987《名作欣赏》，《公主》

　　　　　4/1987《外国文学评论》，论文《畸形的爱，心灵的悲剧》

1988 年

　　　　　1/1988《文艺理论研究》，发表译自俄文的论文《论 D. H. 劳伦斯》

　　　　　《美国经典文学研究》，章节在山东大学的《美国文学》上分期发表

1989 年

　　　　　《恋爱中的女人》与序言，北岳文艺出版社

　　　　　《劳伦斯传》与序言（合译），天津人民出版社

1991 年　　《灵与肉的剖白》与序言，《劳伦斯散文随笔》，漓江出版社

1992 年

　　　　　《虹》与序言，漓江出版社

《恋爱中的女人》和《灵与肉的剖白》由台湾商鼎出版社出繁体字版

黑马

1993 年　《劳伦斯随笔集》与序言，海天出版社

1994 年　《劳伦斯随笔集》繁体字版选本出版，书名《性与美》，台湾幼狮
　　　　　出版社

1995 年　论文《D. H. 劳伦斯：第二自我的成长》，《现代主义浪潮下》，
　　　　　中国社会科学出版社，英文摘要发表在澳大利亚劳伦斯研究会刊
　　　　　Rananim，March/2003 上

1996 年

　　　　　《劳伦斯散文精选》与序言，人民日报出版社，旧译重编

　　　　　《劳伦斯散文》，北岳文艺出版社，旧译重编

　　　　　《虹》，北岳文艺出版社

1997 年　《牧师的女儿们》，黑马等，贵州人民出版社

1998 年　《劳伦斯短篇小说集》，宁夏人民出版社

1999 年

　　　　　《太阳》，四川人民出版社

　　　　　《恋爱中的女人》增注修订本由译林出版社出版

2000 年

　　　　　《花季托斯卡纳》，《劳伦斯散文集》（增加 3 万字新译），中国
　　　　　广播电视出版社

　　　　　《生命之梦》，《劳伦斯中短篇小说集》，四川人民出版社

　　　　　《袋鼠》由译林出版社出版，附序言、评论和资料

　　　　　《虹》由译林出版社出版增注修订本，附 1985 年评论

2001 年

　　　　　《劳伦斯散文》，合译，浙江文艺出版社

《恋爱中的女人》繁体字版，台湾猫头鹰出版社

延边出版社盗版《虹》

2002 年

《心灵的故乡——游走在劳伦斯生命的风景线上》，中国社会科学
出版社

中国戏剧出版社盗版《虹》

2003 年　《心灵的故乡》由台湾先智出版繁体字版

2004 年

《劳伦斯文艺随笔》，漓江出版社（为 1995 年版的扩充修订版）

《性与美》（图本劳伦斯散文集），湖南文艺出版社

2005年

湖北人民出版社出版散文集《名家故居仰止》收入 5 篇有关劳伦斯的随笔

《中国发展观察》5 期，劳伦斯在文学市场上挣扎沉浮的一生

2006年

团结出版社出版中英文对照的劳伦斯作品《劳伦斯论文艺》

《书画人》与序言（署名毕冰宾），劳伦斯散文，北京十月文艺出版社

《劳伦斯论美国名著》与序言，上海三联书店出版

2007年

中国书籍出版社出版《劳伦斯作品精粹》散文卷和中短篇小说卷中英
对照版

《艺术评论》4 期，《现实照进改编——劳伦斯作品的影视改编》

《悦读MOOK》5 期，《劳伦斯作品传入中国：阴差阳错的历程》

2008年

人民文学出版社出版散文集《写在水上的诺贝尔》收入 10 篇有关劳
伦斯的随笔

《悦读MOOK》9 期，《霍加特论〈查泰莱夫人的情人〉的禁与开禁》

燕山出版社出版《劳伦斯精选集》，上集中收拙译小说与散文四十余篇

人民文学出版社出版《劳伦斯散文》与序言

2009年

中国国际广播出版社出版《纯净集》、《夜莺》（英汉对照本）与序言

《博览群书》3期，《劳伦斯与福斯特》

2010年

《悦读MOOK》15期，霍加特1961《查泰莱夫人的情人》序言解读

《查泰莱夫人的情人》（中英对照版），译林出版社

中央编译出版社出版"黑马译劳伦斯三部曲"《虹》、《恋》和《查》（中文单行本并序言）

《博览群书》5期，《查泰莱夫人的情人》序言

《书城》7期，《行到水穷处》（新版劳伦斯传序言）

2011年

上海三联书店出版劳伦斯中短篇集《英格兰，我的英格兰》（双语版）配长篇序言

论文《畸形的爱，心灵的悲剧》重新修订后收入人民文学出版社《儿子与情人》为跋

金城出版社出版《世俗的肉身：劳伦斯的绘画世界》配序言

金城出版社《书之孽》（劳伦斯读书随笔）

论文《D. H. 劳伦斯：第二自我的成长》收入北京大学出版社《欧美文学评论选》

2012年

《语文学习》1期，《寒凝大地发春华》（《鸟语啁啾》译文与文本分析）

《悦读MOOK》26期，《肉身成道之道：劳伦斯的绘画与文学》

《博览群书》4期，《劳伦斯中短篇小说的嬗变》

《悦读MOOK》29期，《劳伦斯与伦敦：此恨绵绵》

《长城》6 期，《伊特鲁里亚的〈查泰莱夫人的情人〉》《丹青共奇文一色》等三篇随笔

《劳伦斯中短篇小说选》，漓江出版社（署名毕冰宾）

《劳伦斯传》（译者署名毕冰宾），金城出版社修订再版

《牧师的女儿们》（中英对照劳伦斯小说集），中国致公出版社

《鸟语啁啾》（中英对照劳伦斯散文集），中国致公出版社

2013 年

《博览群书》2 期，《劳伦斯与出版商的恩怨过往》

《世界文学》2 期，劳伦斯散文首译两篇：《陶斯》《文明的夜与日》

《文明荒原上爱的牧师——劳伦斯叙论集》，北京新星出版社

2014 年

《恋爱中的女人》（双语节选本），中国国际广播出版社

《查泰莱夫人的情人》（中文单行本纪念版），译林出版社

《恋爱中的女人》双语全版（中文最新修订），译林出版社

《虹》（修订版），上海三联书店（非专有版权）

本名毕冰宾主编主译的 10 卷本《劳伦斯文集》，人民文学出版社，收入拙译 9 本

2015 年

3 月 2 日，《文汇读书周报》发表署名毕冰宾的长文《劳伦斯东渐 90 年》

《查泰莱夫人的情人》，译林纪念版第二版

《劳伦斯读本》，人民文学出版社

劳伦斯作品写作 / 出版年表

（每部每篇作品的最后标注为发表出版日期和篇名，

之前为草稿期和修改期及篇名）

黑马 编

1906~1908 年 大学阶段

白孔雀	1906 Laetitia，1908 Nethermere，Jan.1911 海纳曼出版
序曲	Oct.1907，1907 诺丁汉卫报，获征文奖
教堂彩窗碎片	Oct.1907 Ruby Glass，Sept.1911《英国评论》发表
白长筒袜	Oct.1907，1910/1911 改写，《英国评论》退稿，1913 改写，1914《Smart Set》发表，1914 收入集子《普鲁士军官等小说》时再改写
玫瑰园里的阴影	1907《牧师的花园》，1914《Smart Set》发表
艺术与个人	Mar.1908

1908~1911 年末 克罗伊顿小学教师阶段

矿工的周末晚上	话剧，1909，1965 收入《劳伦斯戏剧全集》
鹅市	1909 与露易·布罗斯合写，1910 劳伦斯改写后由《英国评论》发表
菊香	late1909，Jun.1911《英国评论》发表时修改，收入《普鲁士军官等小说》时再改
诗六首	1909《英国评论》

现代情人	Jan.1910，1934 出版
逾矩	1910 The Saga of Siegmund，1912 达克华斯出版
儿子与情人	Oct.1910 Paul Morel，1913 达克华斯出版
霍家新寡	话剧剧本，Nov.1910，1914 达克华斯出版
旋转木马	Nov.1910，话剧剧本，1965 收入《劳伦斯戏剧全集》
牧师的女儿们	Jul.1911 Two Marriage，《世纪》退稿，修改再退，收入《普鲁士军官等小说》时再改
退求其次	1911，1912《英国评论》，收入《普鲁士军官等小说》时再改
干草垛中的爱	Nov.1911《英国评论》退稿，1913 改写，1930 发表，Nonesuch Press 同名小说集
诗二首	Nov.1911《祖国》杂志
春天的阴影	Dec.1911 被骚扰的天使，1911/1912 修改，1913《论坛》，收入《普鲁士军官等小说》时再改

1912 年 1~5 月　居家养病阶段

居家的矿工	Feb.1912，1912《祖国》发表
受伤的矿工	Mar.1912，1913《新政治家》
该她当家	Mar.1912，1913《周六西敏寺报》
罢工补助	Mar.1912，1913《周六西敏寺报》
已婚男人	话剧剧本，Apr.1912，1965 收入《劳伦斯戏剧全集》，海纳曼出版

1912 年 5 月 ~1913 年　德国—意大利阶段

六首校园诗歌	Jun.1912《周六西敏寺报》

施洗	Jun.1912，1914《Smart Set》
油里的苍蝇	Jun.1912，1913《新政治家》
争夺巴巴拉	剧本，Oct.1912，1965 收入《劳伦斯戏剧全集》，海纳曼出版
迷途女	1912，1920 塞克出版
英国人与德国人	May 1912
德国的法国儿子	同上，《周六西敏寺报》
莱茵河流域的欢呼	同上
梯罗尔的耶稣们	Mar.1913《周六西敏寺报》
儿媳妇	话剧剧本，Jan. 1913，1965 收入《劳伦斯戏剧全集》，海纳曼出版
普鲁士军官	Jun.1913《荣誉与武器》，1914《英国评论》发表时被删改，收入《普鲁士军官等小说》时恢复原貌
肉中刺	Jun.1913 Vin Ordinaire，1914《英国评论》发表时修改，收入《普鲁士军官等小说》时再改
开满报春花的小路	Jul.1913，后收入 1922 年的小说集《英格兰，我的英格兰》
托马斯·曼	Jul. 1913《蓝色评论》
尘世烦恼	Oct. 1913，1917《七艺》发表，1921 改写为中篇《玩偶上尉》
意大利的薄暮	游记，1913 意大利素描，1916 达克华斯出版
虹	1913 姐妹，1915 麦修恩出版
恋爱中的女人	1913 姐妹，1920 美国塞尔泽出版，1921 英国塞克版
爱情诗集	1913 诗集，达克华斯出版

（1914 年出版第一本小说集《普鲁士军官等小说》，达克华斯版）

1914 年 7 月 ~1915 年　伦敦阶段

武器论	1914《曼彻斯特卫报》
哈代论	1914，1936 死后出版
诗七首	《意象派诗人》
山峦上的十字架	Jul.1915
皇冠	Sept.1915，《签名》
顶针	Oct.1915，1917《七艺》
英格兰，我的英格兰	Jun.1915，1915《英国评论》

1916~1917 年　康沃尔阶段

马贩子的女儿	Jan.1916，1922《英国评论》
参孙与蒂莱勒	Nov.1916，1917《英国评论》发表，改后收入小说集《英格兰，我的英格兰》
情诗	1916 达克华斯出版

1917 年　伦敦阶段

和平的真相	Feb-Mar 1917，1919《雅典娜神庙》
鸟语啁啾	Mar.1917，1919《雅典娜神庙》
看，我们闯过来了	1917，诗集
美国经典文学研究	1916~1921，批评集，1923 美国塞尔泽出版
亚伦的神杖	1917，1922 塞尔泽出版

1918 年　达比郡山间阶段

请买票	Nov.1918 John Thomas，1919《斯特兰德》发表，改后收入小说集《英格兰，我的英格兰》

瞎子	Nov.1918，1920《英国评论》
一触即发	话剧剧本，1918，1920 塞尔泽出版
狐狸	1918，1920 出版
人的教育	Dec.1918

1919~1922 年　意大利阶段

范尼与安妮	May 1919，1921《哈金森》发表，改后收入小说集《英格兰，我的英格兰》
你摸过我	1919 夏，1920《土与水》发表，改后收入小说集《英格兰，我的英格兰》
新诗	1919 出版
民主	Sept-Oct1919
心理分析与无意识	1920，1921 美国塞尔泽出版
奴恩先生	1920，1984 剑桥出版
鸟·兽·花	Nov.1920，诗集，1923 塞尔泽出版
大海与撒丁岛	1920，1921 塞尔泽出版
欧洲历史运动	1921，牛津大学
无意识断想	1921，1922 塞尔泽出版
上尉玩偶	1921，1923 收入《瓢虫》
瓢虫	1921，1923

《堂·杰苏阿多师傅》。译文，Jan-Apr1922，1923 塞尔泽出版

（1922 年出版第二本小说集《英格兰，我的英格兰》，塞尔泽版）

1922 年锡兰—澳洲阶段

袋鼠　　　　　　　　1922，1923 塞克出版

1922 年 9 月 ~1923 年 11 月新墨西哥阶段

某些美国人和一个英国人　　Oct1922，纽约时报杂志

印地安人和一个英国人　　　同上，1923 Dial

陶斯　　　　　　　　同上，1923《卡塞尔周刊》，改为《陶斯，一个英国人眼
　　　　　　　　　　中的墨西哥》

小说之未来　　　　　Feb.1923，1923《国际图书评论文摘》

羽蛇　　　　　　　　1923 凯特撒科阿托神，1926 塞克出版

林中青年　　　　　　Nov.1923 改写自莫丽·斯金纳的小说《艾丽斯的房子》，
　　　　　　　　　　1924 塞克出版

归乡愁思　　　　　　Dec.1923

论信仰　　　　　　　同上

论恋爱　　　　　　　同上

1924 年伦敦—新墨西哥阶段

论人类命运　　　　　Mar.1924，《阿戴尔菲》

论人　　　　　　　　1924 春，《名利场》

书谈　　　　　　　　1924

吉米与绝望的女人　Feb.1924，1924《标准》发表，入选《1925 年英国最佳小说集》

国境线　　　　　　　Feb.1924，1924《哈金森》发表

公主　　　　　　　　1924，1925 出版

墨西哥清晨　　　　　游记，1924，1927 塞克出版

骑马出走的女人	Jun.1924，1925《日晷》发表，入选《1926 年英国最佳小说集》
圣莫	Jun.1924，1925 出版
潘神在美国	Jun.1924
走下毗斯迦山	Sept.1924
《外国兵团回忆》序	Oct.1924

1925 年　墨西哥—英国—意大利阶段

大卫	话剧剧本，1925，1926 塞克出版
太阳	Dec.1925，1926《新文人圈》发表删节本，1928 收入小说集《骑马出走的女人》1928 黑太阳出版社出版全文
陈年信札	Apr.1925
艺术与道德	Jun.1925
关于小说	同上
道德与小说	同上
豪猪之死的反思	Aug1925
论贵族	同上
欧洲与美洲	Nov1925
小说为何重要	同上
小说与感情	同上

1926~1930 年　意大利阶段

木马赌徒	Feb.1926，1926《哈泼集市》发表，1933 死后收入第四本小说集《美丽贵妇》
爱岛的男人	Jul.1926，1927《日晷》发表，1928 收入小说集《骑马出走

　　　　　　　的女人》

少女与吉普赛人　　1926，1930 出版

查泰莱夫人的情人第一稿

　　　　　　　Oct1926

美国英雄　　　　　Apr.1926，《祖国》

夜莺　　　　　　　Jun.1926，1927《论坛》

礼花　　　　　　　同上 927《祖国与雅典娜神庙》

还乡　　　　　　　Sept1926

美丽贵妇　　　　　Mar.1927，1927 发表于哈金森出版的小说集，1933 收入小
　　　　　　　　　说集《美丽贵妇》

伊特鲁里亚各地　　游记，1927，1932 出版

逃跑的公鸡　　　　1927，1928《论坛》

论高尔斯华绥　　　Feb.1927，《细读》

查泰莱夫人的情人第二稿

　　　　　　　1926–Feb.1927 John Thomas and Lady Jane

花季托斯卡纳　　　Apr.1927，《新标准》

与音乐做爱　　　　同上

德国人与英国人　　early1927

看破红尘的男人　　May1927，《批评随笔》

查泰莱夫人的情人第三稿

　　　　　　　Nov.1927，1928 佛罗伦萨出私人版

乡村骑士　　　　　译文，1928 出版

母女二人　　　　　May1928，1929《新标准》发表

诗集　　　　　　　Oct.1928 塞克出版

自家的主子　　　　Jun.1928，《晚报》

母权	Jul.1928
所有制	Jul.1928
自画像一帧	Jul.1928
乏味的伦敦	Aug.1928，《晚报》
女丈夫与雌男儿	同上
一个男人的生命礼赞	
	Sept.1928
英国还是男人的国家吗	
性与美	原名《性感》，Oct.1928
女人会改变吗	Nov.1928
为文明所奴役	同上
妇道模式	Dec1928，ibid
《三色堇·序》	1928~1929
直觉与绘画	Nov-Dec1928

（1928 年出版第三部小说集《骑马出走的女人》塞克 / 科诺夫（美国版））

三色堇	诗集，1929 塞克出版
最后的诗	1929，1932 出版
恐惧状态	Mar.1929
作画	Apr.1929
色情与淫秽	同上
查泰莱夫人的情人	May 1929，巴黎平装本
劳伦斯绘画集	Jun.1929，曼德雷克出版

诺丁汉矿乡杂记　Sept.1929

启示录　　　　　Oct. 1929，1931 出版

为《查泰莱夫人的情人》一辩

　　　　　　　　　Oct.1929

唇齿相依论男女　Nov.1929

无人爱我　　　　同上

《大审判官》序　Jan1930